कहानी संग्रह

एफलमौला

आशीष मिश्र

अंजुमन प्रकाशन
इलाहाबाद

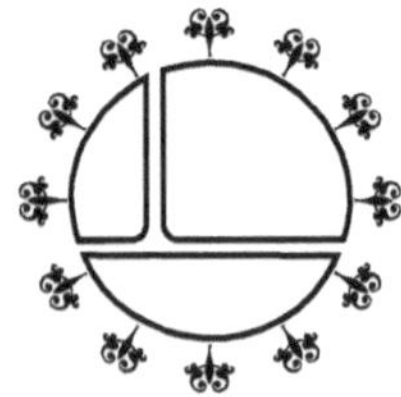

हरफनमौला (कहानी संग्रह)
© : आशीष मिश्र

प्रकाशक : **अंजुमन प्रकाशन**

942, मुट्टीगंज, इलाहाबाद-3 उत्तर प्रदेश, भारत
website : anjumanpublication.com
E-mail : anjumanprakashan@gmail.com

संस्करण   : प्रथम, फरवरी 2017
             द्वितीय, जुलाई 2018
टाइप सेटिंग : श्री कम्प्यूटर्स, इलाहाबाद
ISBN   : 978-93-86027-43-6

मम्मी, पापा और दिव्या के लिए...

किताब की बात...

ये मेरा पहला कहानी-संग्रह होने के साथ-साथ मेरी पहली किताब भी है, जिसमें कुल पंद्रह कहानियाँ हैं। इन्हें लिखने में मुझे कुछ डेढ़ वर्ष से अधिक का वक़्त लगा। इस किताब की कहानियाँ मेरे आस-पास इकट्ठा हुई कशमकश और छटपटाहट के बीच एक सुरूर की तरह मेरे ज़हन में चढ़ती गयीं और एक ख़ुमार की तरह काग़ज़ पर उतरती गयीं और अब एक किताब की शक्ल में आपके सामने हैं हालाँकि इन कहानियों के बारे में मैं अपनी ओर से कोई राय या टिप्पणी नहीं देना चाहता; मैं ये बात पढ़ने वालों पर छोड़ता हूँ कि मैंने अच्छा लिखा या ख़राब; लेकिन एक चीज जो मैं पूरे दावे के साथ कह सकता हूँ, वो ये कि मैंने अपने आस-पास के समाज को जैसा जिया और महसूस किया, वैसा ही लिख दिया।

इस किताब की कहानियाँ हमारे समाज और हमारे आस-पास की ज़िन्दगी के कई रंगों को दर्शाती मिलेंगी... मसलन कोई कहानी संज़ीदा हो सकती है, कोई करुण, कोई विद्रोही, कोई सामाजिक, कोई संवेदित, कोई व्यंग्यात्मक और कोई हमारे आस-पास के पाखण्ड को दर्शाती हो। कुछ कहानियाँ आपको अधूरी भी लग सकतीं हैं या यूँ कहें, अपने अंजाम से पहले ही ख़त्म हो जाती लगेंगी; लेकिन वो इसलिए, क्योंकि कुछ कहानियाँ अधूरी ही होती हैं।

व्यक्तिगत तौर पर मुझे इस संग्रह की सारी की सारी कहानियाँ बिलकुल वैसे ही प्रिय हैं, जैसे हथेली की छोटी बड़ी उँगलियाँ, जिनसे मिलकर मुट्ठी बनती है ।लेकिन इसके बावज़ूद हर एक कहानी को अलग-अलग कसौटियों पर दम लगाकर कसा जाना चाहिए, क्योंकि कसौटियाँ लेखनी को और भी मुखर और धारदार बनाती हैं; इसलिए आप सभी से एक गुज़ारिश है कि इन कहानियों को अपनी-अपनी कसौटियों पर दम लगाकर ज़रूर कसें और कसने के बाद जो गाद निकले, हो सके तो मुझे ज़रूर भेजें।

एक और परंपरा, जिसे पूरा करना ज़रूरी सा हो जाता है। वैसे तो सारी की सारी कहानियाँ और इसके पात्र मनगढ़न्त हैं, लेकिन जब भी कोई कहानी या

उपन्यास लिखा जाता है, तो उसमें ज़िन्दगी और समाज का अक्स उभर ही आता है या यूँ कहें उभर चुका होता है या उभर रहा होता है और या उभरने वाला होता है, इसलिए इस संग्रह की कहानियाँ केवल संयोग, मात्र ही किसी व्यक्ति विशेष या घटना से सम्बंधित हो सकतीं हैं, लेकिन इसके बावजूद आपको किसी बात से असहमत होने का पूरा हक़ है।

यहाँ वीनस जी और अंजुमन प्रकाशन का मैं तहे दिल से आभारी हूँ, जिन्होंने मेरे इस पहले कहानी-संग्रह को प्रकाशित करने का जोख़िम लेते हुए आप तक पहुँचाने का बीड़ा उठाया।

अंत में आपका भी शुक्रिया, कि आप इस किताब को अपने घर तक लाये और इसको अपनी किताबों की अलमारी में जगह दी। मौके का फायदा उठाते हुए एक बात और कहता चलूँ... आपको जिस भी भाषा की किताब अच्छी लगती हो, आप ज़रूर पढ़ें, लेकिन अपनी मातृभाषा और राष्ट्रभाषा की किताब को अपनी अलमारी में जगह ज़रूर दें, क्योंकि भाषा, लिखने-पढ़ने और बोलने वालों से जिन्दा रहती है और सबसे बड़ी बात, भाषा हमें जोड़ती है।

15 अगस्त 2016   आपका
लखनऊ   **आशीष**

कहानियों का पता

ज़हर से उपजा विद्रोह

रोज़ शाम की तरह उस रोज़ भी चाय पीने के लिए चौराहे की तरफ निकला, तो देखा, एक इकहरे बदन वाला नौजवान लड़का, कुल्हड़ में चाय बेच रहा है। देखने में उसकी उम्र बीस से पच्चीस साल के आस-पास होगी। उसकी आँखें अंदर की तरफ धँसी हुई थीं और चेहरा मुफ़लिसी की धूप से काला जान पड़ रहा था। कपड़ों के नाम पर उसके बदन पर एक बोसीदा क़मीज़ और दो जगह से सिला हुआ धारीदार पैजामा था। उसने अपने पैरों को ज़मीनी अत्याचार से बचाने के लिए चट्टी (चप्पल) पहन रक्खी थी, जो शायद किसी पुराने ट्रक के पुराने टायर से बनी होगी। कुल मिलाकर देखने में वो सरकार की सामाजिक और आर्थिक विकास का फलता-फूलता परिचायक लग रहा था।

उस नौजवान चाय वाले के आस-पास खड़े कुछ लोग राजनीति और गरीबी पर भाषण पेल रहे थे। उनमें से एक आदमी कह रहा था, ''नेता नहीं, जोंक कहो जोंक, साले खून की आख़िरी बूँद तक चूस लेते हैं; बताओ! अमाँ, ये भी कोई बात हुई... हर तरफ त्राहि-त्राहि मची है, ज़मीन में पानी फुटों नीचे चला गया है, फसलों का बुरा हाल हो रहा है और किसान अलग परेशान हैं; जबकि दूसरी

तरफ मुख्यमंत्री जी अपने परिवार समेत विदेश में छुट्टिया मना रहे हैं और जल मंत्री के बारे में अख़बार में निकला है, वो अपने बँगले में और बड़ा स्विमिंग पूल बनवा रहे हैं'।''

दूसरा आदमी हाँ में हाँ मिलाते हुए कहने लगा, ''सही कह रहे हो भाई साहब; अरे सौ धूर्त मरते हैं, तब जाकर कहीं एक नेता पैदा होता है... गैंडे की खाल होती हैं इनकी, कहे सुने का कोई असर नहीं होता।''

एक तीसरा आदमी कहने लगा, ''भाई साहब, यहाँ दंड पेलने से काम नहीं बनेगा, किसी ना किसी आदमी को इस चाय की दुकान से निकलकर दिल्ली की संसद में दंड पेलना होगा, तब जाकर कहीं काम बनेगा'।''

बाकी दोनों आदमी तीसरे आदमी का समर्थन करते हुए कहने लगे, ''सही कह रहे हो भाई साहब, लेकिन हर आदमी क्रांति की तलवारें खिंचती हुई अपने पड़ोस में देखना चाहता है, अपने घर में नहीं।'' और फिर सब ठहाके मारकर हँसने लगे।

भाषणबाज़ी चल ही रही थी कि दो चार लोग और इकट्ठा हो गए और अपनी कमीज़ दूसरों से ज़्यादा साफ़ बताने लगे। ख़ैर... मुझे कुल्हड़ में चाय पिये और देखे एक ज़माना हो गया था, इसलिए मुझसे रहा नहीं गया। मैंने चाय वाले के नज़दीक जाकर पूछा, ''तुम अभी भी कुल्हड़ में चाय बेचते हो?''

''हाँ साहब... मैं चाय पिलाता हूँ ज़हर नहीं।'' उस चाय वाले ने बिना मेरी तरफ देखे, बड़े ही रूखेपन से जवाब दिया।

चाय वाले का अवांछित जवाब सुनकर मुझे कुछ अटपटा सा लगा। फिर सोचने लगा, शायद मैं इसके व्यवसाय में रुकावट डाल रहा हूँ, इसलिए मैंने कहा, ''भाई एक चाय मुझे भी पिलाओ।'' ताकि मैं अपने अंदर उठने वाली जिज्ञासा रूपी लहरों को शांत कर सकूँ और ये भी समझ सकूँ कि आख़िर इसने इतनी बेरुख़ी से जवाब क्यों दिया, जबकि मैंने एक छोटा-सा सवाल ही तो किया था।

मेरे चाय माँगते ही चाय वाले ने अपनी पीतल की केतली में लगी टोंटी घुमाकर एक कुल्हड़ चाय निकाली और मेरी तरफ बढ़ा दी।

''लीजिए साहब।'' चाय वाले ने कहा।

मैंने चाय ले ली। कुल्हड़ को हाथ में पकड़ते हुए मुझे ऐसा लगा जैसे मैंने बहुत सालों बाद मिट्टी को छुआ हो। कुल्हड़ में भरी चाय से हल्का-हल्का धुआँ निकल रहा था और इसी धुएँ से बनते बादल, मेरी नाक से होते हुए दिल-ओ-दिमाग पर मँडराने लगे थे, जिनसे मैं उतावला हुआ जा रहा था। और जैसे ही मैंने चाय और कुल्हड़ को मुँह में लगाया, मुझे एक असीम स्वाद का अनुभव हुआ, जो शायद उन मँडराते बादलों के बरसने का नतीजा था, जो स्वाद के जरिये मेरे अंदर बरसने लगे थे। चाय से इलायची, अदरख और मिट्टी की सोंधी-सोंधी खुशबू आ रही थी। सोंधी-सोंधी खुशबू मेरे ज़हन में एक सुरूर की तरह चढ़ती जा रही थी और ऐसा लग रहा था जैसे कोई भूली-बिसरी चीज मिल गयी हो और जिसकी मुझे बरसों से तलाश हो। चूँकि मैं उसका ग्राहक हो चुका था और बाज़ार के नियम-अनुसार ग्राहक सर्वोपरि होता है, इसलिए मैंने चाय पीते-पीते पूछा, ''एक बात बताओ, तुमने ज़हर वाली बात क्यों कही?''

''साहब, प्लास्टिक के कप में चाय पीना-पिलाना किसी ज़हर से कम है क्या?''

'मतलब?'

''मतलब एकदम साफ़ है साहब; जिसमें मेहनत और मिट्टी की खुशबू न हो, वो किसी ज़हर से कम है क्या।''

चाय वाले की ये बात नश्तर की तरह जिगर को फाड़ते हुए मेरे दिमाग़ तक घुस गयी। मैंने पूछा, ''भाई, इसमें मेहनत और मिट्टी की बात कहाँ से आ गयी? आख़िर प्लास्टिक के कप बनाने में भी तो मेहनत मशक़्क़त लगती है।''

मेरे पूछते ही चाय वाला चाय के कुल्हड़ की तरह हर तरफ से फूट पड़ा और बोला, ''ज़रूर लगती है साहब, लेकिन उसमें मिट्टी की खुशबू नहीं आती, उल्टा ज़हर भरती है... साहब, मैं एक कुम्हार का बेटा हूँ, मेरे बाबू जी गाँव के मशहूर कुम्हार थे; उनके बनाये बर्तन, खिलौने, कुल्हड़ आस-पास के सैकड़ों गाँवों में बिकते और इस्तेमाल होते थे। उन्होंने ये हुनर मुझे भी सिखाया थाः लेकिन जब से तथाकथित तरक़्क़ी का ज़माना चालू हो गया, तब से लोग मिट्टी

और मिट्टी से बनी चीजों के इस्तेमाल से दूर होते चले गए और ये तक भूल गए कि यही हम सबकी अंतिम ख़्वाबगाह है, हम सबको एक न एक दिन इसी मिट्टी में मिल जाना है। लोगों की मिट्टी से दूरी के कारण हमारे फ़ाके करने के दिन तक आ गए थे। मेरे बाबू जी के पास जो थोड़ी बहुत ज़मीन थी, वो सरकार के तथाकथित विकास की भेंट चढ़ गयी, जिसके बाद हमारा विकास रुक गया। अंततः हमारे पास कोई दूसरा जरिया नहीं बचा और अगर कुछ बचा तो एकमात्र कुम्हारी, जिसकी बदौलत बमुश्किल गुजर-बसर हो पाती थी। अब बाबू जी बहुत बूढ़े हो चुके हैं, न चाक चलाने की ताक़त रही और न मिट्टी की बनी चीजो के खरीदार रहे इसलिए मैंने बाबू जी से कहा, आप कुल्हड़ बनाने में मेरी मदद कर दिया करो और मैं रोज़ साइकिल से कस्बे जाकर आपके बनाये कुल्हड़ों में चाय बेच दिया करूँगा। बाबू जी ने कभी किसी के आगे हाथ नहीं फैलाने, मेहनत पर भरोसा रखने और पूरी इज़्ज़त के साथ जीना सिखाया है। समय और हालात कैसे भी हों, बस ये समझ लो ये कुल्हड़ बाबू जी की पेंशन और चाय मेरी कमाई है।''

उस चाय वाले ने इतनी बड़ी बात इतनी सरलता से रख दी कि मैं लाजवाब हो गया। मैंने बात बदलते हुए पूछा, ''ये बताओ, चाय बेचकर गुजर-बसर हो जाती है?''

''कुछ ज़्यादा नहीं, बस इज़्ज़त की रोटी मिल जाती है साहब और किसी गैर के आगे हाथ नहीं फैलाना पड़ता... आप पढ़े लिखे हो, आपको तो पता ही है, आजकल के ज़माने में दो वक़्त इज़्ज़त और सुकून की रोटी मिल जाये, वही बहुत है; अब ज़िन्दगी तो चलानी ही है, चाहे जैसे चले।''

उस चाय वाले की समझ और संतुष्टि सुनकर मैं बेजुबान हो चुका था। इतनी संतुष्टि, इतना स्वाभिमान और इतनी बुलंदी, जो बड़े से बड़े तथाकथित तरक्कीज़दा लोगों में नहीं मिलती। भक्त रविदास के दोहे माटी कहे कुम्हार से तू क्या रौंदे मोय, इक दिन ऐसा आएगा मैं रौंदोंगी तोय का मायने शुक्ला माट साब ने मुझे बरसों पहले समझाया था, लेकिन उस समय मैं इसका सही मायने नहीं समझ पाया था। तब उन्होंने मुझसे कहा था, ''इसको समझने के लिए तुम्हें ज़िन्दगी की भट्टी में उतरना होगा और जिस दिन तुम ज़िन्दगी की भट्टी में उतरोगे, ये बात तुम्हें खुद-ब-खुद समझ आ जायेगी'।'' और आज मुझे इसका

मतलब समझ में आ रहा था... शायद मैं ज़िन्दगी की भट्ठी में उतर रहा था।

मैंने चाय ख़त्म की और कुल्हड़ को बगल में रखे कूड़ेदान में दाल दिया और पूछा, ''हाँ भाई कितने रुपये हुए?''

''साहब, पाँच रुपये।''

मैंने जेब से पाँच रुपये निकालकर उसे दे दिए और चलता बना। रास्ते में कुछ दूर तक मैं उसके बारे में सोचता रहा और सोचते-सोचते घर पहुँच गया।

मैं अक्सर जब उस चौराहे से गुजरता, तो वो चाय बेचते हुए दिखाई देता। चूँकि मेरी नौकरी लग गयी थी, इसलिए मैं रोज़-रोज़ तो नहीं, लेकिन दो-चार दिन में एक बार हाथों की बनी कुल्हड़ वाली चाय ज़रूर पी लेता था। वहाँ चाय पीने वालों की भीड़ को देखकर लगता था कि मेरे अलावा और लोगों को भी उसकी चाय पसंद आ रही है और उसकी कमाई भी हो रही है। सबसे बड़ी बात वो ज़हर नहीं बेच रहा था। ज़िन्दगी में हम बहुत सी चीज़ें पीछे छोड़ आते हैं और जब एक दिन अचानक वो सामने आ जाती हैं तो वो बहुत करीब और प्यारी लगने लगती हैं।

एक रोज़ दफ़्तर से थोड़ा जल्दी चला आया और चाय पीने, चौराहे की तरफ निकला तो देखा, वो चाय वाला वहाँ मौजूद नहीं है। मुझे थोड़ी निराशा हुई, लेकिन फिर सोचा शायद उसे कुछ ज़रूरी काम पड़ गया होगा इसलिए वो नहीं आया। मैंने उस दिन चाय नहीं पी और बिना पिये ही घर लौट आया... लेकिन क्यों, मुझे भी नहीं मालूम।

मैं दो दिन बाद जब फिर उधर से गुज़रा तो देखा, वो फिर से अपनी जगह पर मौजूद नहीं है। मैं सोचने लगा कहीं कोई ख़ास बात तो नहीं, लिहाज़ा मैंने चौराहे पर एक पान वाले से पूछा, ''अरे यहाँ एक चाय वाला बैठता था, उसे देखा है क्या?'

''नहीं बाबू जी।'' उसने पान लगाते-लगाते ज़वाब दिया।

''कुछ पता है, कब से नहीं आया?'

''करीब एक हफ्ते से नहीं देखा।''

''तुम जानते हो, कहाँ रहता है?'

''बहुत ज़्यादा जानकारी तो नहीं है बाबू जी, लेकिन एक बार कोई बता रहा था कि तहसील से बीस किलोमीटर दूर रोशनगंज गाँव का रहने वाला है।''

'शुक्रिया।'

''कोई बात नहीं बाबू जी।''

उस वक़्त मैं वहाँ से घर चला आया, लेकिन न जाने क्यों मैं उसके बारे में ही सोचता रहा। उसकी गैर मौजूदगी ने मेरे अंदर एक अंतर्द्वन्द्व को जन्म दे दिया था, जबकि न वो मेरा भाई लगता था और न ही कोई रिश्तेदार। शायद कुछ रिश्ते खून के जरिये ही नहीं, बल्कि स्वाद के जरिये भी आपकी ज़िन्दगी में दाख़िल हो जाते हैं और ये रिश्ता भी कुछ ऐसा ही प्रतीत हो रहा था। कुछ देर तक मैं सोचता रहा और फिर इस नतीजे पर पहुँचा कि अगर वो कल भी नहीं आया तो मैं इतवार को उसके गाँव जाकर पता करूँगा कि आख़िर क्या बात है, इतने दिनों से चाय बेचने क्यों नहीं आया। और जब वो अगले दिन भी नहीं आया, तो मैंने तय कर लिया कि मैं आने वाले इतवार को रोशनगंज ज़रूर जाऊँगा।

अगले इतवार को सूरज कुछ ज़्यादा ही तेज था, इसलिए सुबह-सुबह मैंने तहसील से रोशनगंज गाँव जाने वाली पहली बस पकड़ ली। चूँकि मैं रोशनगंज पहली बार जा रहा था इसलिए मैंने कंडक्टर से कहा, ''कंडक्टर साहब, याद करके मुझे रोशनगंज गाँव ज़रूर उतार देना, क्योंकि मैं पहली बार जा रहा हूँ''।

'ठीक है, उतार दूँगा', कंडक्टर ने ज़वाब दिया।

मैं बस में इत्मीनान से पीछे जाकर बैठ गया। करीब आधे घंटे के सफर के बाद बस ने मुझे रोशनगंज गाँव के बाहर बनी तीन चौथाई से अधिक अधेड़ उम्र की पुलिया पर उतार दिया। पुलिया मुख्य सड़क पर बनी थी और उससे होती हुई एक पतली सी पगडन्डी गाँव की तरफ फूटती नज़र आ रही थी। मैंने अंदाजे से उसी तरफ चलना शुरू कर दिया। कुछ फलाँग आगे बढ़ा तो देखा, दो आदमी पगडन्डी के किनारे लगी तिन और फूस काट रहे हैं। मैंने उनमें से एक आदमी से पूछा, ''क्या ये रास्ता रोशनगंज जाता है?''

''हाँ, एकदम सीधे, सीधा गाँव में ही निकलता है।''

''अच्छा, एक बात बताओ।''

''हाँ... हुम्।''

''इस गाँव में कोई कुम्हार का घर है?'

''हाँ एक ही घर है, गाँव के दक्खिन में पड़ता है।''

''कुम्हार का नाम पता है क्या?''

''नथहा नथहा सब कहते हैं गाँव में, लेकिन असल नाम नहीं पता।''

''उसका कोई लड़का है, जो कस्बे में चाय बेचने जाता है?'

''हाँ सुना तो है कि कस्बे में कुछ करता है, लेकिन आजकल पगला गया है।''

''पगला गया...! मतलब?'

''अरे कुछ नहीं, बस सनक सवार है नथहा के लौंडे को; जवानी चर्रायी है, जवानी', इतना कहकर उसने अपनी पीठ मेरी तरफ घुमा ली और फिर से तिन और फूस काटने लगे। मुझे उनके व्यवहार से कुछ ऋणात्मक व्यवहार का अंदेशा हुआ और मैं उसी पगडण्डी पर तेजी से आगे बढ़ने लगा। मैं पूछते-पूछते गाँव के दक्खिन में पहुँच गया, जहाँ दूर से मैंने एक आदमी को गड्ढे से मिट्टी निकालकर फेंकते हुए देखा। उसने अपने सर पर मुरैठा बाँध रखा था। सूरज ठीक उसके मुरैठे के ऊपर चमक रहा था और ज़मीन पर उसका कोई भी साया मौजूद नहीं था। वो पसीने से तरबतर था। उसके शरीर की मांसपेशियाँ मेहनत और चिलचिलाती धूप से निकलते पसीने से साफ़-साफ़ उभर आई थीं। वो कुदाल को हुम्म हुम्म की आवाज़ के साथ ज़मीन पर मारे जा रहा था। वहीं गड्ढे से कुछ दूरी पर एक छप्पर पड़ा था, जिसके नीचे नंगे बदन बैठा एक बूढ़ा आदमी अपनी थरथराई आँखों से उस आदमी की तरफ देख रहा था। बूढ़ा आदमी जिस छप्पर के नीचे बैठा था, उससे सूरज की किरणें छन-छन कर सितारों की तरह ज़मीन पर प्रसरित हो रहीं थीं, जबकि कहीं-कहीं पर छप्पर सितारों को रोकने में कामयाब भी था।

मैं उस मुरैठे वाले आदमी के थोड़ा और करीब गया तो देखा, ये वही लड़का है जो चाय बेचने कस्बे आता है। मैंने उसे देखते ही पूछा, "मुझे पहचाना'?"

'हुम्म...', उसने थकावट भरी हाँ में जवाब दिया।

"तुम बहुत दिनों से चाय बेचने नहीं आये तो मैंने सोचा आख़िर क्या ख़ास बात हो गयी; इसलिए तुम्हें ढूँढ़ते हुए यहाँ तक चला आया।"

ये सुनकर उसने मिट्टी की डलिया ज़मीन पर रख दी और सर से मुरैठा उतारकर उसने अपने चेहरे का पसीना पोंछा और मेरे बैठने के लिए चारपाई गिरा दी, जो उस छप्पर के नीचे पड़ी थी। मैं चारपाई पर बैठ गया और वो मेरे सामने पड़ी बोरी पर बैठ गया। मैंने उसे ऊपर बैठने के लिए कहा, लेकिन उसने मना कर दिया और बोला, "साहब, मैं यहीं ठीक हूँ।"

इससे पहले, वो कुछ बोलता, मैंने कहा, "तुम इतने दिनों से चाय बेचने नहीं आए तो मुझे लगा कहीं कोई चिंता वाली बात तो नहीं और बस इसीलिए तुमसे मिलने चला आया।"

ये सुनकर वो थोड़ा भावुक हो गया और बोला साहब, "आज के ज़माने में बिना मतलब के कौन किसको याद करता है; ऊपर से इस चिलचिलाती धूप में कौन एक अन्जान आदमी से मिलने आता है, ख़ासकर जब वो अन्जान आदमी गरीब हो... ये तो आपकी भलमनसाहत है'।"

"ख़ैर ये सब छोड़ो और ये बताओ, इतने दिनों से चाय लेकर कस्बे क्यों नहीं आए? खामहमख्वाह मुझे ज़हर पीना पड़ रहा है।"

"साहब, कुआँ खोद रहे हैं, बस इसीलिए नहीं आ पाये।"

"लेकिन तुम्हारे घर आते वक़्त रास्ते में एक कुवाँ तो पड़ता है; लोग पानी भी भर रहे थे, तुम भी वहीं से भर लेते, इस चिलचिलाती धूप में कुआँ खोदने की क्या ज़रूरत पड़ गयी?"

"साहब वो ऊँची जातियों का है, वहाँ हम लोगों का पानी भरना तो दूर, बल्कि उसके आस-पास से गुजरना भी सख़्त मना है। पारसाल हरखुवा लोहार

एक बाल्टी पानी भर लाया था, उसके बाद गाँव में पंचायत लगाकर उसका हुक्का पानी तक बंद कर दिया गया था और कुवें को फिर से पवित्र करने का ख़र्च भी उसी से वसूला गया था।''

मेरे लिए ये कोई हैरानी की बात नहीं थी... हालाँकि शर्म की बात ज़रूर थी, वो भी गाँधी के गणतंत्र में। मैंने पूछा, ''लेकिन अभी तक पानी कहाँ से लाते थे'?''

''गाँव के बाहर एक कुआँ था, जो कुछ दिन पहले सूख गया, इसलिए अब गाँव के पोखर से लाते हैं।''

''तुम्हारे गाँव में हैंड मार्की नहीं है क्या? सरकार का दावा है, हर गाँव-गाँव में लगाए गए हैं।''

''है क्यों नहीं... लेकिन होना न होना एक ही बात है।''

'मतलब?'

''उस पर गाँव के ठाकुरों का कब्ज़ा है; मज़ाल, कोई नीची जाति वाला हाथ लगा दे।''

''ये तो सरासर जुल्म है, ना-इंसाफी है; पानी पर तो सबका हक़ है... तुम थाने क्यों नहीं गए? वहाँ जाकर शिकायत दर्ज क्यों नहीं कराई? सरकार ने जातिवाद को लेकर बहुत कड़े और सख़्त कानून बनाये हैं।''

'बनाये होंगे कागज पर; हमें तो ज़मीन पर उतरने का बरसों से इंतजार है... अब हमारी आपकी ज़िन्दगी में तो कम से कम नहीं होगा।''

''लेकिन आख़िर हुआ क्या, जो तुम कुआँ खोदने पर मजबूर हो गए।''

''एक रोज़ रात के वक़्त पानी का घड़ा टूट गया, जिससे सारा पानी बह गया। घर में खाना बनाने के लिए पानी नहीं था और रात में पोखर पर जाना मुनासिब नहीं था, इसलिए मेरे बूढ़े बाप ने ठाकुरों से एक बाल्टी पानी माँग लिया, जिसके बाद उन्हें भद्दी-भद्दी गालियाँ देकर भगा दिया गया। ठाकुर लोग बोले, तुम लोग चाहे जियो, चाहे मरो, यहाँ से एक बूँद पानी भी नहीं मिलेगा तुम निशाचरों को। साहब, अब ये ग़िले-शिकवे की नहीं, बल्कि जवाब की लड़ाई

है। मैंने तय कर लिया है कि अब पानी का क़िस्सा तमाम करके ही दम लूँगा। मैं तब तक अपना पसीना बहाता रहूँगा, जब तक ज़मीन अपना पसीना न छोड़ दे और यही मेरा जवाब होगा उन ठाकुरों को और इस गणतंत्र को भी।''

''मतलब तुम इस सब्बल और इस अदना सी कुदाल से अकेले ही कुआँ खोदोगे और वो भी इस भीषण गर्मी में?'

''हाँ साहब और अगर ज़रूरत पड़ी तो पूरी ज़मीन खोद डालूँगा, लेकिन पानी निकालकर ही दम लूंगा... अब या तो मैं रहूँगा या ठाकुरों का घमंड।'' उसने पूरे आत्मविश्वास से कहा।

उसकी आँखों में एक विद्रोह था, जो ठाकुरों के घमंड को चकनाचूर कर देना चाहता था। उसकी आँखों में बग़ावत के शोले साफ़ नज़र आ रहे थे। उस दिन मैं सोचने लगा कि हथियार उठाकर अपने ग़ुस्से का इज़हार करना कितना आसान काम होता है, लेकिन अपने ग़ुस्से को सकारात्मक जवाब में तब्दील करना कितना मुश्किल काम होता है। और ये तब और भी मुश्किल हो जाता है, जब आपके पास साधन नहीं होते और ये बात उसने मुझे बख़ूबी सिखा दी थी। उसका आत्मविश्वास देखकर मैं कुछ देर के लिए शून्य हो गया।

मैं शून्य में घूम ही रहा था कि वो मेरे शून्य को भेदते हुए बोला, ''साहब, कैसी अजीब बात है, मैं आपको पानी भी नहीं पिला सकता।''

उसकी ये बात सुनकर मैं थोड़ा भावुक होने लगा, लेकिन इससे पहले मैं और भावुक हो जाता, मैं वहाँ से उठा और चल दिया। चार कदम चलने के बाद मैंने पीछे मुड़कर देखा तो वो फिर सब्बल और कुदाल लेकर कुआँ खोदने में जुट गया था।

''हुम्म... हुम्म हुम्म।''

उस दिन ज़िन्दगी में पहली बार मैं किसी की जीत में अपनी जीत देख रहा था। शायद मैं इंसान बनने की प्रक्रिया में शामिल हो रहा था; क्योंकि दुनिया में लोगों को ज़्यादा ग़म दूसरों की ख़ुशियों का है। मैं वहाँ से सीधे गाँव की मुख्य सड़क पर आकर पुलिया पर बैठ गया और लौटने वाली बस का इंतजार करने लगा। ख़ैर मुझे बहुत देर इंतजार नहीं करना पड़ा और कुछ ही मिनटों में बस वहाँ

आ पहुँची और मैं अपने कस्बे वापस लौट आया।

रोशनगंज लौटने के बाद, मैं हर रोज़ चौराहे पर गुज़रते हुए उसका इंतजार करने लगा। मुझे ऐसा लगता था कि जैसे वो अभी आ जायेगा और फिर से कुल्हड़ वाली चाय की सोंधी-सोंधी खुशबू मुझे अपने आग़ोश में ले लेगी। मुझे उस चौराहे से गुज़रते और उसका इंतजार करते हुए पंद्रह दिन बीत चुके थे।

सोलहवें दिन जब मैं चौराहे से गुजरा तो देखा, वो अपनी जगह पर बैठा अपनी पीतल की केतली में चाय बेच रहा है। कुछ लोग उसके आस-पास खड़े होकर चाय भी पी रहे हैं। मुझे उसकी जीत का आभास हो चुका था। मैं लपक कर उसके करीब गया और तपाक से पूछा, ''कुआँ खुद गया क्या तुम्हारा?''

''खुदता कैसे नहीं साहब; हौसलों से बड़े पहाड़ भी चीरे जा सकते हैं और ये तो दोमट ज़मीन थी, जिसका हम कुम्हारों से बरसों का नाता रहा है। लेकिन साहब, मैंने केवल कुआँ ही नहीं खोदा बल्कि जातिवाद का घमंड भी खोद दिया है; जातिवाद की नींव में हल्की सी ही सही लेकिन दरार तो डाल ही दी है मैंने और यही मेरा जवाब है जातिवाद को। और यही नहीं, मैंने वो कुआँ गाँव के सभी लोगो को समर्पित कर दिया है, जिसका मन करे पानी भर ले जाए; वो चाहे फिर गाँव के ठाकुर ही क्यों न हों, क्योंकि पानी किसी की बपौती नहीं।''

''दोस्त, इसी बात पर बिना ज़हर वाली एक चाय पिलाओ।'' उसकी बात को बीच में रोकते हुए मैंने कहा।

उसने एक कुल्हड़ वाली चाय केतली से निकालकर मेरी तरफ बढ़ा दी, ''लीजिये साहब।''

उस रोज़ चाय का स्वाद और भी जबरदस्त था।

नवाब का चश्मा

''लाहौल विला कुवत।''

लखनऊ के चौक में रहने वाले नवाब अच्छन बहादुर, सवेरे-सवेरे अपने नौकर बकरुद्दीन पर लानत भेज रहे थे, तभी किसी ने आवाज़ लगाई, ''क्या नवाब साहब हवेली में तशरीफ़ रखते हैं!''

''बकरुद्दीन! दरवाजे पर जाकर देखो सवेरे-सवेरे कौन बेपर्दा है।'' नवाब साहब ने अपनी झुँझलाहट को कम करते हुए कहा।

''जी नवाब साहब, अभी देखता हूँ।''

बकरुद्दीन ने दरवाजे पर जाकर देखा तो नवाब साहब के जिगरी दोस्त जनाब शौक़त बेग, नवाब साहब से मिलने की ख्वाहिश रखते हैं।

''आइए हुज़ूर, आदाबर्ज है।'' बकरुद्दीन ने तीन मरतबा सलाम पेश करते हुए कहा।

''और बकरुद्दीन, सब खैरियत?''

''हुज़ूर आपकी दुआ है और ऊपर वाले का करम है; लेकिन आज नवाब साहब बहुत ख़फ़ा हैं, अच्छा किया आप तशरीफ़ ले आये... अब आप ही समझाइये नवाब साहब को; हम जितनी कोशिश कर सकते थे, कर चुके।''

''ऐसा क्या गज़ब हो गया बकरुद्दीन?''

''मुझसे न पूछिये हुज़ूर, मैं नवाब साहब को इत्तेला कर देता हूँ, आप उन्हीं से रूबरू हो लीजिए, मुनासिब रहेगा। हुज़ूर आप दीवानख़ाने में तशरीफ़ रखिये, मैं फ़ौरन जाकर नवाब साहब को आपके आने की ख़बर कर देता हूँ।''

''ठीक है।''

''नवाब साहब! ज़नाब शौक़त मियाँ तशरीफ़ लाये हैं, उन्हें दीवानख़ाने में ब-इज्ज़त बैठा दिया है।'' बकरुद्दीन ने नवाब साहब से अंदर जाकर कहा।

''ठीक है, तुम जाओ और उनकी ख़ातिर तवाज़ो का बंदोबस्त करो।''

''जी नवाब साहब।''

नवाब साहब के दीवानख़ाने में दाख़िल होते ही शौक़त मियाँ ने पूछा, ''नवाब साहब किस बात पर सवेरे-सवेरे ख़ून गरम कर रहे हैं? ख़ून में इतना उबाल सेहत की लिए मुनासिब नहीं; आख़िर माज़रा क्या है?''

''लाहौल विला कुव्वत... अमाँ शौक़त मियाँ, क्या बताएँ, हवेली है कि भूल भुलैया... मियाँ एक चीज़ भी अपने ठिकाने पर नहीं रहती।'' नवाब साहब ने कहा।

''नवाब साहब, नौकरों और लौंडियों के होते हुए आप क्यों ज़हमत उठाते हैं, इनमें से किसी एक को हुक़्म दे दिया होता।''

''अमाँ मियाँ वो भी करके देख लिया; कल शाम से नूर-ए-निगाह से महरूम हैं और ये कम्बख़्त बकरुद्दीन आज तक चश्मा बरामद नहीं कर पाया। सब के सब कामचोर हो गए हैं... अमाँ शौकत मियाँ, बस ये समझ लो कल शाम ग़दर होते-होते बची।''

शौकत मियाँ घबराकर बोले, ''नवाब बहादुर साहब... चश्मा और ग़दर!,

सब ख़ैरियत तो है? कोई फिक्र वाला मुआमला तो नहीं? कुछ तब्सेरा तो कीजिये, आप तो बस आसमान, ज़मीन पर पटके जा रहे हैं; आख़िर आपको इतना गुस्सा है किस बात पर?''

''अमाँ मियाँ बस ये समझ लो, आज़ आपके सामने सलामत खड़ा हूँ; कहीं कंपनी बहादुर नवाब का ज़माना होता, तो ख़ुदा कसम, अपनी करौली उस कम्बख्त, नामाकूल, एहसान फ़रामोश मुस्तफा पहलवान के सीने में उतार देता... शैतान को इस बात तक का इल्म नहीं कि नवाबों और ज़हीनों से कैसे पेश आतें हैं। धेले भर का सलीका नहीं सीखा, तालीम क्या खाक पायी है काफ़िर ने। न जाने लखनऊ में ऐसी नस्ल कहाँ से पैदा हो गयी; पूरे लखनऊ का नाम खराब कर दिया मरदूद ने। हम तो कहते हैं, निहायत ही रद्दी किसम का इंसान है... अरे इंसान क्या शैतान है, शैतान। लखनऊ के दो नवाबों ने तहज़ीब के चक्कर में अपनी गाड़ी तक छोड़ दी थी और एक ये मरदूद है, जो गाड़ी के चक्कर में अपनी तहज़ीब छोड़ दे। बताओ मियाँ, तहज़ीब भी कोई चीज होती है या नहीं?'' नवाब साहब ने पूछा।

''नवाब साहब बिलकुल होती है, लेकिन कुछ फरमाइए तो आख़िर हुआ क्या? दिमाग़ के घोड़े सवालों के जवाब में दौड़ते चले जा रहें हैं।''

बकरुद्दीन गुलाब का शरबत पेश करते हुए बोला, ''जनाब, कुछ बता कहाँ रहे हैं, बस कल शाम से एलान-ए-जंग किये जा रहे हैं; चशमे के चक्कर में पूरी हवेली को सर पर उठा रक्खा है, न कल रात से खुद सोये हैं और न किसी को सोने दिया है; अब आप ही नवाब साहब के आब-ओ-जलाल को सँभाल सकते हैं, काहे कि अब हमारे और बेगम साहिबा के बस की बात नहीं रही।''

''दफ़ा हो जाओ मेरी नज़रों से।'' नवाब साहब ने बकरुद्दीन से कहा।

''नवाब साहब... अजी अब फरमाइए भी।'' शौकत मियाँ ने कहा।

''अरे मियाँ, ये सब उस अदना से चशमे की वजह से हुआ; कल शाम मुझे वो ज़िल्लत उठानी पड़ी, जिसे मैं बयां तक नहीं कर सकता।''

''नवाब साहब अब बयान भी कीजिये।''

''मियाँ हुआ कुछ यूँ... मैं कल शाम बारादरी से रक्स का लुत्फ़ लेकर अपने कोचवान के साथ अपनी फिटन (घोड़ा-गाड़ी) से खरामें-खरामें (धीरे-धीरे) अख्तर पिया (वाजिदअली शाह का उपनाम) की ठुमरी के मिसरे गुनगुनाते हुए हवेली की तरफ आ रहा था, तभी ड्योढ़ी से कुछ ही दूरी पर मेरी शरीके-ए-हयात बेगम सुरैया जाती हुई दिखाई दीं। अमाँ हमें खयाल आया कि हाय तौबा, ऐसी भी क्या क़यामत आ गई कि बेगम को बेपर्दा होना पड़ा। चुनांचे मैंने कोचवान से फिटन, बेगम के नज़दीक ले जाकर रोकने की गुज़ारिश की और उनके पास जाकर आवाज़ लगाई।''

''बेगम, क्या आफ़त आन पड़ी जो आपको बेपर्दा होना पड़ा?''

''बस हमारा इतना कहना था कि वो जोर-जोर से चिल्लानें लगी।''

''नवाब साहब फिर क्या हुआ?'' शौकत मियाँ ने बड़ी सरगर्मी से पूछा।

''अरे होना क्या था; नसीब के सितारे गर्दिश में थे... उसने चिल्ला चिल्लाकर तमाशबीन इकट्ठा कर दिए और बोली, ''अंधे हैं क्या, दिखाई नहीं देता; देखने में तो आप बड़े शरीफ़ लगते हैं, लेकिन हरकतें शोहदों वाली।'' अमाँ कसम ख़ुदा की, ऐसी ज़िल्लत, मसलन काटो तो खून नहीं... हमें ऐसा लगा जैसे किसी ने हमारे अचकन (एक ख़ास तरह का कुर्ता-अंगरखा) पर कीचड़ उछाल दिया हो। वहीं, वहाँ खड़े लुफ्त-अंदोजों (तमाशबीनों) ने जो इज़्ज़त अफजाई की, मियाँ वो तो मौत से भी बदतर थी। कुछ लुफ्त-अन्दोज़ तो यहाँ तक कह रहे थे, ''ये उम्र और ये करिश्मे, नवाब साहब आपसे ये उम्मीद नहीं थी'।'' और जब हम फिटन से उतरकर बेगम के क़रीब पहुँचे तो देखा वो मेरी नहीं, मुस्तफा पहलवान की शरीके-ए-हयात थीं।''

''अरे ये तो ग़ज़ब हो गया नवाब साहब! फिर आगे क्या हुआ?''

''मैं अपनी मुआफ़ी पेश करता, उससे पहले मुस्तफा की बेगम ने हमें बेशर्म, बेहया, लौंडियाबाज की बदजुबानी वाले तमाम तमगों से नवाज़ दिया। बस कान में पिघलता हुआ सीसा नहीं डाला गया, बाकी सब डाल दिया गया। ख़ैर, बेगम मुस्तफा तो मेरी शराफ़त से वाक़िफ नहीं थीं, लेकिन मुस्तफा पहलवान तो मेरी शराफत से बख़ूबी वाकिफ़ था, लेकिन उसने भी अपनी बेगम

का ही साथ दिया और जो बोला, वो तो ख़ुदा कसम कभी मेरी जबान पर भी नहीं आ सकता; आख़िर तहज़ीब भी कोई चीज होती है कि नहीं। काफ़िर हो गया है, जोरू का गुलाम... एहसान फरामोश मुस्तफा के वालिद को घर और ज़मीन हमारे मरहूम अब्बाजान नवाब अल्ताफ कंपनी बहादुर ने अता फरमाई थी, वरना एहसान फ़रामोश के फाके करने के दिन आ गए होते और यहीं गली मोहल्लों में रेवड़ियाँ बेच रहा होता।''

"बड़ा ही मनहूस मंजर रहा होगा नवाब साहब!"

"शौक़त मियाँ, बस ये समझ लो, किसी तरह से मैंने अपने जाह-ओ-जलाल (गुस्से) को अपने अंदर ही दफ़न कर लिया, वरना ग़दर पक्की थी और मियाँ ये सब उस चश्मे की वजह से... दग़ाबाज़ कही का; अगर मिल गया तो सूली पर चढ़वा दूँगा और अगर फिर भी रुख़्सत न हुआ तो पागल हाथी के नीचे कुचलवा दूँगा।''

"नवाब साहब एक इल्तेजा है, अगर मुवाफ़ी अता फरमाएँ।''

"बेख़ौफ़ अर्ज कीजिये, आप तो हमारे अजीज़ हैं।''

"अजी लानत भेजिए उस निगोड़े चश्मे और कल के वाकयात, दोनों पर; आप तो नए चश्मे पर करम फरमाइए... रही बात पहलवान मुस्तफा की, तो उसको उसके गुनाहों की सजा अल्लाताला ज़रूर देगा।''

"अमाँ काहे का पहलवान; जोरू का गुलाम है, गुलाम। नामाकूल बदजुबान, जिस्म में गोश्त भरने के चक्कर में तमीज़ से खाली हो गया है।''

"बिलकुल बजा फरमाते हैं नवाब साहब और आपका वज़ह-ए-ग़म भी बिलकुल दुरुस्त है, लेकिन अब भूल भी जाइये उसे।''

"मियाँ कैसी बातें करते हैं; अगर आप नवाब होते तो ऐसी बातें नहीं करते, हम नवाब हैं नवाब, पिण्डारी नहीं। मियाँ वो खाली चश्मा नहीं बल्कि मेरे मरहूम कंपनी बहादुर नवाब अब्बाजान की आख़िरी निशानी थी। कंपनी बहादुर अब्बा जान ने उसे ईरान से कारीगर बुलवाकर तैयार करवाया था... खालिस चाँदी, लखनवी तमीज़ और तहज़ीब थी उसमें; मेरे लिए नाक कटना और चश्मे का

गायब हो जाना एक ही बात है और आप फरमा रहे हैं कि लानत भेजूँ और नए चश्मे को नूरे नज़र करूँ। मियाँ हद तो तब हो गयी जब कल रात चश्मे बगैर ख़्वाब भी धुँधले दिखाई दिए और ख़्वाब में रक्स करती हुई रक़्क़ासाओं की कमर कमरे की तरह दिखाई पड़ने लगी। हुस्न-ओ-जलाल की ऐसी बेइज्जती मुझे बिलकुल भी मंजूर नहीं और आपको तो पता ही है, मुझे शबाब और हुश्न की तौहीन बिलकुल ही ना-काबिल-ए-बर्दास्त है।''

''बिलकुल दुरुस्त फरमाया आपने और आपकी इस बात से मैं भी पूरा इत्तफ़ाक करता हूँ।''

बात को बीच में काटते हुए बकरुद्दीन बोला, ''गुस्ताखी माफ़ नवाब साहब, अगर आप हुक्म दें तो थाने में रपट दर्ज करा दूँ; मुझे तो लगता है किसी अंदर वाले का ही काम है। मैंने सुना है, आज़कल पुरानी चीजें हीरे जवाहरात से भी महँगी बिकती हैं और फिर आपका चश्मा तो ईरानी और लखनवी कारीगरी का शाहकार था, ऊपर से कंपनी बहादुर नवाब अल्ताफ अली शाह का, मतलब सोने पर सुहागा।''

''बकरुद्दीन, आज़ ज़िन्दगी में पहली बार तुमने काबिले-ए-तारीफ मशवरा दिया है; एक काम करो, मेरी आरामगाह में पलँग के बायीं तरफ कलमदान रखा है, ज़रा सँभालकर ले आओ और शौक़त मियां को दे दो।''

''जी नवाब साहब।''

''शौक़त मियाँ, आप मेरी तरफ से एक ख़त कोतवाल को लिखिए।'' नवाब साहब ने गुज़ारिश की।

बकरुद्दीन तुरंत आरामगाह जाकर कलमदान और कागज ले आया और शौक़त मियाँ के हवाले कर दिया।

''हाँ तो नवाब साहब, कहाँ से शुरू करूँ?'' शौक़त मियाँ ने पूछा।

''लिखिए मियाँ।''

नवाब का ख़त कोतवाल के नाम....

''जनाब कोतवाल साहब, आदाबर्ज पेश करता हूँ और उम्मीद करता हूँ

आप बिलकुल ख़ैरियत से होंगे। अर्ज किया है, ख़ाकसार कल शाम से चश्मान (आँखों) का इस्तेमाल नहीं कर पा रहा है और चश्मा-ए-दीगर (दूसरों की आँखें) से काम चला रहा है। कल शाम को मैंने अपना चश्मा आख़िरी बार अपनी बैठक में देखा था और उसके बाद से लापता है। जनाब बस ये समझ लीजिये कि मेरी चश्मान मुझसे रूठ गयी हैं। कल तो बात जंग पर आकर रुकी, जब मुस्तफा पहलवान ने मेरी इस हालत की कदर न करते हुए मुझसे बेहद बेहूदा और जाहिलाना अंदाज में पेश आया। चुनांचे मैं आपसे दरख़्वास्त करता हूँ कि मेरे चश्मे की गुमशुदगी की रिपोर्ट दर्ज करें और उसे ढूँढ़ने में मदद करें। मैं दुआ करता हूँ, ख़ुदा आपकी शोहरत फर्श से अर्श तक ले जाए।

ये अदना खाली हमारा चश्मा नहीं, बल्कि चश्मान-ए-गोया (आँखों का साथी) भी है। हमारे वालिद मरहूम कंपनी बहादुर नवाब अल्ताफ अली शाह की आख़िरी निशानी है, जो उन्होंने जन्नत रुखसती (मरने से पहले) के वक़्त हमें अता फ़रमाई थी।

चश्मे का तब्सरा कुछ इस तरह से है...

चाँदी को ढालकर ईरानी फ़नकार ने इसे बड़ी ही नज़ाकत और नफ़ासत के साथ लखनवी तहज़ीब को मिलाकर इसे बनाया था। इसमें काँच के दो गोल-गोल शीशे लगे थे, जिनके आर-पार दूर दराज़ बिना किसी रुकावट के देखा जा सकता था। इनमें कोई मामूली काँच नहीं लगे थे। इनकी खूबी ये थी कि ये धूप-छाँव के हिसाब से अपने आप को बदल लेते थे। काँच से कान की तरफ आने वाली कनौतियाँ बलखाती हुई कानों पर चढ़ जाया करती थीं जैसे किसी हसीना की बलखाती हुई ज़ुल्फ़ें आशिक़ के शानो पर छा जातीं हैं। इसका नाक-ए-पुल, काँच को मेरे चश्मान के नज़दीक बनाये रखता था। इसकी सबसे बड़ी खूबी ये थी कि ये मुझे हर उस बुराई से दूर रखता था, जिसे मैं नहीं देख सकता, क्योंकि न अब वो ज़माना रहा, न वो नफ़ासत रही और न वो तहज़ीब पसंद लोग रहे। चुनांचे मैं इसे हमेशा चश्मान पर लगाये रखता था, जिससे मुझे वो सब नज़र न आये जो मैं देख नहीं सकता।

आपका तालिब-ए-दीदार (आपके इन्तज़ार में)-नवाब अच्छन बहादुर, चौक लखनऊ वाले... हवेली नवाब बहादुर।''

‘‘शायद इतना काफी होगा?’’, ख़त मुकम्मल होने पर नवाब साहब ने पूछा।

‘‘हाँ नवाब साहब, आपका खत मुकम्मल हुआ।’’ शौकत मियाँ ने जवाब दिया।

‘‘बहुत-बहुत शुक्रिया मियाँ।’’

खत लिखवाने के बाद नवाब साहब बोले, ‘‘बकरुद्दीन, ये ख़त ले जाओ और कोतवाल साहब को बड़े अदब के साथ दे आओ और उनसे कह देना, हमने आज ही उनको हवेली पर याद फ़रमाया है।’’

‘‘ठीक है नवाब साहब, हुक्म की तामील होगी।’’

बकरुद्दीन ने साइकिल उठाई और नवाब साहब का ख़त लेकर फ़ौरन थाने के लिए रवाना हो गया। बक़रुद्दीन के जाने के बाद शौकत मियाँ बोले, ‘‘नवाब साहब, अब हमें भी रुखसती की इजाज़त दें?’’

‘‘अमाँ मियाँ कहाँ चले, थोड़ी देर और रुको; अभी कुछ ही लमहों में कोतवाल साहब आते होंगे। बस आप यूँ समझ लीजिये, बकरुद्दीन ने उधर ख़त दिया और कोतवाल साहब इधर आ पहुँचे और आपको तो पता ही है, लिखा-पढ़ी के मुआमले में आपसे बेहतर और ज़हीन शख़्स कौन हो सकता है; मेरी लिखा पढ़ी तो आपको पता ही है, एकदम चील-बिलउवा।’’

‘‘हा हाहाहा...।’’

कुछ देर बाद बकरुद्दीन, ख़त लेकर कोतवाल साहब के पास पहुँच गया और सलाम पेश करते हुए बोला, ‘‘हुज़ूर, अर्ज़ किया है कि नवाब अच्छन बहादुर आपके तालिब-ए-दीदार हैं और ये ख़त आपके नाम भिजवाया है; ज़रा इस पर ग़ौर फ़रमाएँ।’’

कोतवाल ने पलकों को तनाव देते हुए कहा, ‘‘ठीक है-ठीक है, उधर तशरीफ़ रखो, अभी देखता हूँ, फ़िलहाल अभी एक मुआमले में मशगूल हूँ।’’ इतना कहकर कोतवाल साहब अपनी जगह से उठे और बाहर चले गए।

कुछ वक़्त बाद कोतवाल साहब लौटकर आये और बोले,’’ हाँ बकरुद्दीन,

अब बताओ क्या माजरा है? कहाँ है नवाब साहब का ख़त?''

बकरुद्दीन ने ख़त कोतवाल साहब के नुर-ए-नज़र (आँखों से सामने) कर दिया। कोतवाल साहब ख़त पढ़ने लगे और बड़े रौब से मज़मून पढ़ते हुए बोले, ''साले की खाल खींचकर भूसा भर दूँगा, जिसने भी ये काण्ड किया है; तुम नवाब साहब को मेरा आदाब पेश कर देना और कह देना मैं शाम को हाज़िर हो जाऊँगा, लेकिन तब तक इत्मीनान रखें।''

बकरुद्दीन कोतवाल साहब को सलाम पेश करते हुए हवेली की तरफ वापस चलने से पहले बोला, ''हुज़ूर देर न कीजियेगा, क्योंकि नवाब साहब ने सारी हवेली सर पर उठा रक्खी है, दो मिनट का सुकून तक मयस्सर नहीं है नवाब साहब को'।''

''हुम्म.... ठीक है।''

शाम करीब चार बजे का वक़्त था। एक जीप हवेली के बाहर आकर रुकी। कोतवाल साहब अपने दो हवलदार साथियों के साथ उतरे। बकरुद्दीन, जीप की आवाज़ सुनकर समझ गया, हो न हो कोतवाल साहब ही होंगे। वो जीप की आवाज़ बंद होते ही बाहर आया, कोतवाल साहब को सलाम किया और नवाब साहब के पास अन्दर ले गया। अन्दर पहुँचते ही कोतवाल साहब ने आदाबर्ज पेश किया और बोले, ''नवाब साहब, मैं एक ज़रूरी काम में थोड़ा मसरूफ था, इसलिए देरी से आने के लिए मुआफ़ी चाहता हूँ, लेकिन अब आप बिलकुल फ़िक्र न करें, मैं आ गया हूँ, अब मैं सब ठीक कर दूँगा।''

''हम सवेरे से आपके मुन्तज़िर थे... ख़ैर बिला वक़्त गँवाये मेरे चश्मे की तफ्तीश शुरू करिये; आपको शायद इल्म नहीं, ये चश्मा मेरे लिए कितना ज़रूरी है, बस यूँ समझ लीजिये जैसे जिस्म हो,, लेकिन धड़कन न हो।''

''नवाब साहब आपका ख़त पढ़ा, चुनांचे आप फ़िक्र न करें, बस मुझ पर भरोसा रखें।''

कोतवाल ने अपने दोनों सिपाहियों को नवाब साहब के हुक्म की तामील करने का फरमान सुनाया। सिपाहियों ने कोतवाल की बात पर अमल करते हुए हवेली का चप्पा-चप्पा छानना शुरू कर दिया। कोतवाल साहब ने नवाब साहब

के ख़िदमतगारों से भी तफ़्तीश शुरू कर दी-मसलन कल शाम तुम लोग क्या कर रहे थे, कहाँ गए थे, किससे मिले थे, हवेली पर कौन-कौन आया था, वगैरह- वगैरह।

तफ़्तीश के ज़वाब में एक ख़िदमतगार बोला, ''ज़नाब हम तो नवाब साहब के वफ़ादार हैं; अल्लाताला हमें दोज़ख़ नसीब करे, अगर हममें से किसी ने भी ये गिरी हुई हरक़त की हो।''

दूसरा ख़िदमतगार बोला, ''वो काफ़िर ही होगा जिसने ये अज़ीम गुनाह किया होगा; मरे को पानी भी नसीब नहीं होगा'।''

तीसरा ख़िदमतगार बोला, ''जनाब, हवेली पर हमारे अलावा नवाब साहब और उनकी इकलौती बेगम सुरैया और ले दे के नवाब साहब के जिगरी दोस्त जनाब शौकत मियाँ, बस... और इसके अलावा किसी की मजाल जो हवेली की तरफ आँख उठकर देखे। मुझे बस पता चल जाए ये गुनाह किसने किया है, हाथ काटकर भूखे शेर के आगे डलवा दूँगा'।''

कोतवाल साहब रुवाब झाड़ते हुए बोले, ''तो क्या नवाब साहब झूठ बोल रहे हैं? खुदा कसम सच-सच बताओ, वरना एक-एक को कोतवाली ले जाकर कानून पर कसूँगा, फिर दूध का दूध और पानी का पानी हो जायेगा'।''

ख़िदमतगार बोला, ''जनाब आप लम्बरदार हैं, हाक़िम हैं, आप हमें सूली पर भी चढ़ा सकते हैं और ये जानते हुए भी क्या हम झूठ बोलेंगे... तौबा तौबा जनाब।''

''झूठ और सच का फैसला कानून करेगा।'' कोतवाल ने कहा।

कोतवाल साहब की तफ़्तीश चल ही रही थी; तभी सिपाहियों ने आवाज़ लगाई, ज़नाब हवेली का पूरा कोना-कोना छान मारा, लेकिन चश्मे का कोई सुराग तक नहीं मिला।

ये सुनते ही नवाब साहब भनभनाते हुए बिफ़र पड़े, ''लाहौल-बिला-कुव्वत ज़मीन निगल गयी या आसमान खा गया... हमारे मरहूम अब्बाजान का ज़माना होता तो अब तक मैं चश्मा, चश्मान पर लगाकर बारादरी में महफ़िल-ए-

अफ़रोज़ हो रहा होता।''

''नवाब साहब मुआफ़ी चाहूँगा; आपका चश्मा हवेली के कोने-कोने में तलाशा गया, सभी लौंडियों और ख़िदमतकारों से दरयाफ़्त भी की जा चुकी है; मुझे तो लगता है ये किसी बाहर वाले का काम है... लेकिन आप चिन्ता न करें, तफ़्तीश तब तक जारी रहेगी, जब तक आपका चश्मा मिल नहीं जाता। अब आप नाचीज़ को इजाज़त दें।'' कोतवाल ने एक हारे हुए जंजू की तरह कहा।

''ठीक है कोतवाल साहब'', ग़मज़दा होकर नवाब साहब ने जवाब दिया।

कोतवाल और सिपाहियों की लाख मेहनत-कशी के बावजूद नवाब साहब का चश्मा न मिल सका। चुनांचे कोतवाल साहब थक हारकर सोज़-ए-मेहनत (जी-तोड़ मेहनत) को अपने साथ लेकर रुख़्सत हो लिए। वहीं नवाब साहब अपने मरहूम अब्बाजान का ज़माना न होने को कोसने लगे और मज़ालिम (क्रूर) ज़माने को ख़ाक-ए-मज़ार-ए-आँखों (बेजान आँखों से) से देखने लगे।

''क़ाश मरहूम अब्बाजान का जमाना होता.... ''', नवाब साहब ने एक लम्बी आह भरते हुए कहा।

''नवाब साहब, मैं तो कहूँगा, अजी छोड़िये रंज-ओ-गम और गुलाब का शरबत पीजिये और ज़हन को तर-ओ-ताजा कीजिये; जो होना था वो हो गया।'' शौकत मियाँ ने कहा।

''यहाँ सांस हलक के नीचे नहीं उतर रही है और आपको शरबत की पड़ी है।'' नवाब साहब ने झुँझलाकर कहा।

''नवाब साहब, लेकिन परेशान होने से भी क्या होगा... कोतवाल साहब भी तफ़्तीश जारी रखने का भरोसा दे गए हैं, चुनांचे थोड़ा इतमीनान रखें और अगर नहीं मिला तो ये समझ लीजियेगा कि आपका और उसका साथ ऊपर वाले ने इतना ही मंजूर किया था; उसके आगे किसकी चलती है नवाब साहब।''

नवाब साहब रंजीदा होते हुए बैठक में पड़े दिवान पर बैठ गए और अपनी छड़ी की सूंड़नुमा मूठ को दोनों हाथों से सहलाने लगे।

''नवाब साहब, शरबत पेश करूँ?'' बकरुद्दीन ने पूछा।

''दफ़ा हो जाओ और दो चार दिन तक अपनी सूरत न दिखाना; तुम लोग एक अदना से चश्मे तक को न ढूँढ़ पाये।''

मुआमले की नज़ाकत को समझते हुए शौकत मियाँ ने चलने की इजाज़त माँगी, जो नवाब साहब ने दाढ़ी हिलाकर बड़ी नफासत के साथ दे दी और बोले, ''ख़त लिखने के लिए शुक्रिया शौकत मियाँ और मुआमले में मेरी मदद करने के लिए।''

''नवाब साहब आप दोस्त भी कहते हैं और शुक्रिया भी; ख़ैर जाने दीजिये, बंदा चल रहा है, किसी चीज की ज़रूरत हो तो ज़रूर याद फ़रमाइयेगा।''

''ठीक है शौकत मियाँ।''

शौकत मियाँ हवेली से बाहर निकले और फिटन में बैठकर रुख़सत हो गए।

बकरुद्दीन हवेली का दरवाज़ा बंद कर ही रहा था, तभी चौक चौराहे से नवाब साहब का पसंदीदा पान वाला अपनी साइकिल से हवेली के सामने आकर रुका। इससे पहले कि बकरुद्दीन दरवाज़ा बंद कर पाता, पान वाला बोला, ''नवाब साहब हवेली में हैं क्या?''

''हैं... लेकिन इस वक़्त किसी से नहीं मिल सकते, आप किसी और मुनासिब वक़्त आइएगा।''

''मुझे बस उनकी एक अमानत लौटानी है।''

''अमानत? कौन सी अमानत?''

''दो दिन पहले, शाम को नवाब साहब हमारी दुकान पर पान खाने आए थे और अपना चश्मा वहीं भूल गए थे, बस उसी को देने आया हूँ।''

ये सुनते ही बकरुद्दीन की खुशी का ठिकाना न रहा और बोला, ''जनाब आपने तो वो कर दिखाया, जो बड़े-बड़े तीरंदाज नहीं कर पाये; आप बाहर क्यों खड़े हैं, अंदर तशरीफ़ लाएँ; नवाब साहब आपसे मिलकर इतना खुश होंगे कि आप अंदाज़ा भी नहीं लगा सकते।''

पान वाले को कुछ समझ में नहीं आया कि आख़िर चश्मा मिल जाने पर इतना क्या ख़ुश होना... लेकिन फिर भी वो बकरुद्दीन के पीछे बैठक की तरफ चल पड़ा, जहाँ बकरुद्दीन ने उसे मोढ़े पर बैठने की गुज़ारिश की।

''तुम यहीं बैठो, मैं नवाब साहब को ख़बर किये देता हूँ।''

पान वाला वहीं बैठकर इन्तज़ार करने लगा, जबकि बकरुद्दीन, नवाब साहब को बुलाने अंदर चला गया। बकरुद्दीन अंदर गया तो देखा, नवाब साहब अभी तक छड़ी की सूंड़नुमा मूठ को सहला रहे हैं। बेगम सुरैया, नवाब साहब को दिलासा दे रही हैं। कह रहीं हैं, अजी जाने भी दीजिये, थूकिये गुस्से को, जब से चश्मा गायब हुआ है, आपने एक निवाला तक हलक के नीचे नहीं उतारा है।

''नवाब साहब! अर्ज किया है...'', बकरुद्दीन बोला।

''मैंने तुमसे कहा था, दो चार दिन तक अपनी सूरत न दिखाना।''

''हाँ मालूम है नवाब साहब, लेकिन बात ही कुछ ऐसी है।''

''क्या आसमान टूट गया या अंग्रेजों ने फिर से हमला कर दिया?''

''आसमान साफ़ है और अंग्रेजों का सूरज पहले ही ढल चुका है, इसलिए ऐसी कोई बात नहीं।''

''तो कैसी बात है?''

''आपका पसंदीदा पान वाला आया है, कुछ ख़ास काम है उसे।''

''उससे कह दो अभी नहीं मिल सकते और न ही अभी गिलोरी खाने का मिज़ाज है।''

''नवाब साहब एक बार उससे मिल तो लीजिये।''

''अब तुम मुझे सिखाओगे, कब और किससे मिलना है?''

''नहीं नवाब साहब।''

''तो और क्या है?

''नवाब साहब, आप मेरी खिदमत की इल्तेजा समझ के ही मिल

लीजिये।''

''अब तुमने ऐसी बात कर दी; कह दो अभी आते हैं।''

''नवाब साहब अभी जलवा अफ़रोज़ होते हैं; तब तक आप क्या लेंगे?'' बकरुद्दीन ने पान वाले से पूछा।

''अरे तकल्लुफ की कोई बात नहीं, मैं बिलकुल ठीक हूँ।''

''इसमें तकल्लुफ कैसा; आपने जो काम किया है, वो ईनाम के क़ाबिल है और अगर नवाब साहब को पता चला कि आपने कुछ भी नहीं लिया, तो मेरी शामत आ जायेगी... मैं अभी गुलाब का शरबत और काजू पेश करता हूँ।''

पान वाला, मोढ़े पर बैठा इधर उधर देख रहा था, तभी बकरुद्दीन ने शरबत और काजू पेश कर दिया और बोला, ''लीजिये नोश फ़रमाइये, नवाब साहब आते ही होंगे।''

तभी नवाब साहब मेहमानखाने में दाखिल हुए। नवाब साहब को देखते ही पान वाले ने झुक कर सलाम पेश किया।

''हाँ बताओ मियाँ क्या मिज़ाज है... सब ख़ैरियत?

''नवाब साहब, बस आपकी दुआ है और ऊपर वाले का करम है।''

''कहो कैसे आना हुआ; बकरुद्दीन बता रहा था कुछ ख़ास और ज़रूरी काम है।''

''हुज़ूर, दो दिन पहले आप मेरी दुकान पर अपना चश्मा भूल गए थे, बस उसी को लौटाने आया हूँ।''

''ये सुनकर नवाब साहब गुलाब की तरह खिल उठे और बोले मरहबा... क्या ख़बर सुनाई है... सुभानअल्ला।''

''नवाब साहब, ये तो मेरा फर्ज था।''

''तुम्हें पता नहीं, तुमने मेरी विरासत के साथ-साथ अमानत भी लौटाई है, वरना मैं ऊपर जाकर मरहूम अब्बा जान को क्या सूरत दिखाता, कि मैं उनकी आख़िरी निशानी तक तो महफूज नहीं रख सका, ऊपर से ज़माने के सारे बदरंग

देखने पड़ते वो अलग; बताओ ईनाम में तुम्हें क्या चाहिए?''

''नवाब साहब, आप सलामत रहो, बस और कुछ नहीं।''

''ऐसा कैसे हो सकता है, कुछ तो लेना ही पड़ेगा।''

''नवाब साहब, ऊपर वाले का दिया सब कुछ है... और कुछ नहीं चाहिए।''

''इसे कहते हैं नवाबों को पान खिलाने वाला; तुमने आज ये साबित कर दिया कि नवाब, पान भी किसी ग़ैरतमंद के यहाँ ही खाते हैं। तुम नवाब अच्छन की हवेली पर आए हो, कुछ तो लेना ही पड़ेगा, इसलिए मोहानी का पाँच एकड़ बाग़ तुम्हारा हुआ।''

''नवाब साहब, इनाम और इकराम के लिए बहुत-बहुत शुक्रिया, आप जिंदाबाद रहें, सलामत रहें।''

''तुमने जो काम किया है, उसके एवज में ये बहुत छोटी सी चीज़ है।''

''नवाब साहब ये तो आपकी दरियादिली है।''

''बकरुद्दीन, शौक़त मियाँ से कहकर बाग़ के काग़जात इसके नाम करवाने का इंतजाम करो।'' नवाब साहब ने कहा।

''जी नवाब साहब...।''

''अच्छा नवाब साहब, इस बन्दे को चलने की इजाज़त दें?''

''ठीक है.... आते रहना और किसी चीज की ज़रूरत हो तो हमें ज़रूर याद करना... ऐसे ज़हीन और नेक लोग अब उसने बनाने ही बंद कर दिए हैं; वैसे भी, अब अब्बाजान का जमाना नहीं रहा।''

''जी नवाब साहब।''

3

सब सुन्न

पंद्रह-सोलह घंटे की बदन तोड़ देनी वाली थकान और ठंड के साथ हमेशा की तरह उस दिन भी एक्सप्रेस, मालगाड़ी की तरह लखनऊ के चारबाग स्टेशन पहुँच रही थी। कुछ बकैत प्रजाति के लोग गाड़ी रुकने से पहले ही अपने रोमांच और बहादुरी का परिचय देते हुए प्लेटफार्म पर कूदे जा रहे थे। मेरे डिब्बे में बैठे कुछ लोग कह रहे थे, ''इस गाड़ी का हमेशा का नाटक है, कभी टाइम पर नहीं पहुँच सकती हरामजादी। ट्रेन का ड्राइवर भी साला एक नंबर का हरामी है; एक तो गाड़ी को बैलगाड़ी की तरह लाया है और ऊपर से एक घंटा आउटर पर रोके रक्खी; साले को किसी दिन कोई न कोई लतिया देगा, दो मिनट के अंदर सारी रंगबाजी हवा हो जाएगी।'' और फिर ड्राइवर को दो चार भद्दी-भद्दी गालियाँ दे मारी। ये सब चल ही रहा था कि गाड़ी एक ज़ोर का झटका देने के बाद अचानक रुक गयी, लेकिन इसी झटके में एक अधेड़ किस्म का आदमी एक अधेड़ किस्म की महिला के ऊपर गिर पड़ा। अरे गिरा क्या बस गले ही पड़ गया। महिला बहुत ज़ोर से चीखी और बोली, ''दिखाई नहीं देता? अंधे हो क्या?''

''दिखाई तो देता है, लेकिन गाड़ी झटके के साथ रुक गयी तो इसमें मैं

क्या करूँ; मैं कोई जान बूझकर थोड़े ही गिरा आपके ऊपर।'' अधेड़ किस्म के आदमी ने आत्मग्लानि वाले भाव से कहा।

''मैं खूब जानती हूँ तुम्हारे जैसे शोहदों को; लेकिन अभी मैं थोड़ा जल्दी में हूँ, वरना सीधे चप्पल से बात करती।'' इतना कहकर उसने अजीब सा गुस्सैल मुँह बनाया और तुनकते-भुनकते गाड़ी से उतर गयी, जबकि वो आदमी बिना कुछ बोले दूसरे दरवाजे की तरफ उतरने चला गया। धीरे-धीरे सब लोग गाड़ी से उतरने लगे और मैं भी उनके पीछे गाड़ी से उतर गया। प्लेटफार्म से कुछ दूर चलने पर निकास-द्वार था, जिस पर दो काले कोट पहने हुए टिकट निरीक्षक पहले से तैनात थे, जो शक्ल पसंद आने के हिसाब से टिकट चेक कर रहे थे। उनमें से एक काले कोट वाले को मेरी भी शकल पसंद आ गयी और उसने मेरा टिकट माँग लिया। मैंने भी बिना देर किये फ़ौरन अपना टिकट निकाला और उसे दिखा दिया। टिकट देखने के बाद उसने मुझे निकास द्वार लाँघने का अवसर प्रदान कर दिया और मैं बाहर आने के लिए स्टेशन की सीढ़ियाँ उतरने लगा।

स्टेशन से बहार निकलते ही 'नयी खोज' यानी ऑटो रिक्शा के बीच 'पुरानी खोज' यानी साइकिल रिक्शा अपना वजूद बचाने के लिए जद्दोजहद करते दिखाई दे रहा था। मैंने साइकिल रिक्शा चलाने वालों की आँखों को ग़ौर से देखा तो उनमें ज़िन्दगी के समर्थन में एक लड़ाई दिखाई दे रही थी। उनकी ये लड़ाई, आर्थिक लाभ के लिए नहीं बल्कि ज़िन्दगी जीने के लिए थी। अभी हम स्टेशन की सीढ़ियों से उतर भी नहीं पाये थे कि रिक्शे वाले कहने लगे, ''बाबू जी कहाँ जाना है, साहब कहाँ जाना है, बहन जी कहाँ जाना है, कहाँ जाओगे, रिक्शा चाहिए क्या'' इत्यादि-इत्यादि सवालों को लादे, हसरत भरी निगाहों से हमारी ओर देख रहे थे। कई बार तो हमारे मना करने पर फिर से दोहराने लगते थे हालाँकि इस सब के बावजूद हम इनको नज़रअंदाज करते हुए ऑटो की तरफ बढ़ रहे थे। कई बार तो कुछ लोग झल्लाकर इनको तेजी से डाँट-डपट भी रहे थे, लेकिन इसके बाद भी साइकिल रिक्शे वाले हार मानने को तैयार नहीं थे। शायद ये बेमतलब में हमारा और अपना समय खराब कर रहे थे, क्योंकि अब हमें इनकी कोई ज़रूरत नहीं। लेकिन ज़िन्दगी तो ज़िन्दगी है, जो अपना रास्ता ढूँढ़ ही लेती है... इसीलिए ये एक योद्धा की तरह लड़ रहे थे। इन्हें देखकर मुझे

ऐसा लगा रहा था, योद्धा वो नहीं होता जो लड़ाई में जीतता है, योद्धा वो होता है जो लड़ाई में हार नहीं मानता और बना रहता है।

मेरे, चारबाग स्टेशन से निकलकर मुख्य सड़क पर आते ही साइकिल रिक्शे का सैलाब उमड़ पड़ा और जैसे यकायक कोई बाँध टूट गया हो और एक साथ बहुत सारा पानी बह निकला हो। साइकिल-रिक्शे के सैलाब को देखकर ये अंदाजा लगाना मुश्किल हो रहा था कि ये आ रहा है या जा रहा है। रोड पर खड़े कुछ ट्रैफिक पुलिस वाले, साइकिल-रिक्शे वालों को भगाने की नाकाम और नाकारा कोशिश करते दिखाई दे रहे थे। शायद उन्हें भी पता था, अगर इनको यहाँ से हटा दिया तो इन बेचारे गरीबों का क्या होगा और इनके बीबी बच्चे क्या खाएँगे। वैसे भी ये दूर-दराज के कस्बों और गाँवो से निकलकर यहाँ चार पैसे कमाने आये हैं; ऊपर से न जाने कब आजकल की बे-लगाम तथाकथित तरक्की इन्हें कुचल मारे, जो आज़कल उफान पर है; जबकि तरक्की का पैमाना अभी तक तय नहीं हो पाया है या तय करने वाले ने कहीं छुपा दिया है।

वो दिसंबर का महीना था और सुबह के लगभग साढ़े सात बज रहे थे। ठंड से शरीर और हड्डियाँ गली जा रहीं थीं। नाक और मुँह स्टीम इंजन की तरह भकभका रही थी और दूसरी तरफ सूरज के धोका देने के पूरे आसार नज़र आ रहे थे। ठंड को असहाय करते हुए मैं थोड़ा आगे बढ़ा और रोड पर आकर आलमबाग जाने के लिए ऑटो रिक्शा देखने लगा। तभी मैंने देखा, एक अधेड़ उम्र का रिक्शे वाला, धँसी आँखों के साथ मेरी तरफ बढ़ता चला आ रहा है। उसके गाल अंदर की तरफ धँसे हुए थे और होंठ बीड़ी पीने की वजह से काले पड़ चुके थे। वो जोर-जोर से हाँफ रहा था। अधिक ठंड होने की वजह से उसकी नाक से धुआँ निकल रहा था, जिसके साथ पानी की कुछ बूँदे उसकी नाक पर लटक आयी थीं, जिसे वो बार-बार अपने फटे अँगौछे से पोछ रहा था। वैसे तो मैं ऑटो रिक्शा लेने वाला था लेकिन न जाने क्यों, जैसे ही वो मेरे करीब आया मैंने अनायास पूछ लिया, ''ऐ रिक्शा... खाली हो क्या'?''

''हाँ खाली है बाबू जी, कहाँ चलना है?''

''आलमबाग जाना है, चलोगे क्या?''

“हाँ बाबू जी, ज़रूर चलेंगे।”

“ठीक है... चलो।”

रिक्शे पर बैठने के चलन अनुसार, रिक्शे पर चढ़ने से पहले भाड़ा पूछा जाता है, फिर मोलभाव किया जाता है और अगर सौदा पटा, तो सवारी की जाती है वरना दूसरा रिक्शा देखा जाता है। लेकिन मैंने रिक्शे का भाड़ा तय किये बगैर अपना सामान उसके रिक्शे पर रख दिया और खुद भी रिक्शे पर बैठ गया। इस नियम को न जाने मैंने क्यों तोड़ा, लेकिन मुझे यकीन था कि रिक्शेवाला, भाड़े के बदले मुझसे कोई रियासत माँगने से रहा और न मेरे पास थी देने के लिए। रिक्शे पर बैठते ही मुझे कुछ ठंड का एहसास हुआ, लिहाज़ा मैंने मफलर से सर और कान दोनों ढक लिए। हालाँकि कानो में ठंड की कुछ-कुछ सरसराहट सी महसूस होती रही। मेरे बैठते ही रिक्शेवाला उचक-उचक कर पैडिल पर पैर मारकर अपनी तशरीफ़ ऊपर नीचे करने लगा। रिक्शा चल पड़ा था। इसी बीच यकायक मेरी नज़र रिक्शे वाले पर पड़ी और मैंने जो देखा तो दंग रह गया। रिक्शेवाले का इतिहास और भूगोल जो मैंने देखा, वो कुछ इस प्रकार था...।

एक पतली सी धोती और कई जगह से सिला हुआ कुर्ता, जिसमें सिलने की गुंजाइश बिलकुल वैसे ही ख़त्म हो चुकी थी, जैसी राख के वापस जलने की होती है। उसने सर और कान को सर्दी से बचाने के लिए एक पतला मारकीन का टुकड़ा लपेट रखा था, जो शायद सर्दी से बचने के लिए नहीं, बल्कि सर्दी के एहसास से बचने के लिए कारगर हो सकता था। शरीर की हड्डियों, खाल और मारकीन की धोती के बीच एक निर्वात सा बना हुआ था... नतीजतन, उभरी हुई हड्डियाँ साफ़-साफ़ दिखाई दे रही थीं। वो जोर-जोर से हाँफ रहा था और बार-बार उचक कर हुम हुम हुम की आवाज़ निकाल रहा था। दरअसल वो अधिकतम सर्दी में न्यूनतम से न्यूनतम गर्मी के कपड़ों में रिक्शे को चला रहा था। ये सब देखकर मेरी सर्दी, गर्मी में बदलती जा रही थी और ऐसा लग रहा था जैसे कान के दरवाजे ठंड के लिए बंद हो रहे हैं... हालाँकि सुरसुराहट अभी तक जारी थी।

उसे देखकर मुझसे रहा नहीं गया, मैंने अनायास ही बेतुका-सा सवाल पूछ लिया, “तुमको ठंड नहीं लगती क्या?”

''बाबू जी, गरीबी की गर्मी इतनी ज़्यादा है कि किसी मौसम का कुछ असर नहीं होता, सब सुन्न हो गया है।'' रिक्शे वाले ने तपाक से कहा।

मैं इस जवाब के लिए बिलकुल भी तैयार नहीं था, चुनांचे मेरे होश फाख्ता हो गए और मैंने बात को बदलते हुए पूछा, ''भई कहाँ से हो, मतलब कौन जिला?''

''गोंडा जिला बाबू जी।''

मैंने जानते हुए भी सवाल किया, ''वहाँ से यहाँ क्या करने आये, वहीं कुछ कर लेते; बेकार में इतनी ठंड में अपनी हड्डियाँ गाला रहे हो, मेरा तो इतने कपड़े पहनने के बाद भी बुरा हाल है और तुम हो कि हवा महल बने हुए हो... भई गज़ब मिट्टी के बने हो।''

''बने तो हम सब एक ही मिट्टी के हैं बाबू जी, बस गरीबी और अमीरी का फर्क है।''

''लेकिन फिर भी...''

''बाबू जी वहाँ कहाँ कमाई है, गाँव में तो बस बेगार है बेगार। यहाँ तो जैसे-तैसे थोड़ा बहुत मिल जाता है, पेट काटकर चार पैसे बचा लेते हैं, जिसे महतारी बाप और लड़के बच्चों के लिए घर भेज देते हैं, बस ये समझ लो जैसे-तैसे गुजर बसर हो जाती है।''

''खेती बाड़ी नहीं है क्या?'' मैंने पूछा?

''हमारे महतारी बाप किसान ही थे, उन्होंने सारी ज़िन्दगी खेती-बाड़ी ही की, लेकिन कभी अपना पेट नहीं भर पाये; सारी ज़िन्दगी गाँव के जमींदार और उनके कारिंदों के कर्जे उतारने में निकल गयी। हम गरीबों का कर्ज, द्रौपदी की साड़ी की तरह होता है, जितना उतारो उससे ज़्यादा फिर बढ़ जाता था। हमारे बाप ने कारिंदों से लेकर जमींदार तक बहुत खुशामद की, लेकिन उनकी आँख में तो जैसे सुअर का बाल होता है, किसी की दर्द तकलीफ से उनको क्या लेना देना... और फिर एक दिन कर्ज न चुका पाने के एवज में जमींदार ने 10 एकड़ खेत से बेदखली कर दी, जिसके बाद ले दे के एक एकड़ का एक ऊसर बचा

था, उसी को खून-पसीने से सींचकर खेती लायक बनाया है, लेकिन उसमें क्या होता है; आजकल खेती में जितना मिलता नहीं, उससे ज़्यादा लागत हो जाती है और कहीं इन्द्र देव बिगड़ गए तो समझो भूखे मरने की नौबत तक आ जाती है और ऊपर से महतारी की बीमारी के लिए लिया गया साहूकार का कर्ज, जो गरीब की लड़की की उम्र की तरह हर साल बढ़ जाता है। अब तो सोच रहे हैं कि खेती-बाड़ी बेच दें, साहूकार का कर्ज चुका दें और परिवार समेत यहीं लखनऊ आ जाएँ... यहीं कहीं छोटा-मोटा कमरा किराये पर ले लें, ताकि बिटिया लड़का थोड़ा बहुत पढ़ लिख जाएँ, वरना हमारी तरह जीरो बटा सन्नाटा रह जाएँगे। वैसे भी अब गाँव में बचा ही क्या है; वही टूटा घर, बरसात में टपकता छप्पर, उखड़े खड़ंजे, सूखे तालाब, उजड़ती अमराइयाँ, ताला लटके किवाड़, खाली घर, सुनसान गलियारे, वीरान चौपाल, जर्जर स्कूल, बंजर ज़मीन और बाट जोहती बूढी आँखें। अब तो गाँव में वही लोग बचे हैं, जो कहीं के लिए नहीं बचे हैं। शहर नाम का कीड़ा दिन पर दिन गाँव-देहात को खाता चला जा रहा है। लोग बाग़ ये नहीं समझते कि अगर खेत-खलिहान नहीं होंगे तो लोग क्या हवा खाएँगे, लेकिन ये तो वही बात है, अनपढ़ को तो पढ़ाया जा सकता है, लेकिन पढ़े-लिखे लोगों को कौन पढ़ा सकता है।''

"हाँ, बात तो तुम ठीक कह रहे हो और अब हर गाँव का तकरीबन-तकरीबन यही हाल है। महात्मा गाँधी कहते थे, भारत का दिल गाँवों में बसता है, इसलिए अगर गाँव मजबूत होंगे तो देश भी मजबूत होगा; जबकि हाक़िम लोग कहते हैं देश मजबूत हो रहा है, जबकि गाँव देहात कमजोर हो रहे हैं। न जाने कौन से स्कूल में पढ़े हैं, ख़ैर... ये बताओ, दिनभर में कितना कमा लेते हो?''

"बाबू जी, यही कोई डेढ़-दो सौ रुपया रोज़ के कमा लेते हैं, जिसमें चालीस रुपया रिक्शा मालिक को देना पड़ता है, बीस-पचीस रुपया खाना पानी में खर्च हो जाते हैं और लगभग सौ सवा-सौ रुपया बच जाते हैं घर भेजने के लिए और अगर रिक्शे में कुछ टूट-फूट हो गयी तो उस दिन कुछ कम बच पाता है या फिर नहीं बच पाता है।''

"बीस-पचीस रुपये में खाना-पीना हो जाता है और लखनऊ में कहाँ रहते हो?''

''बाबू जी, बस ये समझ लो जैसे तैसे पेट भर लेते हैं और जिस दिन सवारी नहीं मिलती, उस दिन तो एक टाइम खाकर भी काम चलाना पड़ता है। दोपहर में रिक्शे पर ही थोड़ा आराम कर लेते हैं और रात में फुटपाथ पर ही सो जाते हैं, काहे कि आसमान हमारे जैसे गरीबों का ओढ़ना और ज़मीन अपना बिछौना है।''

''तुम्हारे कितने बच्चे हैं और क्या करते हैं?''

''एक बिटिया है और एक लड़का; बिटिया शादी लायक हो गयी है और लड़का 15 साल का हो गया है और वहीं गाँव के सरकारी स्कूल में पढ़ता है। लड़के का क्या है, कुछ न कुछ कर लेगा, जैसे तैसे काट लेगा, लेकिन बिटिया गाँव में पढ़ी है और आपको तो पता ही है कि गाँव-देहात में तालीम के नाम पर क्या होता है। वैसे पारसाल गाँव के डॉक्टर साहब की मदद से बिटिया का दाखिला यहीं डिग्री कॉलेज में करवा दिया है; पढ़ाई ख़त्म होने के बाद अगर कोई छोटी-मोटी नौकरी मिल गयी तो बिटिया का जीवन सँवर जाएगा।''

''बिटिया की शादी के लिए कोई लड़का-वड़का देखा है क्या?''

''हाँ देखे तो कई हैं, लेकिन शादी करने के लिए रोकड़ा भी तो होना चाहिए; बस इसीलिए शहर आ गए हैं; अब थोड़े पैसे जुटा लें, फिर अपनी हैसियत का लड़का देखें, तब तक बिटिया बी.ए. भी ख़त्म कर लेगी।''

''ये तो तुमने ठीक ही सोचा है।''

''हुम्म... आगे फिर जैसा मंजूर हो।''

कुछ इसी तरह से हम दोनों बातें करते रहे और वो अपने सरल जवाबों से मुझे लाजवाब करता गया। जैसे-जैसे वो बताता जा रहा था, मेरे शरीर और दिमाग में गर्मी बढ़ती जा रही थी और इसी गर्मी में बातें करते-करते कब आलमबाग आ गया, पता ही नहीं चला।

''बाबू जी आलमबाग आ गया।'' रिक्शे वाले ने कहा।

मैंने रिक्शे से अपना सामान उतारकर रिक्शे वाले से पूछा, ''भाई कितने रुपये हुए?''

''बाबू जी जो समझ में आये दे दो, बस ये समझ लो, बोहनी आप ही से हो

रही है।''

मैंने जेब से पाँच सौ रुपये का नोट निकालकर उसे देते हुए कहा, ''ये लो।''

''बाबू जी, सुबह-सुबह काहे मजाक करते हो; इतनी बड़ी नोट... मेरे पास टूटे नहीं हैं।''

''उसकी कोई ज़रूरत नहीं।'' मैंने कहा।

वो चुप था, लेकिन उसके चेहरे पर एक अजीब सा संकोच और ख़ुशी दोनों थी। हालाँकि मुझे पता था, ये केवल कुछ देर के लिए ही है, क्योंकि उसकी ज़िन्दगी की लड़ाई इतनी छोटी और आसान नहीं है... उसे तो अभी बहुत दूर तक बहुतों से लड़ना है।

'लेकिन...' रिक्शे वाले ने बिना बोले, चमकती आँखों से कहा।

''कोई बात नहीं रख लो।'' इतना कहकर मैं वहाँ से लम्बे-लम्बे क़दमों के साथ घर की तरफ चल दिया, क्योंकि मैं बहुत ज़्यादा देर तक उसकी चमकती आँखों का सामना नहीं कर सकता था। रास्ते भर मैं केवल एक बात का जवाब ढूँढ़ता रहा, कि दूसरों को उनकी मंजिल पर पहुँचाने वाला मेहनतकश मज़दूर, किसान अपनी मंजिल पर कब पहुँचेगा। मुफलिसी या तो जान लेती है या तो इतना सख़्त बना देती है कि आग, पानी, हवा, धूप, ठंड, भूख, नींद का उस पर कोई असर नहीं होता... मतलब ''सब सुन्न हो जाता है।'' कुछ देर तक मैं उसके बारे में ही सोचता रहा।

(''आधुनिक भारत का प्रतीक रहा रिक्शा और रिक्शे को चलाने वाले लोग आज अपने वजूद के लिए संघर्ष कर रहे हैं। सड़क और समाज में शायद अब इनके लिए कोई जगह नहीं बची है। 1869 में रिक्शा सबसे पहले जापान में बनाया गया और 1870 में वहाँ की सरकार ने इसे बनाने और बेचने की अनुमति दी। उस समय रिक्शा एक नयी तकनीक का शाहकार था, जो छोटी दूरी के यातायात में एक क्रांतिकारी बदलाव के रूप में देखा जाने लगा। इसकी प्रसिद्धि का अनुमान इस बात से लगाया जा सकता है, कि ये कुछ ही समय में एशिया, उत्तरी अमेरिका और अफ्रीका तक पहुँच गया। 19 सदी के आते-आते

ये केवल यातायात का साधन ही नहीं, बल्कि आधुनिकता का प्रतीक बन गया। इसने न केवल रोज़गार मुहैया करवाया, बल्कि आधुनिकता को लाने में उत्प्रेरक का काम भी किया। लेकिन आज उसी आधुनिकता के नाम पर इसे बहुत तेजी के साथ पीछे धकेला जा रहा है। न ही इनकी कोई बात कर रहा है और न ही कोई सोच रहा है। हम सकल घरेलू उत्पाद के छलावे में फँसते जा रहे हैं और एक व्यवसाय, रोज़गार, पर्यावरण और आधुनिकता को खोते जा रहे हैं। हम बाकी सब कर रहे हैं, लेकिन जो करना चाहिए सिर्फ वही नहीं कर रहे हैं। हमने रिक्शे को उस जगह लाकर खड़ा कर दिया, जहाँ से ये धूमिल होता हुआ दिखाई दे रहा है। हम, शहर को कारों और गाड़ियों के सैलाब से पाटे जा रहे हैं और रिक्शे को समाज और आधुनिकता के लिए खतरा बता रहे हैं। जिन रास्तों पर ये कभी बड़ी शान से चला करते थे, वही इनके चलने के लिए बंद करते जा रहे हैं। शहर में कई रास्ते 'नो रिक्शा जोन' में बदलते जा रहे हैं और हम गला फाड़-फाड़ कर इंडिया-इंडिया चिल्ला रहे हैं।'')

4

ससुराली साइकिल

हर रोज़ की तरह मैं उस दिन भी कोल्हू के बैल-सा थका घर पहुँचा और हमेशा की तरह हाथ मुँह धोने के बाद टी.वी. खोलकर समाचार चैनल लगा दिया और समाचार देखने लगा। तभी बाहर से बहुत जोर-जोर से हँसने और ठहाके लगाने की अविरल आवाजें आने लगीं। जिज्ञासावश मैं टी.वी. के समाचार छोड़कर हँसने और ठहाके की ख़बर का जायज़ा लेने बाहर की तरफ निकल पड़ा। बाहर निकला तो देखा, सड़क के दूसरी तरफ कुछ लोग किसी अज्ञात वस्तु को घेरे खड़े हैं और कह रहे हैं, ''वाह! कमाल कर दिया श्रीवास्तव जी, बहुत बेहतरीन काम कर के लाये हो; इसको कहते हैं, शेर के जबड़े से बोटी छीनना... ये काम करना भई सबके बस की बात नहीं थी, आपने तो कमाल ही कर दिया, भई मान गए आपको।'' कुछ इसी तरह से मोहल्ले और आस-पड़ोस वाले न जाने कितनी उपमाओं के साथ बधाइयाँ बाँट रहे थे। मैं मन के अंदर उठती जिज्ञासा को शांत करने के लिए घर के सामने की सड़क को लाँघकर दूसरी तरफ बधाई देने वालों के संदेशों को चीरते हुए जब आगे बढ़ा तो देखा कि धातु, रबर, पहियों और गियर से बनता एक उपयोगी संयोजन, जो श्रीवास्तव जी

और उनके उद्देश्यों की भावनाओं को ले जाने में सक्षम था, जिसे साइकिल के नाम से जाना जाता है, उसे कई लोग घेरे खड़े हैं। वैसे तो इसे बनाने वाली कंपनी ने इसमें अपना बिल्ला लगाकर इसका नामकरण किया था, लेकिन मोहल्ले के लोग इसे 'ससुराली साइकिल' के नाम से संबोधित करते थे।

वैसे तो आजकल साइकिल एक मामूली यातायात के साधन के साथ-साथ आर्थिक हैसियत का भी पैमाना है, लेकिन ये वाली कोई मामूली साइकिल नहीं थी। श्रीवास्तव जी को अपनी साइकिल अपनी जान से भी ज़्यादा प्यारी थी, क्योंकि ये उनको शादी में पुरस्कार स्वरूप प्राप्त हुई थी। वो कहते हैं न, सारी खुदाई एक तरफ और जोरू का भाई एक तरफ़... बस इसमें यही वाला मसला था, इसलिए वो इसे दिल-ओ-जान से प्यार करते थे। अगर मोहल्ले में कोई साइकिल माँग ले, तो कहते, 'साइकिल माँगे दी जाती है जान नहीं।'' और कोई जब बहुत गुजारिश करता तो कहते, ''मुझसे आने-जाने का किराया ले लो, लेकिन मेरी साइकिल न माँगो।'' हालाँकि न कभी किसी को किराया दिया और न किसी ने लिया, क्योंकि किसी को श्रीवास्तव जी ने दिया नहीं, इसलिए इसका अनुभव मोहल्ले में किसी को प्राप्त नहीं हो सका। श्रीवास्तव जी की साइकिल मोहल्ले में ही नहीं, बल्कि उनके दफ़्तर और दूरदराज के मोहल्लों तक में मशहूर थी। ये साइकिल उनको इतनी अज़ीज थी कि चाहे खुद न नहाएँ, लेकिन साइकिल को नहलाना, तेल डालना और साफ़ करना कभी नहीं भूलते थे।

श्रीवास्तव जी चालीस से कुछ ऊपर ही होंगे। कद-काठी से दुबले पतले, देखने में ठीक-ठाक, लेकिन दिमाग से चरबाँक। आख़िर क्यों न हों सरकारी मुलाज़िम जो थे। उनके एक पत्नी और दो बच्चे थे और उनके हिसाब से उनका परिवार दुनिया का पहला और आख़िरी सर्वश्रेष्ठ परिवार था... लेकिन कभी-कभी सर्वश्रेष्ठ लोग भी गच्चा खा ही जाते हैं।

करीब एक हफ्ते पहले, हुआ कुछ यूँ, सुबह से श्रीवास्तव जी की बायीं आँख बहुत जोरों से फड़फड़ा रही थी। घर में सबसे कह रहे थे, ''आज़ पता नहीं क्या बात है, सुबह से आँख फड़क रही है, कहीं कोई अपशगुन तो नहीं होने वाला है।'' और इसी बात को लेकर सुबह से बहुत व्याकुल थे। हालाँकि घर में किसी ने उनकी दकियानूसी बात पर बिलकुल भी ग़ौर नहीं किया। रोज़ाना की

तरह उस रोज़ भी श्रीवास्तव जी साइकिल पर सवार होकर अपने दफ़्तर गए थे और शाम को जब वापस घर आने के लिए लौटे तो देखा, साइकिल अपनी जगह पर मौजूद नहीं है। वो समझ गए, सिग्नल तो मुझे सुबह ही मिल गया था लेकिन.....। वो परेशान हैरान होकर इधर उधर देखने लगे और कुछ देर तक जाँच-पड़ताल करते रहे। इधर-उधर लोगों से पूछते रहे, ''भाई, किसी ने काली रंग की हीरो जेट साइकिल देखी है? जिसके रिम चाँदी की तरह चमकते थे और गियर मोती के दाँत जैसे थे; गद्दी ऐसी आरामदेह, कि एक बार बैठ जाओ तो उतरने का मन न करे और मज़ाल धूल का एक कण लगा हो उसके ऊपर। रोजाना सुबह-शाम साफ़ कपड़े से चमकाता था। वफादारी इतनी थी कि कभी रास्ते में धोखा नहीं दिया... चाहे दिन हो या रात, सर्दी हो या गर्मी, सूखा हो या बरसात। रोजाना की तरह सुबह यहीं खड़ी की थी, आप में से किसी ने किसी को ले जाते देखा है?''

''हमने तो नहीं देखा।'' वहीं पास खड़े एक आदमी ने जवाब दिया।

जब कोई सुराग नहीं मिला तो श्रीवास्तव जी निराश होकर फूट-फूट कर रोये चिल्लाये... लेकिन जैसे बिका हुआ माल कभी वापस नहीं होता ठीक उसी तरह चोरी गया या गायब किया हुआ माल कभी वापस नहीं आता। इसी चिल्ल-पों के बीच कुछ तमाशबीन और सलाहकार इकट्ठा हो गए और चोर पर लानत भेजने लगे। एक तमाशबीन कहने लगा, ''क्या ज़माना आ गया है, अब तो दिन दहाड़े चोरियाँ होने लगी हैं; बताओ साइकिल का ताला तक काटकर ले गए और किसी को भनक तक नहीं लगी।''

दूसरा तमाशबीन बोला, ''अजी ये तो कुछ भी नहीं, आजकल तो दरवाजे की घंटी बजाकर चोरी होती है चाहे दिन हो या रात; अब चोरों को किसी बात का डर थोड़े ही रह गया है... आजकल चोर पुलिस सब मिले हुए हैं, वरना मजाल है, कोई बच्चे का खिलौना तक छीन ले। जब-जब ये वाली सरकार आती है, वारदातें कुछ ज़्यादा ही बढ़ जाती हैं। आजकल गुंडे मवाली भी वर्दी पहनकर घूमने लगे हैं।''

तीसरा तमाशबीन सारी हदें पार करते हुए बोला, ''ये सब बेरोज़गारी का नतीजा है; जब लोगों को रोज़गार नहीं मिलेगा तो लोग चोरी-चकारी ही करेंगे...

बताओ, आपकी साइकिल गायब कर दी... आजकल किसी बात का ठौर ठिकाना थोड़े ही रह गया है'।''

करीब आधे घंटे तक जोश और रोष का धारावाहिक चलता रहा और सब मिल जुलकर भड़सियाते रहे। तमाशबीनों की भड़ास शांत होने के बाद, एक सलाहकार बोला, ''देखिये जनाब, अब साइकिल मिलने से रही, लिहाज़ा समय खराब करने और शोक मनाने से कोई फायदा नहीं; इसलिए एक काम करो, फ़ौरन थाने में जाकर चोरी की रिपोर्ट दर्ज करा दो, अगर नसीब अच्छा होगा तो मिल जाएगी, हालाँकि उम्मीद बहुत कम है और अगर नहीं भी मिली, तो कम से कम साइकिल के ग़लत कामों में इस्तेमाल होने का खतरा तो टल ही जायेगा... हमने तो यहाँ तक सुना है, आजकल आतंकवादी लोग चोरी की गयी साइकिल का इस्तेमाल बम लगाने के लिए भी करते है, ऐसा टी.वी. पर दिखाया गया था; खुदा न खास्ता कहीं ऐसा हो गया तो लेने के देने पड़ जायेंगे।''

इसके पहले श्रीवास्तव जी ने कभी थाने का मुँह तक नहीं देखा था, लेकिन ग़लत कामों में इस्तेमाल और लेने के देने वाली बात सुनकर थोड़ा घबरा गए... ख़ासकर बम वाली बात पर और पुलिस में रिपोर्ट दर्ज कराने का मन पक्का कर लिया।

अगले दिन दुपहरी में डरते-डराते श्रीवास्तव जी थाने के गेट पर पहुँच गए, जहाँ एक सिपाही कुछ फाइलें लेकर थाने से निकल रहा था, लिहाज़ा उसी से पूछ लिया, ''भाई साहब ये बताओ, चोरी की रिपोर्ट कहाँ लिखी जाती है?''

सिपाही ने पहले तो ऊपर से नीचे तक देखा, फिर घूरा और बाद में शिष्टाचार को चरम पर ले जाते हुए बोला, ''नगरपालिका में; अबे आदमी हो कि पैजामा? थाने में खड़े हो तो ज़ाहिर-सी बात है थाने में ही लिखी जाती है, अक्ल तो जैसे तुम लोग घर पर ही छोड़कर आते हो; अंदर चले जाओ, दीवान दयाराम पांडे जी बैठे हैं, वही लिखते हैं रिपोर्ट।''

''जी... शुक्रिया।''

अंदर घुसते ही श्रीवास्तव जी दाहिनी तरफ मुड़े तो देखा, कुछ अजीब शक्ल के लोग हवालात में अपने नाम के उलट सन्धि-विच्छेद करते हुए, लात

खाने के बाद हवा का मजा ले रहे हैं और उनके इस इतिहास का पता उनका भूगोल देखकर बड़ी आसानी से लगाया जा सकता था। उसी हवालात के बगल में दो सिपाही एक दूसरे की तोंद में तोंद को जोड़कर इस तरह से बातें कर रहे थे, जैसे वो इससे अधिक दूरी नहीं बना सकते थे।

''भाई साहब! दीवान जी से मिलना है।'' श्रीवास्तव जी ने उनमें से एक पुलिस वाले से पूछा।

''वो सामने बायीं तरफ बरामदे में बैठे हैं।'' पुलिस वाले ने जवाब दिया।

''जी... शुक्रिया।''

बायी तरफ बरामदे से प्रेमरस का समंदर हिलोरें मार रहा था। श्रीवास्तव जी ने अपनी नज़र हिलोरे की तरफ घुमाई, तो देखा दीवान जी किसी व्यक्ति को पेल रहे हैं और उसका इतिहास बताकर, भूगोल बदलने की बात कर रहे हैं, जिसका शुद्ध हिन्दी में मतलब था, साले इस बार हफ्ता क्यों नहीं पहुँचा? पता है, इस बार साहब कितना क्रोधित हैं, कल कह रहे थे, अगर कोटा पूरा नहीं हुआ तो थाने से हटाकर पुलिस लाइन भेज देंगे, फिर वहीं आराम से बैठकर धुआँ तौलना। एक बात और समझ लो, अगर मेरे ऊपर कोई आँच आयी, तो तवा तुम्हारा भी गरम कर दिया जाएगा।''

''साहब इस बार थोड़ी समस्या आ गयी है लेकिन आप चिंता न करें, बस आजकल में इंतजाम हो जायेगा।''

''बेहतर होगा... लेकिन जल्दी करो, पहले ही बहुत समय खराब कर चुके हो, ऊपर से दिवाली भी नज़दीक आ रही है।''

श्रीवास्तव जी ये देख कर थोड़ा सकपकाए और सोचने लगे, ये थाना है या मालगुजारी का दफ़्तर। फिर देखा, दीवान जी के ठीक पीछे मुस्कराते गाँधीजी की तस्वीर लगी है और ऐसा लग रहा है जैसे ग़ाँधीजी अपने विचार चोरी की रिपोर्ट लिखवाने आये थे और यहीं लटक कर रह गए... हालांकि इसके बावजूद श्रीवास्तव जी थोड़ी हिम्मत जुटाकर आगे बढे और उस व्यक्ति के पीछे खड़े हो गए, जिससे उनका दूसरा नंबर लग जाए।

दीवान जी भारी भरकम शरीर के स्वामी थे। उनके चेहरे पर बड़ी-बड़ी गिलहरीनुमा मूँछें थीं, जबकि आँखें अंदर जाने को इस कदर बेताब थीं, जैसे गुरुत्वाकर्षण बल पृथ्वी के केंद्र की तरफ जाने के लिए बेताब रहता है। शक्ल थोड़ी खाऊ टाइप लग रही थी और सर के बाल मूँछों की तुलना में नगण्य थे। गर्मी की वजह से उनकी शर्ट के तीन बटन खुले हुए थे। नीचे लुंगी पहन रखी थी और उस व्यक्ति से कह रहे थे, ''हरामख़ोर, गर्मी में गर्मी दिलाता है।'' काया और वेशभूषा से दीवान जी थाने के दीवान कम, हलवाई ज़्यादा लग रहे थे। हलवाई इसलिए, क्योंकि गर्मी की वजह से उनके शरीर से तेल चुचुवा रहा था।

दीवान जी कदमों की चाप पाते ही गुर्राये और भौंहों को प्रश्न आकार में उचकाते हुए एक साँस में बोले, ''हाँ भई कहाँ टहल रहे हो? क्या काम है? किससे मिलना है?''

श्रीवास्तव जी झेंपते हुए करुण रस में बोले, ''दीवान जी, आप ही से मिलना है; कुछ ज़रूरी काम है... दरअसल कल मेरी साइकिल मेरे दफ़्तर के सामने से गायब हो गयी, उसी की रिपोर्ट लिखवानी है।''

''गायब हुई है या चोरी हुई है?'' दीवान जी ने रुआब से पूछा।

''चोरी हुई है।''

''लेकिन अभी तुमने कहा कि गायब हुई है।''

''मेरा मतलब था, चोरी होने से गायब हुई है।''

''पहले अपना मतलब साफ़ कर लो, क्योंकि कानून का समय बहुत कीमती है इसलिए बेमतलब में जलेबी न बनाओ, गर्मी ने दिमाग पहले ही खराब कर रखा है।''

''जी दीवान जी।''

''जी-जी मत करो, सही-सही जानकारी दो; पुलिस प्रसाशन को ग़लत जानकारी देना और समय खराब करना, ये दोनों दंडनीय अपराध हैं, इसलिए सही-सही ठीक-ठीक सोचकर बताओ, गायब हुई है या चोरी हुई है?''

''अब ये तो साफ़ नहीं है कि चोरी हुई है या गायब हुई है, लेकिन जब मैं

शाम को दफ़्तर ख़त्म होने के बाद साइकिल खड़ी करने की जगह पर गया, तो देखा साइकिल अपनी जगह पर मौजूद नहीं है।''

''ठीक है-ठीक है... ठीक से याद करके बताओ, साइकिल दफ़्तर ही ले गए थे और वहीं खड़ी की थी?''

''हाँ दीवान जी, वहीं खड़ी की थी।''

''दारू, शराब, जुए की कोई लत?''

''नहीं दीवान जी, मैं एक बाल बच्चेदार और शरीफ आदमी हूँ।''

''तभी तो पूछ रहा हूँ; लोग-बाग़ घर की चीजें बेचकर दारू, शराब और जुए में उड़ा देते हैं और बाद में शराफ़त दिखाने के लिए थाने में रिपोर्ट दर्ज करा देते हैं।''

''नहीं दीवान जी, ऐसी कोई बात हो तो आप मुझे जेल में बंद कर देना।''

''ठीक है-ठीक है, ये बताओ, बीमा करवाया था या नहीं?''

''दीवान जी, साइकिल का बीमा कौन करवाता है?''

''कानून से ज़बान लड़ाता है; थोड़े पढ़े लिखे क्या लगते हो, अपने आप को कलेक्टर समझते हो; बीमा तो मंगल ग्रह का भी हो जाता है और ये तो मामूली-सी साइकिल थी। अच्छा ये बताओ, तुम्हारी साइकिल के नाक नक्श कैसे दिखते थे? चाल-ढाल कैसी थी? कोई ख़ास निशान या निशानी या कोई तस्वीर? साइकिल की कोई रसीद-वसीद है या फिर नक्कास की इतवार वाली बाज़ार से खरीदी थी?''

''दीवान जी, शादी में एकदम नयी मिली थी; केवल सात साल पुरानी थी, लेकिन लगती थी कि कल ही खरीदी गयी हो। इससे ज़्यादा और कोई जानकारी नहीं है मेरे पास। ये समझ लीजिये कि देखते ही दिल आ जाए और इसीलिए मेरे मुहल्ले से लेकर दफ़्तर तक सब चलाने के लिए माँगते थे। बस ये समझ लीजिये, अगर नहीं मिली तो मेरी बीवी मुझे घर में घुसने नहीं देगी, इसलिए साइकिल का मिलना निहायत ही ज़रूरी है।''

''तब्सिरा तो ऐसे बता रहे हो जैसे साइकिल न हो, नवाब की फिटन हो; कुछ ख़ास जानकारी दो, वरना रिपोर्ट लिखने से कोई फायदा नहीं होगा, क्योंकि आप ठहरे नौकरी पेशा बाल बच्चेदार आदमी, आप बिला वजह कोर्ट कचहरी के चक्कर में फँस जाएँगे, इसके अलावा उल्टा ग़लत केस दर्ज करने के चक्कर में पुलिस प्रसाशन को फटकार अलग से लगेगी और दूसरा, तुमने साइकिल दहेज़ में ली थी, लिहाज़ा इसका उल्टा केस तुम्हारे ऊपर भी बनेगा, इसलिए ठीक-ठीक सोचकर बताओ क्या करना है?''

इससे पहले श्रीवास्तव जी कुछ सोच पाते, दीवान जी बोले, ''पुलिस के पास कोई काम धंधा तो रह नहीं गया है, जो तुम्हारी साइकिल ढूँढ़े; चलो जाओ यहाँ से और पुलिस का कीमती वक़्त बर्बाद मत करो। और मेरी बात सुनो, एक काम करो, नक्कास वाली बाज़ार से दूसरी खरीद लो। देश में बड़े-बड़े घोटाले करने वालों का पता नहीं चल पाता और तुम्हें तुम्हारी साइकिल की पड़ी है।''

''बात तो आपकी बिलकुल दुरुस्त है दीवान जी; बड़े-बड़े घोटालेबाजों का पता नहीं चल पाता और ये तो आम आदमी की मामूली-सी साइकिल है।''

ये सुनकर श्रीवास्तव जी बड़े निराश हुए और थाने से बाहर निकल आये। तभी उनको यकाएक ख़याल आया, दीवान जी कह रहे थे नक्कास वाली बाज़ार के बारे में, जो इतवार को लगती है और सोचने लगे, सुना तो हमने भी है कि शहर का गायब हुआ सामान वहाँ मिल जाता है और नहीं भी मिला तो किसी न किसी की गायब हुई साइकिल तो मिल ही जाएगी... लिहाज़ा इतवार को नक्कास जाने का फैसला कर लिया।

शाम को जब थाने से लुटे-पिटे श्रीवास्तव जी घर पहुँचे तो उनकी बीवी ने कहा, ''दो दिन से साइकिल गायब है और तुम हो कि हाथ पर हाथ धरे बैठे हो; मुझे सब मालूम है, तुम्हें मेरे घर के सामान की ज़रा भी फिक्र नहीं; अगर तुम्हारे घर की होती तो अब तक ज़मीन और आसमान एक कर दिया होता।''

''बस अभी-अभी थाने से आ रहा हूँ; दीवान जी ने कहा है, एक दो दिन में इतवार तक मिल जायेगी, मैंने भी अपने सारे घोड़े खोल दिए हैं।'' शेखी बघारते हुए श्रीवास्तव जी ने कहा।

''नहीं मिली तो देखना मैं क्या करती हूँ तुम्हारे घोड़ों का... अगर गधा न बना दिया तो मैं भी निशातगंज की रहने वाली नहीं।''

इतवार के दिन जब श्रीवास्तव जी बाज़ार पहुँचे तो देखा, नक्कास बाज़ार अपने पूरे शबाब पर है। लोग चील कौवों की तरह चिल्ला-चिल्ला कर चोरी का सामन बेच रहे हैं। भीड़, घोड़िया धसान में तब्दील हो चुकी है। जिसको जिधर जगह मिल रही है पिला पड़ा है। कुछ चोर और सिपाही एक साथ चाय की दुकान पर चिल्लाहट को नज़रअंदाज करते हुए गर्म चाय की चुस्कियों का मजा ले रहें हैं।

श्रीवास्तव जी कुछ दूर आगे चले तो देखा, एक अच्छी खासी साइकिल, एक पाँच फुटी बल्ली पर टँगी है। थोड़ा और नज़दीक जाने पर मालूम हुआ, ये तो हमारी ही साइकिल है, लिहाज़ा लपक कर ललचाई निगाहों से साइकिल को निहारने लगे। तभी दुकानदार बोला, ''चाहिए क्या? एकदम टंच माल है, अभी हाल ही में आयी है, एक दम नई है'।''

''ये तो हमारी साइकिल है, जो पिछले हफ़्ते मेरे दफ़्तर से गायब हो गयी थी।'' श्रीवास्तव जी ने छूटते ही कहा।

दुकानदार बोला, ''ये सब नाटक-साटक यहाँ नहीं चलता है; आपको पता नहीं क्या, ये नक्कास की चोर बाज़ार है, चोर बाज़ार, यहाँ आदमी ज़रा-सी लापरवाही कर दे तो किसी दुकान में बिकता हुआ नज़र आएगा। खरीदनी है तो बताओ, वरना बोहनी ख़राब मत करो और रास्ता लो... इससे पहले आपके मन में कोई ख़ुराफ़ात सवार हो, एक बात आपकी तसल्ली के लिए बता दें, ये साइकिल मैंने एक हवलदार से ही खरीदी है।''

श्रीवास्तव जी को लगा, जैसे काटो तो खून नहीं और कुछ देर के लिए ख़ामोश हो गए और जब ख़ामोशी से बाहर आए तो बोले, ''अच्छा एक बात बताओ, कितने की दोगे?''

''एक हज़ार रुपये।'' दुकानदार ने मौके की नज़ाकत को भाँपते हुए कहा।

''लेकिन ये तो पुरानी है और कीमत नई के बराबर; ठीक-ठीक दाम बताओ।''

''कौन सी दुनिया में रहते हो साहब; नई साइकिल तीन हज़ार की आती है, ये तो मैं आधे से कम में दे रहा हूँ, वो भी इसलिए, क्योंकि आपके मुताबिक़ ये आपकी ही है, वरना बारह सौ रुपये से कम में न बेचता।''

''ये तो मजबूरी का फायदा उठाने वाली बात हो गयी; लेकिन मैं भी पाँच सौ रुपये से एक नया पैसा ज़्यादा नहीं दूँगा, देनी हो बताओ नहीं तो कोई और दूकान देखूँ।'' ये कहकर श्रीवास्तव जी आगे बढ़ गए।

''अच्छा कितने दोगे?'', दुकानदार ने पूछा।

''पाँच सौ।''

''नौ सौ देना है?''

'नहीं।'

''तो फिर कितने दोगे?''

''दस बीस और ले लो, लेकिन इससे ज़्यादा नहीं।''

''आठ सौ देना है?''

'नहीं।'

''ठीक है, जाओ फिर।''

श्रीवास्तव जी ने आगे की तरफ मुँह फेर लिया।

''अच्छा फाइनल बताओ कितने दोगे?''

''साढ़े पाँच सौ लेना है तो बताओ, नहीं तो कोई और दूकान देखें।''

''अच्छा न हमारी और न तुम्हारी, सात सौ।''

'नहीं।'

''ठीक है।''

''छह सौ लेना है?''

'नहीं।'

कुछ देर रूठना मनाना चलता रहा।

"अच्छा ठीक है, निकालो छह सौ।"

"ठीक है...।"

आख़िर में छह सौ रुपये में सौदा हो गया, जिसके बाद श्रीवास्तव जी ने झट से रुपये दुकानदार को थमा दिए और साइकिल पर बैठकर घर की तरफ कूच करने लगे। तभी एक घूमते पुलिस वाले ने कहा, "रुको- रुको... बड़ी जल्दी में हो... किसकी साइकिल लिए भागे जा रहे हो?"

"साहब मेरी है।" श्रीवास्तव जी ने कहा।

"इसका क्या सबूत है, ये तुम्हारी है?"

"साहब, अभी-अभी दुकान से खरीदी है।"

"मतलब चोरी का माल ख़रीदकर भाग रहे हो?"

"नहीं साहब ये मेरी ही है।"

"अभी कह रहा था, अभी अभी खरीदी है और अब कह रहा है मेरी है; मुझे चरा रहा है; ऐसे चरवाहों से मेरा रोज़ का वास्ता पड़ता है... मुझे सब पता है यहाँ क्या-क्या होता है, कौन यहाँ क्या-क्या खरीदने आता है और कौन क्या- क्या बेचने आता है।"

"साहब आपको ज़रूर कोई ग़लतफहमी हुई है, मैं निहायत ही शरीफ़ आदमी हूँ।"

"मैंने बहुत शरीफ़ देखे हैं; इस देश में सबसे ज़्यादा घोटाले शरीफ़ और सफ़ेदपोश लोग ही करते हैं।"

"मेरा यकीन करिये, ये मेरी ही साइकिल है।"

"थाने चलो, वहाँ कायदे से यकीन करेंगे।"

श्रीवास्तव जी समझ गए, ये बिना लिए मानने वाला नहीं, इसलिए बोले, "साहब एक काम करो, यहीं निपट लिया जाए, आप भी कहाँ थाने वाने के

चक्कर में पड़ गए।''

''काफी समझदार लगते हो, दो सौ रुपये निकालो', पुलिसवाले ने पूरे हक़ से कहा।

श्रीवास्तव जी ने बिना मोल-भाव किये और बिना समय गँवाये दो सौ रुपये निकालकर पुलिसवाले को थमा दिए और साइकिल पर बैठ घर की तरफ कूच कर लिए और सीधे घर पहुँच कर ही ब्रेक लगायी। जहाँ घर पहुँचते ही मोहल्ले वालों ने उन्हें घेर लिया था और इसी का शोर-ओ-गुल सुनाई दे रहा था और इसी को सुनकर मैं भी भीड़ में शामिल हो गया था, ये जानने के लिए कि आख़िर माजरा क्या है।

''श्रीवास्तव जी एक बात बताओ।'' एक मोहल्ले वाले ने पूछा।

''हाँ पूछो।''

''आपकी साइकिल तो खो गयी थी, क्या ये वही है?''

''लग तो वही रही है।'' किसी ने कहा।

श्रीवास्तव जी ने अपनी छाती को चौड़ाते हुए कहा, ''हाँ वही है; आज तक दुनिया में ऐसा कोई माई का लाल नहीं पैदा हुआ जो श्रीवास्तव की साइकिल उड़ा ले जाए... मैंने भी आकाश-पाताल एक कर दिया, तब जाकर कहीं मिल पायी; कोई और होता तो खीसें निपोर रहा होता'।''

''क्या पुलिस ने ढूँढ़ा'' किसी ने पूछा।

श्रीवास्तव जी तउआ कर बोले, ''पुलिस पहले खुद को ढूँढ़ ले, जो बहुत दिनों से गायब है... हालाँकि थाने गया था और एक-एक की हालत पतली कर दी। मैंने साफ़-साफ़ कह दिया, दीवान जी अगर एक हफ्ते में साइकिल नहीं मिली तो सबको लाइन हाज़िर करवा दूँगा, मेरी जान पहचान बहुत ऊपर तक है।''

''फिर क्या हुआ?'' किसी ने पूछा।

''अरे होना क्या था, दीवान जी पैरों में गिरकर गिड़गिड़ाने लगे और बीवी

बच्चों का हवाला देने लगे, जिसके बाद मुझे तरस आ गया। काहे कि मैं उनकी तरह जालिम-जल्लाद तो हूँ नहीं।

''फिर मिली कैसे? किसने ढूँढ़ा'' उसने पूछा।

''अरे हुआ क़ुछ यूँ... जब मैं थाने में सबको डाँट रहा था, तभी किसी चोर उचक्के ने सुन लिया होगा कि जब मैं पुलिस वालों को भरे थाने में डाँट सकता हूँ, तो इसका मतलब मैं कोई छोटा आदमी तो नहीं हूँ, लिहाज़ा अगले दिन साइकिल वही अपनी जगह पर पहुँचा गया और इसकी ख़बर मेरे दफ़्तर में कर गया।''

''कमाल कर दिया आपने... रुआब हो तो ऐसा हो वरना न हो।''

''श्रीवास्तव जी, वो तो आप थे जो चोरी हुई साइकिल वापस ले आये, वरना देश में बड़ी-बड़ी चीजें गायब हो जाती हैं, जिनका कोई अता-पाता तक नहीं चल पाता।'' मैंने कहा।

मेरी बात सुनकर वो मुस्करा दिए। हालाँकि कुछ इसी तरह से बकैती जारी रही और मैं अपने घर आकर फिर से समाचार देखने लगा, ''अभी हाल ही में प्रदेश में एक घोटाला सामने आया है, जिसमें सरकार को करोड़ों रुपये का चूना लगने का अंदेशा है'।''

स़फ़ेद झूठ

रानू और रनिया कई दिनों से दाल खाने की ज़िद कर रहे थे, जबकि रामबदल और उसकी बीवी सरिता, हर बार कोई न कोई बहाना बनाकर बच्चों को टाल रहे थे। कभी-कभी बच्चों के बहुत ज़िद करने पर सरिता, एक पतीले में पानी उबलने के लिए रख देती और कहती, ''बच्चों बस थोड़ा सब्र और...'' वहीं दूसरी तरफ, बच्चे इस इन्तज़ार में सो जाते कि पतीले में उनके लिए दाल पक रही है। रानू और रनिया, दाल को गरम पानी में कुछ इस कदर ढूँढ़ रहे थे जैसे तेज बहते पानी में कोई मछली ढूँढ़ रहा हो। हर रोज़ शाम, पतीले में उबलते गरम पानी से उठते धुएँ में दाल की खुशबू तलाशना उनका रोज़ का काम था। लेकिन आख़िर ये सब कब तक चलता। बहानों की आग में रानू और रनिया कुछ इस कदर झुलस चुके थे, जैसे आग में स्वाहा हो चुकी लकड़ी, जो दोबारा नहीं जल सकती। उन्हें यक़ीन हो चला था कि अब बहानों का पहाड़ ध्वस्त हो चुका है, इसलिए अब कोई फ़रेब या अय्यारी उनका कुछ नहीं बिगाड़ सकती, लेकिन ढीठ रामबदल था, जो अपनी तमाम नाकाम कारगुजारियों के बावजूद बाज़ नहीं आ रहा था।

एक रोज़ जब सारे फ़रेब और बहाने ख़त्म हो गए तो रामबदल से रहा नहीं गया। उसका मन व्याकुल हो उठा। वो कुछ देर तक इधर-उधर टहलता रहा, छटपटाता रहा। करीब आधी रात बीत जाने के बाद रामबदल झूठ-मूठ का बहाना करके खरखट्टी चारपाई पर लेट गया और आकाश की ओर निहारने लगा। उस दिन ज़िन्दगी में पहली बार उसने आकाश के तक़रीबन-तक़रीबन सारे तारे इस उम्मीद में गिन डाले थे कि शायद वो थक जाए और उसे नींद आ जाए... लेकिन जैसे ही वो गिनना बंद करता, कुछ तारे और निकल आते। सारी रात यही सिलसिला चलता रहा। वो तारे गिनता रहा और नए तारे निकलते रहे। उस रात सवाल फ़लक पर आए और गायब हो गए। उस दिन की उसकी रात जैसे कई सैकड़ों रातों के बराबर थी। वो न जाने क्यों हारी हुई बाज़ी को रोज़ हारना चाहता था। ख़ैर जैसे-तैसे रात बीती और अगले दिन सुबह रामबदल साइकिल पर सवार होकर यहियागंज बाज़ार की तरफ इस उम्मीद से निकल पड़ा कि आज वो हारी हुई बाज़ी जीतकर ही दम लेगा।

रामबदल कुछ देर में हाँफते-हाँफते यहियागंज बाज़ार पहुँच गया और अपनी साइकिल एक अनाज की दुकान के पास लगे बिजली के खम्भे के सहारे खड़ी कर दी। उसने साइकिल के हैंडिल से झोला निकाला और दुकान में दाख़िल हो गया, जहाँ पहले से ही सन्नाटा पसरा हुआ था, जबकि दुकान में सामान भरा पड़ा था। रामबदल ने दुकान में नज़र इधर-उधर दौड़ाकर देखा तो उसे सब कुछ नज़र आया, लेकिन उसे दाल कहीं नहीं नज़र आई।

''लाला जी!'' रामबदल ने दुकानदार से कहा।

''हाँ, क्या चाहिए?'' सन्नाटे के बीच ग्राहक को देखकर दुकानदार प्रसन्न भाव से बोला।

''लाला जी, थोड़ी दाल चाहिए थी, लेकिन कहीं दिखाई नहीं दे रही है, क्या ख़त्म हो गयी है?''

दुकानदार ने रामबदल को ऊपर से नीचे तक देखा और मुस्कराते हुए बोला, ''पता है, आजकल दाल के भाव सातवें आसमान पर हैं और आसमान की चीज़ ज़मीन पर रखना न ही मुनासिब है और न ही वाजिब। दाल बाहर रखना

सरकारी पिण्डारियों के औचक हमले का सबब भी बन सकता है, इसलिए सहेजकर अंदर रखी हुई है और इच्छुक और समर्थ ख़रीद दार द्वारा माँगने पर ही उपलब्ध कराई जाती है।''

रामबदल ये सुनकर हैरत में पड़ गया, क्योंकि वो इच्छुक तो था, लेकिन सामर्थ ख़रीद दार के बारे में आशंकित था। चूँकि वो घर से बड़ी हिम्मत और भरोसे के साथ निकला था, लिहाज़ा दाल का दाम पूछने की गुस्ताखी कर बैठा और बोला, ''दाल क्या भाव है लाला जी?'

''सबसे सस्ती वाली... ढाई सौ रुपये किलो।''

दुकानदार ने जैसी ही भाव बताया, रामबदल के पैरों तले जैसे ज़मीन ही खिसक गयी। उसके चेहरे पर हताशा की रेखाएँ साफ़-साफ़ उभर आईं। उसे बिलकुल वैसी ही खीझ का एहसास हो रहा था, जैसे किसी बच्चे के पास कम पैसे होने पर उसकी कोई पसंदीदा चीज़ उसे न मिल पाए और अपना मन मार कर रह जाए।

रामबदल बिना कुछ बोले फ़ौरन दुकान से बाहर निकला, अपनी साइकिल उठाई और बैरंग घर की तरफ लौट पड़ा। दुकानदार पीछे से आवाज़ देता रहा, ''अरे क्या हुआ जनाब, आप चाहें तो किस्तों में भी ले सकते हैं।'' लेकिन रामबदल ने पीछे मुड़कर एक बार भी नहीं देखा और सीधे घर जाकर ही दम भरा।

घर पहुँचकर रामबदल अपने दोनों हाथ सर पर रखकर ज़मीन पर बैठ गया और सोचने लगा अब क्या करें? रानू और रनिया को कब तक दिलासा देते रहें? कहाँ अपनी शिकायत दर्ज करें? सरकार से गुहार लगाएँ? फिर सोचने लगा, जिसने दर्द दिया है उससे दवा की उम्मीद करना बिलकुल ही बेमानी होगा। उसका मन सवालों के ज्वार-भाटे से लबालब था, जिसमें वो अंदर तक डूबता चला जा रहा था। सवालों के ज्वार की तीव्रता, भाटे को जमींदोज करते हुए सदमे की शक्ल अख़्तियार कर चुकी थी। कुछ देर तक वो सदमों के थपेड़ों को झेलता रहा और अंततः उसने अपना मानसिक संतुलन खो दिया। दिल-ओ-दिमाग पर क़ाबिज़ सदमा इतना जबरदस्त था कि रामबदल ने दाल के नाम एक ख़त लिखने

का फैसला किया। वैसे तो आज़कल ख़त ई-मेल के जरिये लिखे और भेजे जाते हैं, लेकिन रामबदल को ई-मेल लिखना और भेजना नहीं आता था। शायद वो तरक़्क़ी के सफर में मीटर गेज वाली गाडी में सवारी कर रहा था... इसलिए उसने पुराना तरीका अपनाना ही सही समझा और कागज़ कलम लेकर ख़त लिखने बैठ गया।

रामबदल ख़त शुरू करते हुए कई सम्बोधनों को सोचता फिर कागज पर लिखता और पसंद न आने पर काट देता। कई बार तो कागज तक फाड़कर फ़ेंक देता। कभी सोचता थोड़ा गरम होकर लिखूँ और कभी सोचता थोड़ा नरम होकर लिखूँ। कभी मेरी प्रिय दाल, कभी मेरी प्यारी दाल, कभी हमारी प्यारी दाल, कभी मेरी दाल... और ऐसे करके उसने न जाने कितने सम्बोधनों को फाड़कर ज़मीन पर फ़ेंक दिया। थोड़ी देर तक उहापोह में वो यही करता रहा और अंत में निम्नलिखित ख़त लिखना शुरू कर दिया।

''मेरा प्यार भरा ख़त मेरी प्यारी दाल रानी के नाम।''

मेरी प्यारी दाल, मैं कुशलता और अकुशलता की जद्दोजहद के बीच रहते हुए तेरी कुशलता की कामना करता हूँ। मैं ये ख़त अपने और अपने बच्चों के सवालों के एवज में लिख रहा हूँ। रानू और रनिया बहुत दिनों से तुझे पाने की ज़िद कर रहे हैं और मैं उन्हें बहला फुसलाकर खुद बहल गया हूँ। हर बार मैं रानू और रनिया से कोई न कोई बहाना बनाकर बात को टाल देता हूँ। चूँकि मैं बहाना बनाता हूँ, झूठ बोल देता हूँ चुनांचे उसे याद भी नहीं रख पाता हूँ, इसलिए कई बार रानू और रनिया के सामने झूठा बन जाता हूँ। अगर हम माँ-बाप ही अपने बच्चों से झूठ बोलेंगे तो बच्चे बड़े होकर झूठ और मक्कारी ही सीखेंगे।

क्या तुझे राजेश खन्ना की फिल्म रोटी का गाना याद नहीं ''गोरे रंग पे न इतना गुमान कर, गोरा रंग दो दिन में ढल जाएगा... इसलिए एक दिन तेरा भी ढल जाएगा। तुम अपने रंग पर इतना क्यों इतरा रही हो? कहते हैं, हर पीली दिखने वाली चीज़ सोना नहीं होती; फिर तुम सोना क्यों बनना चाहती हो? क्योंकि तुम सोने के रंग की हो? तुम अच्छे दिन के वादे को दिल-ओ-जान से क्यों लगा रही हो? अच्छे दिन का मतलब तेरा सोना बनना नहीं, इसलिए इतना मत इतरा और प्यारी दाल बन जा। तुम इसे जुमला क्यों नहीं मान लेती, जैसा की

ज्ञानी लोग कह रहे हैं... इसलिए मन की बात मान और नख़रे छोड़ दे। मुझे तो यहाँ तक लगता है कि अगर किसी को पता चला कि आज मैंने दाल खाई है या मेरे घर में दाल है, तो हो सकता है, मेरा अपहरण कर लिया जाए और फ़िरौती के रूप में तुझे मुझसे माँग लिया जाए। ये सब अनायास ख़याल मुझे खाए जा रहे हैं।

दाल, अगर तुम मेरी मुफ़लिसी में कमी नहीं कर सकती तो इसे बढ़ा भी मत। पहले दो-पाँच किलो दाल लेकर शाम, बाज़ार से घर चला जाता था, वो भी पारदर्शी झोले में और वो भी गाते गुनगुनाते हुए। लेकिन अब दो-तीन सौ ग्राम भी दिन दहाड़े लेकर जाने में दहशत महसूस होती है; ऐसा लगता है जैसे कोई पीछे से आकर असलहा लगा देगा और तुझे मुझसे छीन लेगा और अगर कहीं मैं विरोध कर बैठा तो समझो टाँय-टाँय फिस्स, मतलब प्राण-पखेरू उड़ जाएँगे। और खुदा न खास्ता अगर ऐसा हुआ तो रानू और रनिया का क्या होगा।

जिन दुकानों पर तुम बिकती हो, वहाँ लोग तुझे छुपाकर रखने लगे हैं। कुछ दुकानों पर तो सुरक्षा गार्ड तक तैनात होने लगे हैं, जिन्हें देखकर हम गरीब लोग दुकानों में जाने से डरने लगे हैं। मैं अभी तक सोचता था, तुम समाजवादी हो, लेकिन ये क्या, तुम तो पूँजीवादी बनने की तरफ कूच कर चुकी हो। तुम तो केवल पूँजीपतियों और रसूख वालों की थाली में ही इठला रही हो, जबकि ग़रीबों से दूरी बनाकर अपना सरकारीकरण कर रही हो। लेकिन मैं इसका दोष ग़रीबों को भी दूँगा, जो तुझे भुलाए जा रहे हैं और कह रहे हैं, मैं तुझे अपनी थाली में आने ही नहीं दूँगा, देखता हूँ तुम कैसे इठलाती हो।

अभी कल ही की बात है, मेरे मोहल्ले में दो लोगों के बीच झोंटिया नोचउवर हो गई। पता करने पर पता चला कि कोई तुझे लुकाते छिपाते झोले में ले जा रहा था तभी मोहल्ले के कुछ आवारा कुत्तों ने तुझ पर झपट्टा मार दिया और तुम वहीं बिखर गयी और ऐसा बिखरी कि देखने वालों की आँखें तक चौंधिया गयीं। बस फिर क्या था, लोग टूट पड़े तुझे लूटने खसोटने और उसके बाद जो लूट-मार मची तो नौबत यहाँ तक पहुँच गयी कि थाने से दीवान जी को आना पड़ा और तब जाकर कहीं मामला सुलझा। लेकिन ये ऐसे ही नहीं निपटाया दीवान जी ने; बकायदा सेवा शुल्क के रूप में दो सौ पचास ग्राम दाल

देनी पड़ी, वरना दफ़ा 307 लगा रहे थे। दाल रानी, तेरे एक हज़ार दाने मौक़ाए वारदात से अभी तक लापता हैं, जिसकी लगातार चलने वाली सरकारी जाँच अभी तक जारी है। इस सब के बीच जिसकी दाल का थैला फॅट गया था, वो अभी तक सदमे में है। डॉक्टर उसे होश में लाने में लगे हैं और उसके परिवार वालों से कह रहे हैं, इसको अब केवल दाल ही बचा सकती है, इसलिए प्रिस्क्रप्शन में एक किलो दाल लिखी है। उसके परिवार वाले परेशान हैं, कहाँ से लाए तुझे... इसलिए बैंक में फर्ज़ के लिए अर्जी भी डाल दी है और कर्ज़ के मंजूर होने के इन्तज़ार में हैं। लेकिन अगर कर्ज़ नामंज़ूर हुआ तो मामला बिगड़ भी सकता है। हे दाल रानी, तुम क्या-क्या करवाओगी, कुछ तो ग़रीबों का ख्याल करो।

अभी हाल ही की बात है। एक रोज़ जब बैंक गया तो देखा, लोग लॉकर खुलवाने के लिए लाइन में खड़े हैं और सबके हाथ में एक-एक, दो-दो किलो की थैलियाँ हैं। जिज्ञासावश मैंने एक लाइनदार से पूछा, "क्या बात है, इतने सारे लोग, क्या इन सबकी लॉटरी लगी है जो लॉकर खुलवाना है?"

लाइनदार भौहों को उत्तर के आकार में घुमाते हुए बोला, "दूर हटो... खासकर हमारी थैलियों से; जानता नहीं इसमें दाल है और हाँ, कुछ गड़बड़ करने से पहले गेट पर खड़े बंदूकधारी गार्ड को याद रखना, शायद तुझे मालूम नहीं, हम लोग यहाँ दाल को लॉकर में सुरक्षित रखने आए हैं, जिससे कोई असामाजिक तत्व इसे हमसे छीन न ले। इसे हम केवल काम काज या फिर तीज त्योहारों पर ही निकालेंगे, देखेंगे और फिर लॉकर में लाकर सुरक्षित रख देंगे।"

दाल रानी तुम इतनी कीमती क्यों हो गयी हो? तुम क्या मुद्रा बनने की राह पर हो? माना कि तुम गोल हो, लेकिन तुम्हारी सूरत पर गाँधी तो नहीं छपा है और न ही तुझसे ज़िन्दगी को सस्ता करने की बू आती है। सुदूर मोहल्ले में रेडियो पर गाना बज रहा था... "वक़्त ने किया क्या हसीं सितम... तुम रहे न तुम... हम रहे न हम।" मैं बात कर ही रहा था कि अचानक ज़ोर-ज़ोर से हँसने की अविरल आवाज़ें आने लगीं। जब मैंने पलटकर देखा, तो वो एक लॉकर के हँसने के आवाज़ थी।

उत्सुकतावश मैंने उस हँसते हुए लॉकर से पूछा, "क्या बात है, इतना

अविरल क्यो हँस रहे हो?''

लॉकर बोला, ''मैं सोना, चाँदी, हीरे-जवाहरात, काला धन और न जाने क्या-क्या रख कर परेशान हो चुका था; इन सब बेज़ान चीज़ों के साथ ज़िन्दगी नीरस सी हो गयी थी... न कोई उमंग थी और न ही कोई तरंग थी, अब कम से कम दाल रानी हमारे अंदर आकर रहेगी, जिससे हमारे नीरस जीवन में एक नए जीवन का संचार होगा।''

इस अतिशयोक्ति को सुनकर मैं उलटे पाँव बैंक से बाहर निकल पड़ा। बैंक से निकलकर जैसे ही आगे बढ़ा तो देखा, एक मुर्गा और एक मुरगाइन अपने बच्चे पिद्दी से कह रहे थे, आजकल ज़रा सँभलकर रहना, क्योंकि तुम दाल से भी सस्ते हो गए हो... हालाँकि पहले ही हमारी शामत आई होती थी, लेकिन अब ख़तरा कुछ ज़्यादा ही बढ़ गया है; लोगबाग हमें भूख के लिए नहीं बल्कि स्वाद के लिए खाते हैं, कम से कम हिंदुस्तान में... लेकिन अब निगोड़ी दाल ने हमारी मुश्किलें और भी बढ़ा दी है। जब से दाल ने आसमान छुआ है, तब से मोहल्ले की एक सौ पचास पिद्दियों का कोई सुराग नहीं मिल रहा है और थाने हम लोग जा नहीं सकते, क्योंकि थाने जाने का मतलब है, 'क्या पिद्दी और क्या पिद्दी का शोरबा' इसलिए हमारा ही शोरबा बना दिया जायेगा। इतनी सख़्त तक़रीर सुनने के बाद उस पिद्दी ने फुदकना बंद कर दिया और चुपचाप अपने बाड़े में जाकर बैठ गया। पहले तो मुझे लगा था केवल इंसान ही तेरे सताये हुए हैं, लेकिन तुमने तो जानवरों के लिए भी मुसीबत खड़ी कर दी है।

थोड़ा आगे जाने पर नगर निगम का दफ़्तर पड़ता था और मुझे कुछ काम भी था, लिहाजा दफ्तर की सीढ़ियाँ चढ़ने लगा। अंदर घुसते ही देखा, लोग दाल की छोटी-छोटी थैलियाँ लेकर अंदर बाहर आ जा रहें हैं, जबकि वहीं निगम में बैठे बाबुओं के पास थैलियों के अम्बार लगे हैं। मैंने निगम के घूमते हुए चपरासी से पूछा, ''भाई एक बात बताओ, ये माज़रा क्या है? क्या सरकार यहाँ सस्ती दाल बेच रही है?''

''कैसा माज़रा? ये कोई दाल-वाल नहीं बिक रही है।'' चपरासी ने बड़े रुआब से जवाब दिया।

''तो लोग दाल लेकर कहाँ आ जा रहे हैं?''

''पैसे के लेन-देन में पकड़-धकड़ हो सकती है, लेकिन दाल में कोई पकड़ धकड़ नहीं हो सकती, इसलिए रुपया पैसा लेने से अच्छा है आधा एक किलो दाल ले ली जाए... जितनी खा मिले खा लो और जो बच जाए उसे किराने की दुकान में जमा करवा दो और बदले में बाकी सामान लेते रहो; साहब पैसा और दाल अब एक ही बात है।''

''लेकिन ये भी तो हो सकता है कि छापे वाले दरयाफ़्त (पूछताछ) कर लें कि इतनी दाल कहाँ से आई?''

''अरे तो कह देंगे साल भर का राशन इकट्ठा खरीद लिया है क्योंकि हमें दाम बढ़ने का अंदेशा था।'' चपरासी ने कहा।

'हुम्म...।'

इस दूरदर्शिता को सुनकर मैं भौचक्का रह गया। यहाँ तक कि मैं जिस काम के लिए आया था वो तक भूल गया और तुरंत उलटे पाँव घर की तरफ चल पड़ा। दाल रानी, तुम्हें घमंड से बचना चाहिए, क्योंकि घमंड न तो अंग्रेजों का रहा और न कांग्रेस का और जिनका बचा है उनका भी कुछ दिनों में चला जायेगा। इसलिए मेरी गुज़ारिश मान और ज़मीन पर आ जा, क्योंकि ज़मीन से निकली हुई कोई भी चीज़ बहुत देर तक आसमान में नहीं रहती, चाहे उड़न-खटोला ही क्यों न हो। तुझे एक न एक दिन ज़मीन पर आना ही पड़ेगा... आख़िर कब तक उड़ेगी आसमान में। कोई तो कतरेगा तेरे पर और फिर तुझे ज़मीन ही थामेगी। न्यूटन का गुरुत्वाकर्षण नियम तो पता ही होगा तुझे।

दाल रानी, मैंने सपने में भी नहीं सोचा था कि तुम इतनी रसूख वाली हो जाओगी और पुरानी कहावतों को उठाकर पटक दोगी- जैसे 'घर की मुर्गी दाल बराबर' को उलट-पलट कर रख दोगी। कल ही मैंने एक महिला को अपने पति से ये कहते हुए सुना -'घर की दाल मुर्गी बराबर।' एक घर में ड्राइ फ्रूट्स को लेकर जंग छिड़ी थी। एक महिला अपने पति से कह रही थी, मैंने तुम्हें ड्राइ फ्रूट्स लाने को कहा था और तुम दाल ले आए और पति समझा रहा था, कह रहा था... अब एक ही बात है, काजू लो या दाल, सब एक ही रेट है इसलिए

इसे ले आया, ऊपर से ये दुर्लभ प्रजाति में भी आ चुकी है। हद तो तब हो गयी, जब एक बिसातखाने वाले ने दाल देने से पहले पैन कार्ड माँग लिया और बोला, बिना पैन कार्ड के दाल देना-लेना कालाबाजारी को बढ़ाना है, ऐसा सरकार कहती है। कई घरों में तो ताले वाले बर्तनों में दाल रखी और पकाई जा रही है। धन दौलत तक तो ठीक था, लेकिन मैंने तो ऐसा कभी नहीं सोचा था कि घर के अंदर ही बर्तनों में बंदिशें लगा दी जाएँगी।

दाल रानी, तुम उस आदमी के बारे में सोचो, जिसने तुझे अपने खून और पसीने से सींचा है और अब वही तेरे दीदार को महरूम है। ज़रा ये तो सोच, वो क्या खाकर तुझे फिर से उगायेगा और तुम कैसे इठलाओगी? तुझे पता है, किसान और ग़रीब तुझे नमक हराम कहने लगे हैं... कहते हैं, मेरी दाल मुझी से दूरी, बेवफ़ा कहीं की। क्या तुम अपने को बेवफ़ा कहलवाना पसंद करोगी? मुझे पूरा यकीन है; शायद नहीं। मुझे मालूम है कि तुम ऐसी नहीं हो, तुझे ज़रूर किसी ने बहकाया है; किसी ने अपने लाभ के लिए तुझे मधु पिला दी है और तुमने अपने होश गवाँ दिए हैं। एक बाबा तो यहाँ तक कह रहा है कि लोग तुझे न खाएँ और भूल जाएँ, लेकिन मैं जानता हूँ तुम ऐसा बिलकुल नहीं चाहती। तुम हमेशा से ही ग़रीबों को पोषित करती आई हो और कभी ग़रीब-अमीर और जात-पात में कोई भेदभाव नहीं किया है। तुम हमेशा समाजवादी रूप से सबकी थाली में आई हो, इसलिए छदम राष्ट्रवादियों की बातों में न आ, क्योंकि ये तो अपने 'बापू' के भी नहीं हुए... इसलिए तुम जिस काम के लिए बनी हो वही कर। क्या करेगी अपना नाम गिनीज़ बुक में दर्ज करा कर कि तुम दाल होकर भी सोना हो गयी; लेकिन तुम हो तो दाल ही, क्योंकि तेरी तासीर और जीवन-पोषण ही तेरी पहचान है।

मेरी प्यारी दाल, अगर तुम ऐसे ही इतराती रही और अपने अहंकार में चूर होकर कुछ खास लोगों की थाली में सजती रही, तो एक दिन क्रांति आ जाएगी और तेरे अहंकार को झुकना ही पड़ेगा, जैसे बेपनाह ताकत वाली घमंडी सरकारों को झुकना पड़ता है।

मुझे तो डर है कि तेरे चक्कर में कोई युद्ध न हो जाए... इसलिए मैं तुझसे विनम्र निवेदन करता हूँ कि दूसरों के बहकावे में न आ और मान जा। अरे मेरी

ख़ातिर न सही, गरीबों और किसानों की ख़ातिर ही सही; क्योंकि तुम ही तो पोषकदाता हो उनकी। अमीरों का क्या है, वो तो हमेशा तेरे कदरदान रहेंगे। मुझे तेरे मिज़ाज पर पूरा भरोसा है; तुम सबकी थाली में पूरे अजीम-ओ-शान के साथ आओगी और अपनी चिकनी, पीली और सूर्य के आकर की सूरत से सबको फिर से मोह लोगी और जो लोग तुझे बाज़ार के हवाले कर रहे हैं, उनका चेहरा सूर्य से निकली राख से ढक दोगी। तुम वैसे ही सबको प्यार करोगी, जैसे हज़ारों सालों से करती आई हो। तेरा इतिहास साढ़े तीन हज़ार साल पुराना है, इसलिए तुझे सोना बनने की ज़रूरत नहीं है। वो कहते हैं न, ओल्ड इज गोल्ड। तुम वैसे ही महान हो, क्योंकि तुम लोगों को पोषण और जीवन देती हो, जबकि सोना खाया नहीं जा सकता और न ही पैदा किया जा सकता है, जबकि तेरा पास सब कुछ है... धरती माँ का लाल भी, जो तुझे उगा सकता है और जीवन दे सकता है।

"…. तुम्हारे ज़वाब के इन्तज़ार में तुम्हारा शुभचिंतक रामबदल और मेरे बच्चे... रानू और रनिया।"

रामबदल ने ख़त पूरा करने के बाद उसे एक लिफाफ़े में बंद किया। पते में सिर्फ दाल लिखा और अगले दिन पोस्ट ऑफिस जाकर पोस्ट ऑफिस के लाल बक्से में डाल दिया। उस दिन के बाद से रामबदल अपने लिखे ख़त का इन्तज़ार कर रहा है और हर बार डाकिये के आने पर पूछता है, "कोई ख़त तो नहीं है मेरे नाम...?"

डाकिया हर बार एक ही बात कहता है, 'नहीं है रामबदल' और इतना कहकर चला जाता है। कुछ इसी तरह से रामबदल की ज़िन्दगी की जद्दोजहद में एक दिन का नुक़सान और हो जाता है, लेकिन रामबदल ने आस का दामन अभी तक नहीं छोड़ा है जबकि रानू और रनिया को अभी तक दाल का इन्तज़ार है... जबकि सरिता अब पानी नहीं उबालती।

आख़िरी वहम

उनकी आँखों में आँसू नहीं, चिनगारियाँ फूट रही थीं। वो धनुषी कमर के साथ दाएँ हाथ में डंडा लिए गाँव की वीरान पगडंडी को पथराई आँखों से घूरती जा रही थी। वह आखिरी बार इसी पर चलकर शहर की तरफ रवाना हुआ था। वो पगडंडी का वहाँ तक पीछा कर रही थी, जहाँ आकाश, क्षितिज पर मिलते हुए जान पड़ रहा था। वैसे तो आकाश का क्षितिज से मिलना एक मृगतृष्णा है, लेकिन उस दिन मृगतृष्णा नहीं थी। पगडंडी उसकी आँखों से नज़रें चुराए गाँव से शहर की तरफ बदहवास बेतहाशा दौड़ती चली जा रही थी। उसकी आँखों की कशिश को देखकर ऐसा लगा रहा था जैसे पगडंडी बड़े-बड़े रास्तों की तासीर के उलट, उस पर चलकर गये उस शख़्स को वापस ले आएगी, जिसका उसकी आँखें बड़ी बेसब्री से इन्तजार कर रही हैं, जबकि आदत के हिसाब से रास्ते कहीं नहीं जाते, बल्कि रास्तों पर चलकर लोग जाते हैं। उसकी आँखों में उदासी का सैलाब एक ज्वार भाटे की शक्ल में हिलोरे मार रहा था और इसी सैलाब की तलहटी में वात्सल्य की एक गाढ़ी परत जमने लगी थी।

पगडन्डी सोच रही थी, काश कोई मुझे कुछ देर के लिए कहीं छुपा दे,

क्योंकि मैं उन ख़ामोश और वीरान आँखों में तैरते उदासी के सैलाब का बहुत देर तक सामना नहीं कर सकती। काश मैं बरसात में फूट आई नालियों की तरह होती, जो देखने में छोटी नदियों जैसी होती हैं और कुछ वक़्त बाद गायब हो जाती हैं। छोटे बच्चे इन्हीं छोटी नदियों में कागज़ की नाव चलाकर खुश हो जाते हैं और फिर कुछ वक़्त बाद भूल जाते हैं। अगर वो ज़ोर-ज़ोर से चिल्लाकर मुझे कोसें तो शायद मेरा मन कुछ हल्का हो जाए। मन आत्मग्लानि में डूबता जा रहा है... मैं चाहती हूँ, कोई दरिया यहाँ से बह निकले और मुझे यहाँ से बहाकर कहीं दूर ले जाए या फिर कोई धूल का बवंडर, जो मुझे उसकी आँखों से छुपा ले, लेकिन बवंडर और दरिया, पगडन्डी की कहाँ सुनने वाले थे, क्योंकि पगडंडी का अपराध ही कुछ ऐसा था। पगडन्डी, चिंता की चिता में इस कदर धधक-धधक कर जल रही थी, जैसे किसी को अपने अपराध का बोध हो गया हो।

उसकी आँखें केवल उसे और उसे ही ढूँढ़ रहीं थीं, जो न जाने कब उस पगडंडी पर लौटकर आएगा ये उसको भी नहीं पता था, लेकिन वो उम्मीद का दामन छोड़ने को तैयार नहीं थी। उसकी आँखों में अगर कुछ बाकी था, तो वो थी उम्मीद और केवल उम्मीद। उसकी आँखों में वात्सल्य का लावा इस कदर बह रहा था कि उदासी के सैलाब से उठते आँसू, वात्सल्य की आग़ोश में फ़ना हो रहे थे और इन आँखों की मालकिन कोई और नहीं, कामरेड विनोद की माँ थी, जो आख़िरी बार घर से गए अपने जिगर के टुकड़े विनोद को ढूँढ़ रही थी। वो उस पगडन्डी से आने जाने वाले हर शख़्स से विनोद के बारे में पूछती थी, लेकिन उसको कोई जवाब नहीं मिलता। हर कोई यही कहता, अम्मा चिन्ता मत करो, विनोद सकुशल आ जाएगा... लेकिन विनोद की कोई ख़बर नहीं आती।

कामरेड विनोद, पच्चीस साल का पढ़ा लिखा, गठीला और मजबूत इरादों का नौजवान था। वो अपने मजबूत इरादों के बल पर समाज में अमीरी-गरीबी और ऊँच-नीच की गहरी खाई को पाटना चाहता था। आज़ाद, बिस्मिल, भगत सिंह, चेगवारा, लेनिन, मार्क्स, मार्टिन लूथर सरीखे लोग उसकी प्रेरणा थे। उसने गरीबी, भुखमरी, जातिवाद, सामंतवाद और ज़ुल्म को इतने करीब से देखा था, जैसे हर कोई अपने आप को जानता है। ज़्यादातर लोग अंदर से कुछ और बाहर से कुछ और होते हैं, लेकिन कामरेड विनोद अंदर और बाहर से एक समान

था। वो हमेशा कहता था, ''ज़िन्दगी जीने के केवल दो ही फलसफ़े हैं; एक, ज़िन्दगी के साथ हो जाओ और दूसरा ज़िन्दगी के खिलाफ हो जाओ और मुझे तो ज़िन्दगी के साथ होकर ही लड़ना पसंद है।'' गाँव में रहकर उसने हमेशा जातिवाद और सामंतवाद के खिलाफ संघर्ष किया और इसी कड़ी को आगे बढ़ाते हुए कामरेड विनोद, किसानों और मजदूरों के हक़ की लड़ाई लड़ने इसी गाँव की पगडन्डी से होकर लखनऊ शहर रवाना हुए थे, जिसके बाद महीनों बीत गए थे, लेकिन विनोद की माँ को उसकी कोई ख़बर नहीं मिली थी और वो इसी बात को लेकर चिंतित रहती थी।

जेठ का महीना, भद्दर दुपहरी और सर के ठीक ऊपर नाचता सूरज। लखनऊ की विधानसभा के सामने कामरेड विनोद अपने कुछ कामरेड साथियों के साथ किसान और मज़दूर एकता ज़िंदाबाद और सरकार मुर्दाबाद के नारे लगा रहे थे। कुछ कामरेड, हाथों में तख्तियाँ लेकर खड़े थे, जिन पर लिखा था, तानाशाही नहीं चलेगी, गुंडागर्दी नहीं चलेगी... अपना हक़ हम छीन के लेंगे, किसानों और मजदूरों का हक़ हम लेकर रहेंगे... सोती सरकारों होश में आओ वगैरह-वगैरह।

कामरेड प्रदर्शनकारियों के नारों से गर्मी में और भी इज़ाफा होता जा रहा था। गिनती में करीब पचास-साठ कामरेड, भीषण गर्मी से तर-बतर पसीने से नहाए हुए थे; लेकिन उनके ज़ोश-ख़रोश में कोई कमी नहीं थी। गर्मी की वजह से 'लाल' और भी लाल हुए जा रहे थे। कुछ कामरेड लाल झंडा लिए नारे लगाते जा रहे थे। उनके बैनरों को देखकर लगा रहा था जैसे सरकार के ज़ुल्मों को आज़ ही ख़त्म कर देंगे। लेकिन क़ाश ऐसा हो पाता। बेपनाह ताकत और सत्ता के नशे में चूर सरकारें अक्सर ऐसी आवाजों को सुनने के मूड में नहीं होती हैं, इसलिए अनसुना कर देती हैं। कामरेड बहुत सालों से किसानों और मजदूरों के हक़ की लड़ाई लड़ते आ रहे थे। वो पूँजीपतियों, सड़ते जनतंत्र के मक्कार पैरोकारों, धर्म, राष्ट्रवाद और संस्कृति की नैतिकता के ठेकेदारों और बे-लगाम सरकारों पर लगाम लगाने की कोशिश करते आ रहे थे। कामरेड इस उम्मीद में थे कि जो दशकों में नहीं हुआ वो कुछ दिनों या हफ़्तों में हो सकता है। हालाँकि हफ़्ते सालों में बदलते चले गए, लेकिन सरकारों के कानों पर कोई सिहरन तक नहीं पहुँची

थी। कामरेड विनोद अगर डाल-डाल तो सरकार पात-पात।

लखनऊ की विधानसभा रोड काफी चलती रोड है, इसलिए वाहन वहाँ से बिना रोक-टोक गुजर रहे थे। जो लोग उधर से गुजर रहे थे, उनका ध्यान तक कामरेड लोगों पर नहीं जा रहा था, तभी एक टेम्पो विधानसभा के सामने किसी सवारी को उतारने के लिए रुका।

''भाई ये क्या चल रहा है? इतनी गर्मी में ये लोग काहे चिल्ला रहे हैं?'', सवारी को उतारकर किराया लेते-लेते टेम्पो वाले ने सवारी से पूछा।

''अरे कुछ नहीं; धरना प्रदर्शन तो यहाँ रोज़ का काम है; जिसको देखो अपनी दुकान लगा लेता है। इन लोगों ने लोगों की नाक में दम कर रखा है, बेमतलब का तमाशा है और कुछ नहीं।'' सवारी ने कहा।

''वो तो ठीक है, लेकिन ये कुछ अलग मामला लग रहा है; न तम्बू, न कनात, न गाड़ियाँ और न हाकिमों का हुजूम। शक्ल से लग रहा है कई दिनों से खाना तक नसीब नहीं हुआ और ऊपर से ये जानलेवा गर्मी। हालाँकि ये सब जो भी हैं, बेकार में परेशान हैं; होगा कुछ नहीं बल्कि उलटे पुलिस लाठियाँ अलग से भाँज देगी। नेताओं का क्या है, अपनी नेतागिरी चमका कर निकल जायेंगे और गरीब बेकार में मारे जाएँगे।''

''हाँ जो भी है, हमें क्या लेना देना। चिल्लाने दो पागलों को। थोड़ी देर चीखेंगे चिल्लायेंगे, फोटो खीचवायेंगे और जब मन भर जाएगा तो अपने-अपने आप घर चले जाएंगे।''

''हाँ बात तो सही है।''

टेम्पो वाले ने सवारी से पैसे लिए और वहाँ से चला गया जबकि सवारी अपने रास्ते चली गयी।

कामरेड विनोद अपनी बुलंद आवाज़ के साथ सरकार मुर्दाबाद के नारे लगाते जा रहे थे और कामरेड साथियों के ऊर्जा-स्रोत बने हुए थे। तभी सायरन बजाती हुई पुलिस की जीप, विधानसभा के सामने आकर रुकी, जिस पर थाना अध्यक्ष हज़रत गंज लिखा हुआ था। जीप से एक मोटे पेट वाला दरोगा, एक

हवलदार और छह कांस्टेबल बड़ी मुस्तैदी के साथ हाथ में डंडे और कंधे पर राइफल लेकर उतरे। दरोगा ने काले चश्मे से अपनी आँखें ढक रखी थी, जिससे ये पता नहीं चल पा रहा था कि वो किधर देख रहा है।

''कृपया आप लोग शांत हो जाएँ और मेरी बात ध्यान से सुनें! आप लोगों की जो भी माँगें हैं वो हमें बताएँ, आपकी बात ऊपर तक पहुँचा दी जाएगी... अब आप लोग ये जगह जल्दी से जल्दी खाली कर दें और कानून व्यवस्था बनाए रखने में हमारा सहयोग करें।'' उतरते ही दरोगा ने कहा।

''दरोगा जी, जाकर कह दो अपने हुक्मरानों से, ये आंदोलन तब तक नहीं रुकेगा जब तक किसानों और मजदूरों की माँगे नहीं सुनी जाएँगी; हम कम से कम मुख्यमंत्री से नीचे किसी से बात करने को तैयार नहीं।'' कामरेड विनोद ने कहा।

ये सुनकर दरोगा जी हँसे और बोले, ''काहे को अपना समय बर्बाद कर रहे हो कामरेड...''आई नो यू आर गुड गाइज; इसलिए मैं सही सलाह दे रहा हूँ। एक बात और बता दूँ, सरकार के पास केवल मुँह होता है कान नहीं, इसलिए मेरी बात पर गौर करो और ये जगह फ़ौरन खाली कर दो।''

''दरोगा जी, हम जानते हैं साँप को कैसे सुनाया जाता है।''

''जैसी आपकी मर्जी; लेकिन अगर आप हमारी बात नहीं मानोगे तो मुझे मजबूरन जबरिया करवाई करनी पड़ेगी, जो मैं नहीं चाहता हूँ।''

''इंकलाब-जिंदाबाद... लाल सलाम... लाल सलाम।''

''लाल सलाम... लाल सलाम'', कामरेड साथियों ने कामरेड विनोद के जवाब में नारा लगाया।

कामरेड विनोद ने दरोगा को नज़रअंदाज़ कर भाषण देना शुरू कर दिया और कहा, ''साथियों! हम संख्या में भले ही कम हैं, लेकिन हम इतने भी कमजोर नहीं हैं कि अपनी बात गूँगी बहरी सरकार को न सुना सकें। किसानों और मजदूरों की फसल और मेहनत का उचित दाम हम लेकर रहेंगे और अगर सरकार हमें हमारा हक़ नहीं देती है तो साथियों हम छीन के लेंगे। साथियों, ये

सरकार तो केवल पूँजीपतियों और सामंतों की दलाल है, जो किसानों और मजदूरों के पसीने की कीमत नहीं देना चाहती, परन्तु साथियों हम ऐसा हरगिज़ नहीं होने देंगे, साथियों हमें लड़ना ही होगा'।''

''इंकलाब-जिंदाबाद... लाल सलाम... लाल सलाम।''

''लाल सलाम... लाल सलाम।''

''साथियों! कायर लोग पूछते हैं, क्या आंदोलन करना और सरकार की ग़लत नीतियों से लोहा लेना सही है? अवसरवादी लोग पूछते हैं, क्या इससे राजनीति करके फायदा उठाया जा सकता है? सत्ता के नशे में चूर लोग इस फिराक में रहते हैं कि क्या ये लोकप्रिय मुद्दा है, जिसका फायदा उठाया जा जा सकता है? लेकिन इरादे के पक्के लोग केवल सही और न्याय का ही साथ देते हैं। साथियों... अब वक़्त आ गया है कि हम ये अहद (संकल्प) लें कि हम अपना हक़ हर कीमत पर लेकर रहेंगे। साथियों, दुनिया के महान क्रांतिकारी नेता चे गुवारा ने कहा था, ''क्रांति कोई पका हुआ आम नहीं, जो पेड़ से अपने आप गिरता है, साथियों इसे तोड़ना होता है; साथियों, ये सरकार हमें मार सकती है, लेकिन हमारे जज्बे और विचार को नहीं।''

''इंकलाब-जिंदाबाद... लाल सलाम... लाल सलाम।''

''लाल सलाम... लाल सलाम।''

''साथियों, मुक्त उद्यम विकास और क्रांतिकारी विकास के बीच एक बड़ा भारी अंतर है। इसमें से एक में धन, सरकार के कुछ चहेतों और व्यापारियों के हाथों में केंद्रित होता है और दूसरे में धन, लोगों की विरासत है। साथियों, मैं अकेला आप लोगों को आपका हक़ नहीं दिल सकता, इसलिए आपको अपना हक़ खुद लड़कर लेना होगा और इसके लिए जो भी कुर्बानी होगी, देनी होगी। साथियों, एक चींटी भी एक बड़े हाथी को गिरा सकती है, बशर्ते उसे ये पता हो कहाँ काटना है। साथियों, हमें सीखना होगा कि कब और कहाँ काटना है, वरना ये ढीठ सरकारें सत्ता और पैसे के नशे में सोती रहेंगी और पूँजीपतियों की दलाली करती रहेंगी।''

''इंकलाब-जिंदाबाद... लाल सलाम... लाल सलाम।''

''लाल सलाम... लाल सलाम।''

इसी बीच कुछ लोग जमा होकर सुनने लगे कि कामरेड लोग क्या कह रहे हैं। कुछ लोगों को बस इतना ही समझ आ रहा था कि इन लोगों के साथ कुछ अन्याय हुआ है, इसलिए विधानसभा के सामने प्रदर्शन कर रहे हैं। कुछ लोग कह रहे थे, बोलते बहुत बढ़िया हैं, लेकिन ये चुनाव नहीं जीत सकते, क्योंकि उसके लिए जो भी शर्तें हैं वो ये एक भी पूरी नहीं करते। कुछ तो यहाँ तक कह रहे थे, क्या ये हमारे देश में रहते हैं? ख़ैर जो भी है, बोल बढ़िया रहे हैं। कुछ तो बिना कहे देखकर चले जा रहे थे। कुछ ऐसा जताने की कोशिश कर रहे थे, मानो उनको सब पता है। कुछ कह रहे थे, विधानसभा के सामने धरना-प्रदर्शन तो रोज़ का काम है... आए दिन रास्ता जाम पड़ा रहता है, सवारी का निकलना मुश्किल हो जाता है। इन लोगों को बस अपनी नेतागिरी चमकानी है... जनता-फनता से कोई लेना देना नहीं।

सूरज चढ़ता जा रहा था। इंक़लाब-जिंदाबाद के नारे लगते जा रहे थे। तभी विधानसभा के सामने पी.ए.सी जवानों से भरा ट्रक आकर रुका। बड़ी मुस्तैदी से जवान हाथो में लाठियाँ और ढाल लिए कामरेड और उनके साथियों को घेरने लगे। उन लोगों ने सर पर कवच पहन रक्खा था। पुलिस कप्तान माइक पर जगह खाली करने की चेतावनी देने लगा, ''जल्दी से जगह खाली कर दो वरना मजबूरन बल प्रयोग करना पड़ेगा'।''

कामरेड विनोद, पुलिस कप्तान को नज़रअंदाज़ कर भाषण जारी रखे हुए थे, ''साथियों! घबराने की कोई ज़रूरत नहीं, क्रांति बलिदान माँगती है।''

''इंकलाब-जिंदाबाद... लाल सलाम... लाल सलाम।''

''लाल सलाम... लाल सलाम।''

जब पुलिस कप्तान के आगाह करने पर भी कामरेड विनोद ने भाषण नहीं रोका, तो कप्तान ने जवानों को बलपूर्वक जगह खाली कराने का आदेश सुना दिया और न खाली करने पर लाठी बरसाने का। पी.ए.सी जवानों में हरकत शुरू हो चुकी थी, जिससे उस भीषण गर्मी में गर्मी और भी बढ़ गयी। पुलिस ने लोगों को जबरन हटाना शुरू कर दिया, लेकिन प्रदर्शनकारी हटने को मंजूर नहीं थे।

वहीं कामरेड विनोद, पूरी बहादुरी के साथ साथियों को क़ुर्बानी देने के लिए प्रोत्साहित कर रहे थे। पुलिस और लोगों के बीच धक्का-मुक्की शुरू हो चुकी थी। पुलिस एक-एक कर लोगों को जबरदस्ती उठाकर ट्रक में भरने का प्रयास करने लगी, लेकिन ढीठ प्रदर्शनकारी हटने को तैयार नहीं थे। कुछ देर तक ये सब चलता रहा और अंततः कप्तान ने लाठी भाँजने वाला 'डायर' फरमान को सुना दिया।

कुछ ही पलों में पुलिस ने लोगों को रजाई की तरह धुनना शुरू कर दिया। पुलिस को जो जैसे मिला, पीटने लगी। देखते-देखते हर तरफ अफ़रा-तफ़री का माहौल पैदा हो गया। कुछ लोगों के सर पर लाठी लगने से खून बह रहा था, लेकिन तानाशाही नहीं चलेगी और इंकलाब जिंदाबाद के नारे लग रहे थे। लोगों के कपड़े और सामान इधर-उधर बिखरे पड़े थे। इसी बीच एक पुलिस वाले ने एक ज़ोरदार लाठी, कामरेड विनोद के सर पर दे मारी। कामरेड विनोद का सर फट चुका था। खून रुकने का नाम नहीं ले रहा था। बहुत ज़्यादा खून बह जाने के कारण उनको बेहोशी-सी आ रही थी और बहुत ज़्यादा देर तक वो होश में नहीं रह सके और वहीं पर गिर पड़े। पुलिस को कानून व्यवस्था काबू करने में करीब पंद्रह मिनट लगे, जिसके बाद शान्ति स्थापित हो गई। ये शान्ति बिलकुल ऐसी थी, जैसी तूफ़ान आने के पहले होती है। सबको निपटाने के बाद पुलिस, घायल प्रदर्शनकारियों को ट्रक में लादकर लखनऊ सिविल अस्पताल ले गयी। उन घायलों में कामरेड विनोद भी थे।

खून से लथपथ ट्रक, कामरेडों को लादकर सिविल अस्पताल में किसी कूड़े की तरह फेंक कर चला गया। हर तरफ लोग दर्द और तक़लीफ से कराह रहे थे। कुछ वार्डब्वाय कामरेडों के दोनों हाथ पैर पकड़कर बिस्तरों तक ले गए और मरहम पट्टी में जुट गए। कामरेड विनोद भी उन बिस्तरों में किसी एक पर थे। ये सब चल रहा था, तभी डॉक्टर साहब जलवा अफ़रोज़ हुए और पता नहीं किस भाषा में क्या लिखकर वहाँ से चले गए... हालाँकि डॉक्टर साहब को देखकर ऐसा लगता था कि इनकी पढ़ाई अंग्रेजी और हिन्दी दोनों में हुई है, लेकिन इन्होंने लिखने वाली कोई और ही भाषा सीख ली है। ख़ैर, फिर घायल कामरेडों के साथ वही सब हुआ जो अक्सर आम लोगों के साथ होता है... सिर्फ और सिर्फ

खानापूर्ति।

अगले दिन कामरेड विनोद के गाँव की पगडन्डी पर अख़बार वाला उसकी आँखों को आते हुए दिखाई दिया। कामरेड विनोद का इन्तज़ार करती उन आँखों ने उसके करीब आते ही पूछा, ''शहर से विनोद की कोई ख़बर'?''

अख़बार लाने वाला आदमी गहरी साँस खींचकर बोला, ''कल लखनऊ में विनोद के ऊपर लाठीचार्ज हुआ है, अख़बार में भी निकला है'।''

ये सुनकर उसकी आँखें भर आईं। उसका दिल बैठने लगा। वो भरभराते गले से बोली, ''और क्या लिखा है अख़बार में?''

अख़बार वाला उसकी पलकों पर अटके आँसुओं और चेहरे के भाव को देखकर सच कहने की हिम्मत नहीं जुटा पाया। अख़बार वाले की जबान लरजने लगी।

''बेटा जो भी लिखा है जल्दी बताओ, देर मत करो, अब ज़्यादा समय नहीं है मेरे पास।'' लड़खड़ाती जबान से विनोद की माँ कहा।

''अम्मा मैं नहीं पढ़ पाऊँगा, किसी और से पढ़वा लो।'' अख़बार वाले ने लरजती जबान से कहा।

''तुम पढ़ो या न पढ़ो, मुझे पता चल गया है इसमें क्या लिखा है; अब बस दिल का आख़िरी वहम तोड़ना है।''

''अम्मा..... कामरेड विनोद, सरकार की लाठियों को बर्दाश्त नहीं कर सके और दुनिया को अलविदा कह गए।''

ये सुनने के बाद कामरेड की माँ न चीखी न चिल्लाई, बस खुली आँखों के साथ सो गयी और ऐसा सोई कि फिर कभी न उठी सकी।

करीब आधी रात कामरेड विनोद बहुत जोर से चीखे और उठकर बैठ गए। विनोद के चेहरे पर डर का एक अजब सा भाव था, डर के मारे उसका चेहरा भीग गया था। चीख़ सुनते ही बगल में लेटे एक और कामरेड की आँख खुल गयी और उसने पूछा, ''कामरेड क्या बात है, इतना डरे क्यों लग रहे हो? दर्द ज़्यादा है क्या?''

''नहीं कामरेड, एक बहुत बुरा सपना देखा, जो इस दर्द से भी ज़्यादा भयावह था।''

'ओह!'

इतने में बगल वाले कमरे में बैठे एक डॉक्टर आ गए और पूछा, ''क्या हुआ कामरेड?''

''कुछ ख़ास नहीं, बस एक बुरा सपना देखा।''

'ओह!'

''कल मैं यहाँ से सीधा गाँव जाकर अम्मा से मिलूँगा, बहुत दिन हो गए उन्हें देखे हुए।''

''हाँ ज़रूर कामरेड; वैसे भी आपकी लड़ाई और न जाने कितने दिन चले... क्योंकि लड़ तो सब रहें है लेकिन जीत कोई नहीं रहा है।'' उस डॉक्टर ने कहा।

7

कसम से एकदम सच्ची

लखनऊ के पांडेगंज में केवल दो ही चीजें मशहूर थीं... एक पांडेगंज के लौंडे और दूसरे सक्सेना जी। लौंडे अपनी प्रचंड हाज़िर जवाबी और निठल्लेपन के लिए, जबकि सक्सेना जी अपनी प्रचंड पार्टी भक्ति के लिए मशहूर थे। सक्सेना जी ने 1992 की कार सेवा में जबरदस्त भाग लिया था और इतना तेज भाग लिया था कि जेल तक हो आये थे। लोगों के पूछने पर कहते थे, ''धर्म की रक्षा के लिए जाना पड़ा।'' हालाँकि सक्सेना जी ने जेल के अपने किस्से पांडेगंज के हर आम-ओ-ख़ास को सुना-सुनाकर अक्षरशः याद करवा दिए थे। सन 2000 की बीजेपी सरकार बनने के बावजूद राम मंदिर न बना पाने पर उनको घनघोर मलाल था। कहते थे, बहुमत नहीं मिला, वरना मंदिर बनना बिलकुल तय था और इसी बात को लेकर सक्सेना जी अक्सर लोगों को कोसते रहते थे, कहते थे, ''देश के कुछ लोग काफ़िर हो गए हैं काफ़िर; एक मंदिर तक नहीं बनने दे रहे हैं।'' ख़ैर ये सक्सेना जी ही जानें, मंदिर नहीं बना तो क्या हुआ और बन जाता तो क्या होता। वैसे सक्सेना जी कभी अयोध्या नहीं गए, यहाँ तक कि कभी लखनऊ के बाहर तक नहीं गए और पांडेगंज के मंदिर भी कभी-कभार

जाना हो पाता था।

उस दिन कुछ ख़ास ही मौक़ा था। बीजेपी को लोकसभा चुनाव में बेशुमार राय-शुमारी (चुनावी जीत) मिलने पर सक्सेना जी, जो कि प्रचंड पार्टी भक्त होने के साथ-साथ साहेब भक्त भी थे, 16 मई 2014 को ख़ुशी के मारे बेहोश हो गए और एक लम्बी बेहोशी में चले गए, जिसे बरतानिया में कोमा भी कहते हैं। इस दुःखद घटना के बाद, जीत की ख़ुशी में बलखाती कमरें और बजते ढोल मंजीरे बंद हो गए। वैसे तो ख़ुशी मनाने के सभी मानव-चलित तरीके और यंत्र बंद हो गए, लेकिन चूँकि फुलझड़ियों में आग लग चुकी थी, इसलिए पूरी छूटने के बाद ही शान्त हो पायीं।

सक्सेना जी का परिवार, जो कि जीत का जशन मना रहा था, चिल्लतड़ाप करने लगा और एक पल में जशन अर्श से फर्श पर आ गिरा। जशन में शरीक़ लोग और सक्सेना जी का परिवार फ़ौरन उन्हें लेकर लखनऊ के मशहूर अस्पताल पहुँच गया, जहाँ डॉक्टरों ने उन्हें बिना समय गँवाये आपातकालीन चिकित्सा-कक्ष में भर्ती कर लिया। सक्सेना जी की प्रचंड पार्टी निष्ठा से प्रभावित होकर कुशल डॉक्टरों की टीम ने सक्सेना जी को होश में लाने के लिए अपनी सारी डिग्रियाँ दाँव पर लगा दीं, लेकिन सक्सेना जी की खुशी के चरम पर पहुँच जाने के कारण डॉक्टरों की एक न चली और सारी की सारी डिग्रियाँ दाँव हार गयीं। उस दिन शायद यही मंजूर था। कुछ समय बाद किसी हिन्दी फिल्म के बनावटी सीन की तरह डॉक्टर साहब आपातकालीन चिकित्सा-कक्ष से बाहर अपना मुँह लटकाये हुए निकले और सक्सेना जी के परिवार को दिलासा देते हुए बोले, ''माफ़ी चाहता हूँ, बहुत कोशिश की, लेकिन हम सक्सेना जी को बेहोशी से बाहर लाने में कामयाब न हो सके और हमें इस बात का निहायत अफ़सोस है।'' जैसा अक्सर होता है, डॉक्टर साहब बोले, अब इन्हें दवा की नहीं, बल्कि अच्छे दिन की दुआ की ज़रूरत है, चुनांचे अच्छे दिन जल्दी आएँ। बस आप लोग दुआ कीजिये, बाकी फिर; उसकी जैसी मर्जी... उसके आगे किसकी चलती है; लेकिन तब तक के लिए इन्हें अस्पताल की निगरानी में ही रखना पड़ेगा।''

इस दुःखद ख़बर के बाद मोहल्ले के अड़ोसी-पड़ोसी भी अस्पताल आ पहुँचे और आपस में बातें करने लगे, कहने लगे... ''सक्सेना जी बड़े ही ख़ुश

मिजाज इंसान थे; जब भी मिलते थे, हँस बोलकर मिलते थे। मोहल्ले में हमेशा सब के साथ मिल जुलकर रहते थे, कभी किसी को कोई ग़लत बात नहीं कही... लेकिन पार्टी प्रेम जो न करवाए थोड़ा है।''

''अरे पार्टी प्रेम तो फिर भी ठीक था, लेकिन व्यक्ति विशेष प्रेम... भगवान बचाये।''

''सही कहते हो; धर्म और पार्टी, अफ़ीम के दो पहलू की तरह हैं, इनमें से किसी एक में भी फँस जाओ, निकलना मुश्किल हो जाता है।''

''हाँ बात तो सही कह रहे हो; अभी सक्सेना जी की सारी गृहस्थी कच्ची पड़ी है... लड़की अभी पढ़ रही है, जबकि बड़ा लड़का पढ़ाई ख़त्म करने के बाद नौकरी की तलाश में दर-दर भटक रहा है। घर में अकेले कमाने वाले थे, अब पता नहीं इनके परिवार की गाड़ी कैसे आगे बढ़ेगी।''

''हाँ बात तो सही है तुम्हारी, लेकिन अगर सक्सेना जी की हालत को माइनस कर दिया जाए तो लगभग हर घर की यही कहानी है।''

''हाँ ये तो है ही।''

''लेकिन कोई जानकारी है, ये कैसे और कब हुआ?''

''तुम अपने यहाँ के लौंडों को तो जानते ही हो; कोई काम धंधा तो है नहीं, सारा दिन चुहलबाजी करना, आफ़त जोतना और पांडेगंज के चौराहे को आबाद रखना।''

''सही कह रहे हो; काम धंधे में लग जाते तो लोफरई करने से बच जाते, चौराहे से भले आदमी का निकलना मुश्किल कर दिया है, लेकिन हुआ क्या?''

''अरे होना क्या था... 15 मई की शाम का वक़्त था। लौंडे चुहलबाज़ी में मशगूल थे। तभी लौंडों ने देखा, सक्सेना जी बड़ी जल्दी-जल्दी चौराहे की तरफ बढ़ रहे हैं। उत्सुकतावश एक लौंडे ने पूछा, सक्सेना जी इतनी जल्दी-जल्दी सवारी कहाँ को जा रही है? आज दुकान क्या जल्दी बढ़ा दी? बड़ी जल्दी में हो, कहाँ आग लगी है? थोड़ा आराम कर लो।''

''फिर क्या हुआ?''

"होना क्या था, सक्सेना जी फूट पड़े और बोले, तुम लौंडों को कोई काम धंधा तो है नहीं, बस शाम सवेरे लफन्दरी करते फ़िरते हो चौराहे पर; शरीफ़ आदमी का निकलना मुश्किल कर दिया है... हर आते-जाते को टोकना ज़रूरी है क्या। आदमी पता नहीं कब किस मूड में है, पीछे से आवाज़ लगा दी कहाँ जा रहे हो। रोड है तो आदमी आएगा जायेगा ही, भला ये कौन सा इतना मुश्किल सवाल है, जो तुम लोग हल नहीं कर सकते, बस पूछ देते हो सवारी कहाँ निकल पड़ी। तुमको शायद पता नहीं, कल मरदुम-शुमारी का नतीजा आने वाला है; बस ये समझ लो, उधर ख़राब दिन वाली सरकार गयी और इधर अच्छे दिन वाली सरकार बनी, जिसके बाद तुम सब लोगों की नौकरी पक्की। देश में पिछले साठ सालों में जो लूट-खसोट मची हुई है वो कल से बंद हो जाएगी। देश साठ साल से गड्ढे में पड़ा है और अब इसके बाहर निकलने का वक़्त आ गया है; अब तो भइया सबका साथ और सबका विकास होगा। विकास ख़ाली कागज़ पर ही नहीं बल्कि ज़मीन पर भी होगा और सचमुच का होगा। अब तुम लोग ऐसे निठल्ले नहीं घूमोगे, तुम्हारे पास भी काम होगा, अच्छी नौकरी होगी... जिसका मतलब है हर तरफ खुशहाली ही खुशहाली। बस ये समझ लो पांडेगंज गुजरात बन जायेगा।''

सक्सेना जी का इतना कहना भर था, लेकिन अपने लौंडे भी कहाँ कम थे। तभी एक लौंडा तपाक से बोल उठा, ''तो क्या यहाँ भी गोधरा और बेस्ट बेकरी होगा? धर्म और जाति के नाम पर लोग मारे पीटे जायेंगे? उसके बाद ही गुजरात बन पायेगा या कैसे बनेगा? यही तो समझ में नहीं आ रहा है; सक्सेना जी, अब आप ही इस पर कुछ प्रकाश डालिये।''

''सक्सेना जी ने बहुत तेजी से साँस अंदर खींची और भौंहों को रौद्र भाव में सिकोड़ते हुए बोले, तुम लोगों को खाली 2002 दिखता है, बाकी गुजरात कहाँ से कहाँ पहुँच गया वो नहीं दिखता। हाथ पहले से लकवाग्रस्त है; तुम लोगों को हाथी और साइकिल की सवारी के अलावा कुछ कहाँ दिखता है। आज के ज़माने में हाथी और साइकिल की चाल से चल कर विकास होने से रहा; अरे कभी कमल की सुंदरता भी तो देखो। रही बात हसिया हथोड़े की, तो अब उसका जमाना ख़त्म हो गया है... अब मशीनों का दौर है।''

"ये सब ख़याली पुलाव है सक्सेना जी; ये सब चुनावी शगूफ़े हैं... हमने तो यहाँ तक सुना है कि "सत्ता का चरित्र एक समान होता है।"

"देश में अच्छी बात करना तो जैसे गुनाह हो गया है... मैं तो कहता हूँ, साहेब विकास पुरुष हैं; बस ये समझ लो विकासावतार हैं विकासावतार। देश में कुछ लोग नहीं चाहते देश का विकास हो और देश में खुशहाली आए। लोग ऐसे ही झूठी-मूठी तस्वीर पेश करते रहते हैं, लेकिन ये बिलकुल वैसी ही बात है, हाथी अपने रास्ते चलता रहता है और कुकुर भौंकते रहते हैं। अब तुम ही बताओ, दो गुट आपस में लड़ मरे, तो इसमें विकासावतार जी क्या करें। लौंडो, एक बात बताओ, कोर्ट-कचहरी पर भरोसा है कि नहीं? और अगर है तो उसकी बात तो मानो और अफवाह में अफवाह मत बनो, क्योंकि आजकल लोग बिना जाने समझे अफ़वाह के चक्कर में महापुरुषों तक को गरिया रहे हैं।"

"सक्सेना जी के प्रचण्ड आध्यात्मिक प्रवचन के बावजूद एक मुरहा किसम का लौंडा उत्तेजित होकर बोला, चाचा ये सब तो ठीक है, लेकिन जब तक नौकरी लगेगी, तब तक रोटी-दाल और पढ़ाई-लिखाई के लिए पैसा कहाँ से आएगा?"

"तुम लोगों को लफंडरई करने से फुरसत मिले तब तो विकासावतार जी के भाषण सुनो; विकासावतार जी ने अपने चुनावी भाषणों में एकदम साफ़-साफ़ शब्दों में अपनी छाती को 56 इंच में फूलते हुए कहा है कि सरकार बनते ही सबसे पहले काला धन, विदेश से भारत लाकर हर भारतीय को 15-15 लाख रुपये उसके खाते में डलवा देंगे... अब तुम्ही बताओ, दुनिया का कोई भी नेता, चाहे किसी भी कद-काठी का हो, ऐसा कर सकता है भला? ख़ुद कुबेर भी नहीं कर सकते; हाँ, एक आदमी ज़रूर कर सकता है और वो खुद विकासावतार जी।"

"बात तो आप सही कह रहे हो चाचा, लेकिन देश के नेताओं पर अब भरोसा नहीं रहा; साले जिस थाली में खातें है उसमें छेद ही नहीं करते बल्कि उस थाली की तली तक गायब कर देते हैं।"

"सक्सेना जी बात को नज़रअंदाज करते हुए कहने लगे, मैं तो कहता हूँ,

विकास तो केवल विकासावतार जी से ही संभव है; उन्होंने कहा है, न खाऊँगा और न खाने दूँगा। ख़ैर मेरी बात छोड़ो, पर कम से कम बाबा पर तो भरोसा करो, क्योंकि बाबा कहते हैं करने से होता है। दया तो विकासावतार जी में इस कदर कूट-कूट कर भरी है, मानो बुद्ध हों। दयालु इतने हैं कि इंसान हो या कुकुर, संवेदना बराबर रखते हैं। कुछ बददिमाग लोग तो यहाँ तक कह देते है कि इंसान की तुलना कुकुर से कर दी... लेकिन इसके पीछे छुपी हुई मोहब्बत लोगों को कहाँ दिखती है। मैं बताये देता हूँ इसका सही मतलब... और वो ये है, कि इंसान हो या जानवर, विकासावतार जी सबको बराबर तरजीह देते हैं। मैं तो कहता हूँ कि विकास की हवा के साथ बहो और केजरीवाल मत बनो, जो मफलर लगाये फिरता है, उसको कहाँ से पता चलेगा कि विकास की हवा चल रही है।''

''एक लौंडा जो बहुत देर से सक्सेना जी के उपदेशों को ख़ामोशी से सुन रहा था बोला, हमने तो सुना है, इस बार हवा नहीं सुनामी चल रही है...''

''सक्सेना जी बोले, बस कल तक का इन्तज़ार करो; कल नतीजा देख लेना, सब बहा के रख देंगे... अंजा-पंजा, हाथी-घोड़ा, आइकिल-साइकिल, हँसिया-बाली सब बह जाएगा।''

''लौंडा, उत्तर के ज़वाब में प्रश्न करते हुए बोला, लेकिन सुनामी कोई अच्छी चीज कहाँ होती है? सुनामी में कितने लोग बेघर हो गए और कितने खर्च हो गए... मतलब दुनिया से रुख़सत हो गए'।''

''सक्सेना जी बिना उत्तर दिए नाक मुँह सिकोड़कर बड़बड़ाते हुए कहने लगे, ''तुम लफ़ंडरों का कुछ नहीं हो सकता।'' कहते हुए अपने घर की ओर चल दिए।''

''सक्सेना जी जवाब तो देते जाओ।'' पीछे से लौंडे बोलते रहे, हालाँकि सक्सेना जी ने कोई जवाब नहीं दिया और आगे बढ़ते चले गए।''

सक्सेना जी का, सुनामी डे की पूर्व संध्या से लेकर सुबह तक का सफ़र कुछ इस तरह से गुज़रा जैसे कोई चींटी, माउंट एवरेस्ट चढ़ रही हो।

''अगला दिन सुनामी डे। जिसका सक्सेना जी को बेसब्री से इन्तज़ार था। सुबह-सुबह नहा धोकर, पूजा-पाठ ख़त्म करके टी.वी. के सामने बैठ गए और

नतीजों पर नज़र और कान गड़ा दिए। टी.वी. पर खबरों की मंडी चालू हो चुकी थी। लोग अपनी-अपनी दुकान सजाये बैठे थे। सभी स्वयंभू विद्वान अपनी-अपनी हवाई तवाई हाँकने में मशगूल थे। कोई कह रहा था, विकास की जीत होगी... कोई कह रहा था, हाँ जीत तो होगी लेकिन बहुमत नहीं मिलेगा। कोई कुछ कह रहा था और कोई कुछ; लेकिन सक्सेना जी आँकड़ों पर नज़र गड़ाये हुए थे। आँकड़े समय के साथ उनके पक्ष में बढ़ते जा रहे थे। जैसे-जैसे आँकड़े बढ़ रहे थे, सक्सेना जी का रक्तचाप भी बढ़ रहा था। सक्सेना जी इसी तरह एकटक, बिना पलक झपकाये दोपहर तक आँकड़ों पर नज़र गड़ाए हुए थे। कुछ देर बाद अंततः, आँकड़ा जादुई आँकड़े को छू गया। बहुमत मिलते ही सक्सेना जी ख़ुशी के मारे झूमने लगे और खुशी के चरम पर पहुँच गए। मोहल्ले में उनके विचार से मेल खाते लोगों ने ढोल मंजीरे बजाने शुरू कर दिए। लोग जोर-जोर से बातें करने लगे, सड़क पर नाचने गाने लगे, पटाखे फोड़ने लगे। अब सक्सेना जी भी कहाँ पीछे रहने वाले थे, इसलिए फ़ौरन घर से बाहर निकलकर भीड़ में शामिल हो गए और झूमने गाने लगे और इसी जशन के आवेग में सक्सेना जी ख़ुशी की पराकाष्ठा पर पहुँच गए, जहाँ से नीचे उतरना नामुमकिन हो गया और लम्बी बेहोशी का शिकार हो गए... या यूँ कहें कि सुनामी का वेग रोक नहीं पाये और खुद ही बह गए।

''बहुत बुरा हुआ सक्सेना जी के साथ।'' पड़ोसी की बात सुनकर अड़ोसी ने कहा।

''हाँ, बेचारे बहुत भले आदमी थे।'' पडोसी ने कहा।

अड़ोसी ने समर्थन किया और कहने लगे, ''चलो घर चला जाए और दुआ की जाए, कि सक्सेना जी जल्द से जल्द ठीक हो जाएँ।''

''हाँ जल्दी ठीक हो जाएँ, क्योंकि अभी उनकी गृहस्थी का घड़ा एकदम कच्चा है।''

''हाँ, आजकल आदमी का भरोसा नहीं, कब और कैसे बेहोश हो जाए क्योंकि बाज़ार ने ऐसे बहुत से नशे पैदा कर दिए हैं जिनसे बचना बहुत मुश्किल है।''

इस घटना के बाद सक्सेना जी के घर वाले और वहाँ जमा अड़ोसी-पड़ोसी उनके ठीक होने की दुआ में मशगूल हो गए और विकास पुरूष, विकास में।

लगभग 24 महीने की लम्बी बेहोशी के बाद एक दिन चमत्कार हुआ और सक्सेना जी को आख़िरकार होश आ ही गया। होश आने पर उन्होंने डॉक्टर से पूछा, ''मैं यहाँ कितने दिनों से हूँ?''

''पूरे 24 महीने से।''

''देश की सरकार कैसी चल रही है?'

''सरकार जैसे चलती है वैसी ही चल रही है।''

''आपका जैसे से क्या मतलब है?''

''मतलब, अच्छी चल रही है।''

इसके बाद सक्सेना जी ने अपने निम्नलिखित इच्छित सवाल, डॉक्टरों पर बिलकुल वैसे ही दाग दिए, जैसे किसी निहत्थे पर कोई जहरीले तीरों की बौछार कर दे।

''स्वच्छ और भ्रष्टाचार-मुक्त भारत में कैसा लगता है? अयोध्या में भव्य मंदिर का निर्माण हो गया? दामाद नामक प्रजाति कौन सी जेल में है? युवराज और महारानी जेल में हैं या इटली भाग गए? कांग्रेस-मुक्त भारत कैसा लगता है? नवाज़, हिंदुस्तान के सामने अभी भी नाक रगड़ रहे हैं या विकासावतार जी ने उन्हें माफ़ कर दिया? लाहौर अब राजस्थान में आता है या पंजाब में? कश्मीर का मसला ख़त्म हो गया? क्या पाक अधिकृत कश्मीर हिंदुस्तान में जुड़ गया? एक के बदले दस के हिसाब से कितने सर लाये गए हैं अभी तक? अपने रोशनगंज गाँव से लखनऊ जाने के लिए बुलेट ट्रेन ठीक रहेगी या हवाई जहाज? काला धन गिनने में कितने दिन लगे और हमारे हिस्से के 15 लाख खाते में आ गए हैं या नहीं? 30 रुपये में 1 डॉलर मिलता है या नहीं? पेट्रोल और डीज़ल के भाव 30 रुपये हो गए? सिर्फ बोल बोल के सब्जी दाल के भाव तो विकास पुरूष जी ने कम कर ही दिए होंगे? विकास पैदा हुआ या बाबा बंगाली का शर्तिया इलाज अभी तक जारी है? अब तो नौकरियाँ लोगों को ढूँढ

रही होंगी? किसानों और मजदूरों को दो वक़्त की रोटी अब बहुत आसानी से मिल जाती होगी? मुझे अंधभक्त बोलने वाले तो अब तक चुल्लूभर पानी में डूब मरे होंगे और जो बच गए होंगे वो खिसियानी बिल्ली की तरह खम्भा नोच रहे होंगे? पांडेगंज का चौराहा अब वीरान हो गया होगा? पांडेगंज के सभी लौंडे नौकरी पर जाने लगे होंगे और चौराहे पर अब कोई किसी को आते-जाते नहीं टोकता होगा?''

डॉक्टर साहब, सक्सेना जी के सवालों को सुनकर बोले, ''ये सब चुनावी जुमला था, ऐसा डिप्टी विकासपुरुष जी ने टी.वी. चैनल पर बताया है। मैं तो कहता हूँ लम्बी बेहोशी से बाहर आ जाओ, क्योंकि सरकार के पास तुम्हारे इन बेहूदा और ज़ाहिलाना सवालों से ज़्यादा कई ज़रूरी और ख़ास मुद्दे हैं, जिन पर बिजली की रफ़्तार के साथ काम चल रहा है- मसलन गाय -बकरी, हिन्दू - मुस्लिम, लव जेहाद, विरोधियों को पाकिस्तान की नागरिकता दिलाना और राष्ट्रद्रोही बताना, असहिष्णुता, गैर हिन्दू दिवंगतों को गद्दार का दर्ज देना, महँगाई बढ़ाना, गरीबी को नहीं गरीबों को दूर करना, गोडसे को राष्ट्रभक्त का दर्जा देना, विदेश यात्रा करना और मित्रों-मित्रों कह कर लम्बी-लम्बी छोड़ना इत्यादि-इत्यादि।''

सक्सेना जी अपने सवालों के इतने प्रचंड ज़वाब सुनकर फिर से लम्बी बेहोशी में चले गए और लम्बी बेहोशी में जाने से पहले उनके आख़िरी शब्द थे, ''मुझे पूरा विश्वास है, एक न एक दिन अच्छे दिन ज़रूर आएँगे और हम सब अच्छे दिन की हवा में साँस ज़रूर लेंगे'।''

डॉक्टरों ने सक्सेना जी को दोबारा होश में लाने के लिए जुमलों के कई झटके दिए, लेकिन सक्सेना जी टस से मस तक नहीं हुए और शरीर को ढीला छोड़ दिया। शायद अब उनके शरीर में जुमलों को सहने की ताकत नहीं बची थी। सक्सेना जी की हालत देखकर उनका परिवार और भी ग़मज़दा हो गया, वहीं डॉक्टरों ने भी उम्मीद की टोकरी नीचे रख दी, जिसके बाद बेचारे सक्सेना जी बेहोशी में और उनका परिवार होश में अच्छे दिन का इन्तज़ार करने लगा, जो अभी तक जारी है।

अड़ोसियों-पड़ोसियों को जब इस बात का पता चला, तो वो बहुत दुखी

हुए। एक अड़ोसी ने पड़ोसी से कहा, ''बेचारे सक्सेना जी.... वो कहते हैं न, सब कुछ पालो, लेकिन मुग़ालते मत पालो; क्योंकि मुग़ालते हमेशा धोखा ही देते हैं। ये नेता लोग कब तक लोगों को सम्मोहित करते रहेंगे? किसी की विचारधारा को सपोर्ट करना एक बात है और भक्ति करना दूसरी बात है, इसलिए जब हम भक्ति में फँस जाते हैं तो हम आलोचना सहने की ताकत खो देते हैं... दरअसल, भक्त आलोचना बर्दाश्त नहीं कर सकते।''

''सही कहा आपने; आज़कल आलोचनाओं की कोई जगह नहीं बची है हमारे आसपास।'' पड़ोसी ने जवाब में कहा।

''बेचारे सक्सेना जी।''

8

सुरख़ाब

अर्जुन, बारहवीं क्लास तक उन स्कूल कॉलेजों में पढ़ा, जिसमें लड़कियाँ नहीं पढ़ती थीं और इसी वजह से उसका लड़कियों से बहुत ज़्यादा वास्ता नहीं पड़ा था। उसने इंटर तक की पढाई एक छोटे से कस्बे में रहकर ख़त्म की और उसके बाद शहर के एक डिग्री कॉलेज में दाखिला ले लिया, जिसमें लड़के और लड़कियाँ दोनों पढ़ते थे। इस नए शहर में अर्जुन का एक जिगरी दोस्त भी था; उसका नाम था, मोटा... वैसे असली नाम था शशिकांत, लेकिन लोग उसे इस नाम से कम ही जानते थे।

मोटा, एक छोटे कद का धरती की तरह गोल और रंगबाज किसम का लौंडा था। मोटे के दावे को अगर सच माना जाए तो मोहल्ले की हर ख़ूबसूरत लड़की उसके ऊपर मरती थी, लेकिन मोटे के पास इतना वक़्त कहाँ कि किसी एक से चिपक कर रह जाए। मोटे को ये तक पता था कि मोहल्ले में किस लड़की का किस लड़के के साथ क्या चल रहा है और कहाँ तक चल रहा है। मोटा, लड़कियों से बात करने में जितना तेज़ था, अर्जुन उतना ही कमजोर। अर्जुन,

लड़कियों से कुछ इस कदर शरमाता था कि अगर कोई लड़की उससे कुछ पूछ ले, तो वो उसको दुनिया का सबसे मुश्किल सवाल लगने लगता... हालाँकि इस सब के बावजूद उसे लड़कियों से बातें करना और दोस्ती करना बेहद पसंद था, लेकिन बहुतों की तरह वो भी लड़कियों से दोस्ती की एक भी शर्त पूरी नहीं करता था। मसलन उनके कामों को अपना काम समझ के करना, उनके मतलब की बातें करना, उनके स्टाइल की झूठी-मूठी तारीफ़ें करना वगैरह-वगैरह। कभी-कभी तो उसे एक मुश्किल सवाल घेरकर जैसे पीटने ही लगता था, कि कैसे उसके जैसे दूसरे लड़के, लड़कियों से बिना बात के घंटों बातें कर लेते हैं, जबकि उसके हाँथ पाँव फूलने लगते हैं। कभी-कभी तो उसे अपने एंजाइम पर ही शक़ होने लगता था। उसे एक बात और बहुत हैरान करती थी, कि लड़कियों से बहन और माशूका के अलावा दोस्ती का रिश्ता इतना मुश्किल क्यों होता है, क्योंकि अभी तक उसने जितने भी दोस्तों के लड़कियों से रिश्ते देखे थे, वो इन्हीं दोनों में से एक थे।

अर्जुन केवल लड़कियों से बातचीत में कमजोर नहीं था, बल्कि उसकी मैथ, फिजिक्स और केमिस्ट्री भी कुछ ख़ास अच्छी नहीं थी। अब लड़कियों से दोस्ती की कोई कोचिंग तो होती नहीं, लिहाज़ा अपने दोस्त मोटे के कहने पर उसने मोहल्ले की शुक्ला कोचिंग क्लासेज ज्वॉइन कर ली, जो डिग्री कॉलेज की ही तरह कोएड थी और वो भी ये सोचकर कि कुछ न कुछ तरक्की तो हो ही जाएगी।

कोचिंग ज्वाइन करने के बाद जब पहले दिन अर्जुन कोचिंग गया, तो देखा कमरे में चार बेंचें पड़ीं हैं। कोचिंग में सबसे आगे एक कुर्सी पड़ी है, जिस पर शुक्ला जी एक मोटा चश्मा नाक पर लटकाए खुद बैठे हैं और एक किताब में कुछ ढूँढ़ रहे हैं। तीन बेंचों में हर एक बेंच पर पर तीन-तीन लोग मिलजुल कर बैठे हैं, जिसमें अर्जुन का लँगोटिया दोस्त मोटा भी बैठा है। पीछे की चौथी बेंच पर दो लड़कियाँ बैठी हैं और बैठने की एक मात्र जगह खाली है। अर्जुन ऊहा-पोह में वहीं खड़ा हो गया, क्योंकि उसके लिए लड़कियों के बगल में बैठना, अंगारे पर बैठने के बराबर था... या शायद उससे भी ज़्यादा मुश्किल।

अर्जुन की आहट पाते ही शुक्ला जी नाक पर लटक रहे चश्मे से आँखें

बाहर निकालकर बोले, ''हाँ श्रीमान, खड़े क्यों हो, बैठते क्यों नहीं? तुम्हारे लिए क्या अलग से कार्ड छपवाऊँ?''

''नहीं सर...।''

''ओ.के.।''

अर्जुन ने जैसे तैसे हिम्मत जुटाई और दोनों लड़कियों के बगल में चौथी बेंच पर किनारे बैठ गया, जिसके बाद शुक्ला जी ने अलजेब्रा की क्लास शुरू कर दी। अर्जुन का मैथ में वैसे ही हाथ तंग था, ऊपर से अलजेब्रा। लेकिन यहाँ पर अर्जुन के सामने अलजेब्रा से भी ज़्यादा पेचीदा और मुश्किल सवाल खड़ा हो गया था। दरअसल बगल में बैठी लड़की का दुपट्टा, पंखे की हवा से बार-बार उसके हाथ से लग जा रहा था। जितनी बार दुपट्टा उसके हाथ को छूता, उसके शरीर में एक अजीब सी अनजानी सी सिहरन पैदा हो जाती। उसके दुपट्टे के उड़ने की हद इतनी ज़्यादा थी कि वो चाहकर भी खुद को नहीं बचा पा रहा था, इसलिए दुपट्टे के ख़ूबसूरत अतिक्रमण को सहने पर मजबूर था। अर्जुन जब भी थोड़ी हिम्मत जुटाता कि कह दूँ, अपना दुपट्टा थोड़ा दबाकर रखें, लेकिन जैसे ही वो उसकी तरफ देखता, उसकी हिम्मत पंखे की हवा के साथ ही हवा हो जाती। अर्जुन ने किसी लड़की को पहली बार इतने करीब से देखा था और ऊपर से उसके दुपट्टे का हाथों के जरिए दिलो दिमाग तक छू जाना... ये बिलकुल ऐसा था, जैसे बहुत दिनों से सूखी पड़ी ज़मीन के ऊपर अप्रत्याशित घने काले बादल मँडराने लगे हों। और कुछ इसी तरह से अलजेब्रा की पहली क्लास, दुपट्टे को हटाने की नाकाम जद्दोजहद में निकल गयी।

कोचिंग क्लास ख़त्म होने के बाद दुपट्टे वाली लड़की वहाँ से उठी और बाहर की तरफ अपनी सहेलियों के साथ निकल गयी। उसके जाने के बाद अर्जुन, बिना मोटे से कुछ बताये अपने घर की तरफ चल पड़ा। रास्ते भर अर्जुन उस दुपट्टे और उस दिलकश एहसास के बारे में सोचता रहा। घर पहुँचकर अर्जुन ने अपने कमरे का दरवाजा बंद किया और खिड़की के सामने पड़ी कुर्सी पर बैठ गया और आसमान की तरफ देखने लगा। वो सोच रहा था... अभी तक उसने बहुत कुछ खोया है... जब लड़की का दुपट्टा इतना दिलकश हो सकता है, तो लड़कियों से बातें करना और दोस्ती करना कितना रूमानी होगा। और इसी

ख़याल के साथ वो अगले दिन कोचिंग जाने के ख़याल में खो गया। अभी वो ख़याल में बहुत अंदर तक नहीं जा पाया था तभी उसके दोस्त मोटे ने कमरे के दरवाजे पर दस्तक दी।

'कौन?' अर्जुन ने पूछा।

''मैं मोटा...।''

''आता हूँ।'' कहकर अर्जुन ने कमरे का दरवाजा खोल दिया।

''हाँ मिस्टर अर्जुन... बिना बताये ही कोचिंग से निकल लिए!'' मोटे ने अर्जुन को देखते ही कहा।

''कुछ ख़ास नहीं, बस ऐसे ही।''

''अबे बेटा, हमसे होशियारी, सब देख रहे थे; कोचिंग में किसके साथ चिपक कर बैठे थे और क्या कर रहे थे।''

''ऐसा कुछ नहीं मोटे।'' अर्जुन ने थोड़ा रूमानी होते हुए कहा।

''अमाँ, तुमने जिस स्कूल में दाख़िला लिया है, मैं वहाँ का प्रिंसिपल हूँ, इसलिए अब बता भी दो।''

''मोटे, पहले बताओ किसी से कहोगे तो नहीं?'

''नहीं कहूँगा मेरी जान, रज्जो की कसम।''

''अब ये रज्जो कौन है।''

''अरे वही मोड़ वाली।''

''वो सब्जी वाली?'

''तुम खाली सब्जी देखो, मैं सब्जी वाली देखता हूँ।''

''तुम नहीं सुधरोगे मोटे।''

''इश्क़ करना अगर बिगड़ना है, तो मैं ताउम्र बिगड़ा रहूँ, ख़ैर जाने दो; तुम अपनी कहो और बा-आवाज़े बुलंद कहो।''

‘‘मोटे, तुम्हें उसका नाम पता है, जो मेरे बगल में बैठी थी ?’

‘‘ओह, तो ये बात है जनाब!’’

‘‘कोई बात नहीं; मैंने जितना पूछा उतना बताओ... क्या जानते हो उसके बारे में ?’’

‘‘पता कैसे नहीं; शहर का पूरा इनसाइक्लोपीडिया है मेरे पास। अरे यहीं अपने बगल वाले मोहल्ले में रहती है; भई एकदम सही लड़की पसंद की है, उसका किसी के साथ कोई चक्कर-वक्कर भी नहीं है; निहायत ही ज़हीन और अच्छी लड़की है... उसका नाम भी उसी की तरह ख़ूबसूरत है... नरगिस।’’

‘‘मतलब जात की मुसलमान है ?’’

‘‘बेटा, इश्क़ किसी मज़हब का नहीं होता, इश्क़ खुद एक मज़हब होता है।’’

‘‘पर ग़ैर मज़हबी...’’

‘‘तो क्या हुआ ?’’

‘‘लेकिन फिर भी मोटे...।’’

‘‘तुमने शायद मुगले आज़म नहीं देखी; या देखी पर याद नहीं... मोहब्बत जो डरती है, वो मोहब्बत नहीं गुनाह है, अय्याशी है।’’

‘‘लेकिन, अगर किसी को पता चला तो क्या होगा ?’’

‘‘अगर मगर को मारो गोली; इश्क़ करने वाले लोग आग़ाज़ के बारे में सोचते हैं, अंजाम के बारे में तो व्यापारी सोचते हैं।’’

‘‘मोटे, यहाँ बोलने में जिगर चाक हो जाता है और तुम हो कि मुगल-ए-आज़म का आग़ाज़ किये पड़े हो।’’

‘‘चाक हो जाता है तो सिलने की कोशिश करो; वरना गाड़ी निकल जायेगी, फिर तुम बस गुबार देखते रहना। कहते हैं, जो लोग दिल से अच्छे लगें, उन्हें ज़िन्दगी से नहीं जाने देना चाहिए, क्योंकि फिर वो मिलें न मिलें।’’

''बात तो तुम सही कह रहे हो मोटे; पता नहीं क्यों... लेकिन वो पहली नज़र में ही मुझे अच्छी लगी... कल मैं उससे बातचीत करने की कोशिश करता हूँ, लेकिन तुम मेरे साथ ही रहना।''

''जो हुक्म मेरे आका; बन्दा इश्क़ के परवाज़ के लिए हमेशा हाज़िर है।''

''मुझे तुमसे यही उम्मीद थी मोटे।''

कुछ देर तक मोटा और अर्जुन आपस में बातें करते रहे। सब तय होने के बाद मोटा, कल कोचिंग में मिलने का वादा करके वहाँ से चला गया। मोटे के जाने के बाद अर्जुन फिर से नरगिस के बारे में सोचने लगा और कुछ इस तरह से रात गुज़र गयी।

अगले दिन अर्जुन और मोटा, कुछ ख़ास तैयार होकर कोचिंग थोड़ा जल्दी पहुँच गए और नरगिस के आने का इंतजार करने लगे। मोटे ने कोचिंग के सारे लौंडों को पहले ही समझा दिया था कि नरगिस जिस बेंच पर बैठेगी, उस पर कोई और लौंडा-लौंडिया नहीं बैठेगा, वरना कोचिंग के बाद एक-एक को देख लूँगा... लिहाज़ा सारे लड़के लड़कियाँ आख़िरी बेंच छोड़कर बैठ गए। मोटा, कोचिंग में दो-चार को पीटकर पहले ही जलवा अफ़रोज़ हो चुका था, इसलिए किसी ने उसकी कोई मुख़ालफ़त नहीं की। हालाँकि ये केवल पहला और आख़िरी कारण नहीं था... दरअसल मोटे के बाप पुलिस में दरोगा भी थे, वो भी ऐसे वैसे वाले नहीं, एकदम तंदुरुस्त वाले।

कुछ देर में नरगिस वहाँ आ पहुँची और आख़िरी बेंच पर एक किनारे बैठ गयी। उस दिन उसने स्याह लाल रंग का कुर्ता और सफ़ेद रंग की सलवार पहनी हुई थी। कुर्ते पर सफ़ेद रंग के बेल बुटे बने हुए थे। उसने बहुत सलीके से दुपट्टा ओढ़ रखा था, जिस पर हरी, पीली और सफ़ेद रंग की बूटियाँ बनी हुई थीं। दुपट्टा, शानों पर कुछ इस कदर बिखरा हुआ था, जैसे सुरखाब ने परवाज़ के लिए अपने पंख फैला दिए हों। लाल रंग के कुर्ते में नरगिस ऐसी दमक रही थी, जैसे किसी ने गुलाब की पंखुड़ियों पर चमकती शबनम की बूँद रख दी हो, जो आफ़ताब की रोशनी पड़ने से कोहेनूर हो गयी हो। उसकी आँखें किसी शोख़ महताब की तरह काले बादलों के पीछे अठखेलियाँ कर रही थीं और ज़ुल्फ़ें,

पेशानी से शानों तक इस कदर बिखरी हुई थीं, जैसे कोई नदी अंगड़ाइयाँ लेती हुई अल्हड़ बदहवास बह रही हो।

नरगिस के बैठते ही मोटे ने अर्जुन को बैठने का इशारा किया। इशारा पाते ही अर्जुन, नरगिस के बगल में थोड़ा सकुचाते हुए बैठ गया और मोटा भी। कुछ देर बाद शुक्ला जी ने क्लास शुरू कर दी। उस दिन अर्जुन का नसीब अच्छा था, क्योंकि शुक्ला जी ने केमेस्ट्री का एक ऐसा सवाल पूछ लिया, जिसका जवाब सिवाय अर्जुन के किसी को नहीं आता था।

''उत्प्रेरक क्या होता है?'', शुक्ला जी ने पूछा।

अर्जुन ने बड़े तपाक से सवाल का जवाब दे मारा, क्योंकि उस दिन तो मौका भी था और दस्तूर भी। ''जब किसी रासायनिक अभिक्रिया की रफ़्तार, किसी पदार्थ की मौज़ूदगी से है तो इसे उत्प्रेरण कहते हैं और जिस पदार्थ की मौज़ूदगी से अभिक्रिया की रफ़्तार बढ जाती है, उसे उत्प्रेरक कहते हैं। उत्प्रेरक, अभिक्रिया में हिस्सा नहीं लेता; केवल क्रिया की रफ़्तार को प्रभावित करता है।'' दरअसल, उत्प्रेरण-क्रिया, अर्जुन की ज़िन्दगी में भी घट रही थी।

''शाबाश अर्जुन!'' जवाब सुनते ही शुक्ला जी ने कहा।

अर्जुन, शुक्ला जी की दाद सुनकर उतना ख़ुश नहीं हुआ, जितना बगल में बैठी नरगिस ख़ुश हुई, ये देखकर उसने घूमकर अर्जुन की तरफ नरगिसी आँखों से देखा, हल्का सा मुस्कराई और फिर वापस सामने की तरफ देखने लगी। ये अर्जुन की ज़िन्दगी का पहला ऐसा पल था, जिसमें उसने किसी लड़की की आँखों को इतने करीब और गहराई से चमकते हुए देखा था, जैसे किसी के सामने अचानक से महताब चमक उठा हो। नरगिस की मुस्कराती हुई आँखें देखकर उसके अंदर का उत्प्रेरक जाग चुका था। उसे पता चल चुका था कि कौन सा उत्प्रेरक उसे नरगिस के करीब लाने में मददगार हो सकता है... इसलिए आगे से अर्जुन, नरगिस को प्रभावित करने का कोई मौका नहीं छोड़ता था।

कुछ इसी तरह से दिन गुजरते गए। अर्जुन नरगिस से बातें करने लगा और नरगिस भी अर्जुन से बेतकल्लुफ़ होकर घुल मिल गयी। अब वो दोनों दोस्त हो चुके थे। वो दोनों रोज़ दोनों रोज़ कोचिंग ख़त्म होने के बाद रास्ते में पड़ने वाले

गुलमोहर और अमलताश के पेड़ नीचे बैठते और घंटों बातें किया करते। राजेश और लड़कों की तरह घंटों बातें तो करता था लेकिन क्या... ये बात उसे समझ में आने लगी थी। नरगिस हमेशा कहती, ''काश ये फूल हमेशा ऐसे ही खिलते रहें और ये पेड़ हमेशा ऐसे ही आबाद रहें।'' और जवाब में अर्जुन कहता, ''अगर ये तुम्हें ये इतना पसंद हैं, तो मैं हमेशा इन पेड़ों का ख़याल रखूँगा, इन्हें कभी मुरझाने नहीं दूँगा।''

गुलमोहर और अमलताश की शाखाएँ कुछ इस कदर उलझी हुई थीं, जैसे एक ही पेड़ में लाल और पीले रंग के फूल निकल आये हों... और ये बात दोनों को बेहद पसंद थी, लेकिन पेड़ के नीचे बैठने की शायद ये केवल पहली और आख़िरी वजह नहीं थी। कुछ तो था, जो अंदर ही अंदर अंकुरित हो रहा था... लेकिन क्या...?

एक दिन अर्जुन ने मोटे से कहा, ''मोटे, मैं रोज़ उससे ढेर सारी बातें करता हूँ और फिर भूल जाता हूँ; अगर कुछ याद रहता है तो केवल उसका शोख़ महताबी चेहरा, शरारती आँखें और गुलमोहर-अमलताश के ख़ूबसूरत फूल। मैं उसे अपने दिल की बात बताना चाहता हूँ, लेकिन डर के मारे कुछ कह नहीं पाता।''

''बस इतनी सी बात।'' मोटे ने कहा।

''तुझे ये इतनी सी बात लगती है, यहाँ कलेजा मुँह को आ जाता है।''

''इसमें कलेजा मुँह में लाने वाली कौन सी बात है; कलेजा मुँह में लाने से काम भी नहीं बनेगा।''

''फिर क्या करूँ मोटे?'

''करना क्या है, कलेजा निकालकर सामने रख दो।''

'मतलब?'

''बेख़ौफ़ होकर कह दे जो कहना है।''

''लेकिन अगर बुरा मान गयी तो?'

''बुरा मान गयी तो वो अपने घर और तुम अपने घर।''

''मैं मजाक नहीं कर रहा मोटे।''

''फ़ैज़ का एक शेर है, ''इक तर्ज़-ए-तग़ाफ़ुल (नज़रअंदाज़ करने की एक अदा) है सो वो उन को मुबारक, इक तर्ज़-ए-तमन्ना है सो हम करते रहेंगे।'' अब ये ज़ोखिम तो उठाना ही पड़ेगा, वरना इश्क़ की किस्तें देते रहोगे, असल कभी ख़त्म नहीं होगा।''

''ठीक है... कोशिश करता हूँ।''

''ये हुई न बात... चल कूद जा इश्क के दरिया में।'' मोटे ने ख़ुश होते हुए कहा।

अगले दिन अर्जुन इस ख़याल से कोचिंग गया, कि आज़ वो अपने दिल कि बात उसी गुलमोहर और अमलताश के पेड़ के नीचे नरगिस से कह देगा, जो उनकी तमाम हसीन मुलाकातों का गवाह भी है। वो ये बता देगा कि वो गुलमोहर है और मैं अमलताश। मगर उस रोज़ नरगिस कोचिंग नहीं आई। उस दिन अर्जुन थोड़ा निराश हुआ और जब गुलमोहर और अमलताश के पेड़ के सामने से गुज़रा, तो आदतन वहीं रुक गया। जब उसने ग़ौर किया तो देखा, ज़मीन पर गुलमोहर और अमलताश के फूल बिखरे पड़े हैं, लेकिन पेड़ अपनी जगह से गायब हैं। दरअसल किसी ने उन्हें बड़ी बेरहमी से काट दिया था। अर्जुन ये देखकर हैरान हो गया। वो नरगिस को दिए गए अपने वादे को याद करने लगा, जब उसने कहा था कि वो इन पेड़ों का हमेशा ख़याल रखेगा। वो भागा-भागा सीधे मोटे के घर पहुँचा। उस दिन मोटा भी किसी कामवश कोचिंग नहीं गया था, इसलिए घर पर ही मौजूद था।

''अर्जुन, इतना हाँफ क्यों रहे हो, क्या बात हो गयी?', मोटे ने देखते ही पूछा।

''आज नरगिस कोचिंग नहीं आयी!'

''अरे तो इसमें इतना घबराने वाली कौन सी बात है; आज मैं भी तो नहीं गया था... किसी काम में फँस गयी होगी या हो सकता है थोड़ी तबीयत नासाज़

हो।''

''लेकिन आज से पहले तो ऐसा कभी नहीं हुआ और ऊपर से रास्ते में पड़ने वाला गुलमोहर और अमलताश का पेड़ भी किसी ने काट दिया।''

''चिंता मत करो, कल आ जायेगी।''

''नहीं मोटे, पता करो क्या बात है।''

''अच्छा ठीक है, पता करते हैं; लेकिन तुम घर चलो मैं तुम्हें वहीं मिलता हूँ।''

''ठीक है, लेकिन जल्दी आना।''

''हाँ, तुम चलो मैं जल्दी ही आता हूँ इतना कहकर मोटा नरगिस के मोहल्ले की तरफ निकल गया।

अर्जुन अपने घर की तरफ चल पड़ा और घर पहुँचकर मोटे के लौटने का बेसब्री से इंतजार करने लगा। कुछ देर बाद मोटा हाँफते-डाँफते कमरे पर आ पहुँचा और कमरे के दरवाज़े को धक्का मार कर खोल दिया। उसकी धड़कनें बढ़ी हुई थीं। वो ज़ोर-ज़ोर से हाँफ रहा था और इतनी लम्बी-लम्बी साँसें ले रहा था, मानो एक साँस में भागता हुआ आया हो। उसके चेहरे पर घबराहट की रेखाएँ साफ़-साफ़ नज़र आ रही थीं।

''अर्जुन, ग़ज़ब हो गया', मोटे ने जोर-जोर से साँस भरने के बाद कहा।

अर्जुन ये देखकर घबरा गया और बोला, ''मोटे, सब ख़ैरियत तो है? नरगिस का कुछ पता चला?''

''वो तो बिलकुल ठीक है, लेकिन बगल वाले मोहल्ले में फ़साद हो गया है।''

''कैसा फ़साद?'

''वही हिन्दू-मुसलमान।''

''ऐसा क्या हुआ, कुछ पता चला?'

''अहमक हो गए हैं लोग और क्या... खाली दिमाग शैतान का घर।''

''बताओ तो आख़िर हुआ क्या?'

''बगल वाले मोहल्ले में रज्जो का घर है; नरगिस के बारे में उसी को पता करवाने भेजा था।''

''वही मोड़ वाली रज्जो?'

''हाँ वही।''

''उसी ने बताया... हुआ कुछ यूँ; तुम अहमद टेलर को तो जानते ही हो।'' मोटे ने पूछा।

''जिनकी चौराहे पर दर्जी की दुकान है?''

''हाँ वही।''

''क्या किसी हिन्दू से झगड़ा हो गया अहमद टेलर का?''

''नहीं, उससे भी बड़ी बात हो गयी।''

''अरे जल्दी बताओ, पहेलियाँ मत बुझाओ।''

''दरअसल रज्जो बता रही थी कि अहमद टेलर की बेगम ने बहुत दिनों से मटन कबाब नहीं खाया था, लिहाज़ा उन्होंने अहमद टेलर को शाम घर आते वक़्त मटन लाने को कहला भेजा था। अहमद टेलर थोड़ा मशरूफ थे इसलिए उन्होंने अपने शागिर्द छोट्टन मियाँ को मटन लाने भेज दिया। शाम को छोट्टन मियाँ मटन लेकर लौट रहे थे, तभी मोहल्ले के एक आवारा कुत्ते ने उसे दौड़ा लिया जिसके बाद छोट्टन मियाँ आगे-आगे और आवारा कुत्ता पीछे-पीछे। और जब छोट्टन मियाँ ने कुत्ते को शेर की तरह अपने ऊपर झपटते देखा तो आनन-फानन में शिवाले की दीवार फाँद गए और बस यहीं ग़ज़ब हो गया।

''फिर क्या हुआ?'' जिज्ञासावश अर्जुन ने पूछा।

''ग़ज़ब ये हुआ, जब छोट्टन मियाँ कुत्ते से बचने के लिए शिवाले की दीवार फाँद रहे थे, तभी मटन से भरी प्लास्टिक की थैली उनके हाथ से छिटककर शिवाले के अंदर जा गिरी, जहाँ शिवाले के पुजारी पहले से पूजा कर

रहे थे। मटन के टुकड़े जहाँ-तहाँ बिखरे देख पुजारी ने न आव देखा न ताव और जोर-जोर से चिल्लाने लगे। कहने लगे, ''पूरा शिवाला अपवित्र कर दिया; धर्म भ्रष्ट कर दिया और मुसलमानों की साज़िश बताने लगे... और यही नहीं, छोट्टन मियाँ को धर दबोचा। इसी शोर-ओ-गुल के बीच आस-पास के धर्म रक्षक लोग इकट्ठा हो गए और छोट्टन मियाँ को रुई की तरह धुन दिया। धर्म-रक्षक, छोट्टन मियाँ को तब तक मारते रहे, जब तक वो अधमरा होकर बेहोश नहीं हो गया। धर्म-रक्षकों में कुछ लोग ऐसे भी थे, जिन्होंने उस दिन मटन भी खाया था और इसी से मिलने वाले प्रोटीन से उन्होंने धर्म की रक्षा की थी। जब छोट्टन मियाँ बेहोश हो गए तो धर्म रक्षकों ने उन्हें उठाकर शिवाले के बाहर फेंक दिया और ठीक उसी वक़्त मोहल्ले की मस्जिद के मौलवी साहब वहाँ से गुजर पड़े और एक इंसान से ज़्यादा उन्हें एक मुसलमान को हिन्दुओं के हाथों अधमरा कर फेंकते देख लिया। बस कुछ इसी तरह से हिन्दू-मुस्लिम दंगा शुरू हो गया, जिसके बाद दोनों मज़हबों के लोगों में जमकर खून-खराबा और मार पीट शुरू हो गयी। करीब दो-तीन घंटों तक बलवा और तोड़-फोड़ होने के बाद पुलिस ने दंगाइयों पर नियंत्रण करके कर्फ्यू लगा दिया।''

''अहमक़ लोग, ज़रा सी बात का बतंगड़ बना दिया।'' अर्जुन ने कहा।

''लोग पता नहीं कब समझेंगे कि इंसान के लिए मज़हब होता है, न कि मज़हब के लिए इंसान।'' मोटे ने कहा।

''एकदम सही बात कही है मोटे; हम इंसानों से अच्छे तो परिंदे हैं, जो किस मुंडेर पर बैठे हैं उन्हें फर्क नहीं पड़ता, लेकिन इस जाहिलाना हरक़त के बाद न जाने कब नरगिस से मिलना होगा... और अब वो गुलमोहर और अमलताश का पेड़ भी नहीं रहा, जिसके नीचे बैठकर मैं कुछ देर के लिए ही सही, गुजरे हुए वक़्त में चला जाता।''

''अभी तो मामला बहुत गरम है; अपने मोहल्ले की सारी दुकानों के शटर गिरा दिए गए हैं, इसलिए घर में ही रहो और मामला रफा-दफा होने तक इंतजार करो... और हाँ कुछ दिनों तक कोचिंग भी बंद रहेगी; शुक्ला जी ने कहला भेजा है। अच्छा तो मैं चलता हूँ फिर बाद में मुलाक़ात होगी।''

"ठीक है मोटे, ज़रा संभलकर जाना।"

"ठीक है...।" कहकर मोटा वहाँ से चला गया।

एक हफ्ते बाद माहौल शांत हुआ और ज़िन्दगी धीरे-धीरे पटरी पर रेंगने लगी। अगली सुबह, अर्जुन मोटे के घर गया और बोला, "चल नरगिस के मोहल्ले चलते हैं और उससे मिलकर आते हैं।"

"अर्जुन, तुम्हें शायद पता नहीं, वो मुसलमानों का मोहल्ला है।" मोटे ने कहा।

ये सुनकर अर्जुन हैरान हो गया और बोला, "वो तो पहले भी था, लेकिन आज ये पहचान क्यों?'

"तब बात और थी और अब बात और है।"

"तब वहाँ क्या इंसान रहते थे और अब शैतान बसने लगे हैं?"

"ये सब मैं नहीं जानता, बस इतना ज़रूर जानता हूँ कि अब वो बात नहीं रही।"

"लेकिन दर-ओ-दीवार तो वही हैं।"

"हाँ... लेकिन फ़ज़ा बदल गयी है।"

"तब हम ज़्यादा सहनशील थे या अब हैं ये, तो नहीं पता, लेकिन एक बात मैं अच्छे से जानता हूँ, कि वो तब भी नरगिस का मोहल्ला था और आज भी नरगिस का ही मोहल्ला है, इसलिए मुझे कोई फर्क नहीं पड़ता।"

"अर्जुन, बात की नजाकत को समझो; अभी वहाँ जाना मुनासिब नहीं, कम से कम कुछ दिन तो ज़रूर।"

"मतलब, तुम नहीं आ रहे मेरे साथ?'

मोटे ने कोई जवाब नहीं दिया।

"मोटे तुम आ रहे हो मेरे साथ?"

मोटा फिर भी ख़ामोश रहा।

‘‘ठीक है... मैं अकेले ही जाऊँगा, चाहे तुम मेरे साथ चलो या न चलो।’’ इतना कहकर अर्जुन वहाँ से चल दिया, तभी मोटे ने पीछे से कहा, ‘‘उसमें क्या सुरखाब के पर लगे हैं, जो जान की भी परवाह नहीं है तुम्हें?’’

हाँ लगे हैं... सुरखाब के पर, इतना कहकर अर्जुन, नरगिस के मोहल्ले की तरफ चल दिया।

अर्जुन जब उसके मोहल्ले पहुँचा, तो देखा, दुकानों के शटर गिरे हुए हैं, कुछ पुलिस वाले जहाँ-तहाँ तैनात हैं, पुलिस की कुछ गाड़ियाँ गश्त लगा रही हैं। कहीं हरा और कहीं केसरिया रंग दिखाई दे रहा है जिससे रिसता हुआ रंग आपस में मिलकर लाल रंग में बदल चुका है। दो-चार बूढ़े लोग सड़कों पर दिखाई दे रही हैं, जो शायद उन तमाम जवान लोगों से ज़्यादा बहादुर लग रहे थे, जो घरों में बहादुरी दिखने के बाद दुबके हुए थे।

मोड़ पर पहुँचते ही रज्जो सब्ज़ी वाली के वालिद, सत्तार मियाँ से अर्जुन ने पूछा, ‘‘सत्तार चचा, ये सिकंदर मिर्जा का घर कौन सा है?’’

सत्तार मियाँ ने अर्जुन को ऊपर से नीचे तक देखा और बोले, ‘‘हिन्दू मालूम होते हो?’’

‘‘जी हाँ’’, अर्जुन ने जवाब दिया।

‘‘जान की अमान चाहते हो तो फ़ौरन चले जाओ यहाँ से, क्योंकि जाहिलों के सर पर खून सवार है।’’

‘‘मेरी किसी से क्या दुश्मनी चचा?’

‘‘बेटा, भीड़ और जाहिलियत किसी की दोस्त या दुश्मन नहीं होती; भीड़, भीड़ होती है, इसलिए फ़ौरन चले जाओ यहाँ से।’’

‘‘चचा, आप मुझे बस मिर्जा साहब का घर बताएँ।’’

‘‘सामने वाले मोड़ से बायीं तरफ चौथा मकान।’’

‘‘शुक्रिया चचा।’’

‘‘ज़रा सँभलकर जाना बेटा।’’

अर्जुन ने मिर्जा साहब के घर पहुँचकर दरवाजे पर लगी कॉल बेल बजा दी। जब एक मिनट तक कोई आवाज़ नहीं आयी तो दोबारा बेल बजा दी। दोबारा बेल बजने पर मिर्जा साहब ने पूछा, ''कौन है ?''

''मैं अर्जुन।''

''एक काफ़िर का यहाँ क्या काम; काफ़िरों की यहाँ कोई ज़रूरत नहीं।''

''चचा, मैं और नरगिस एक ही कोचिंग में पढ़ते हैं, बस इसीलिए हाल-चाल लेने चला आया।''

''हाल-चाल ले लिया, अब जा सकते हो।'' मिर्जा साहब ने बड़े रूखेपन से जवाब दिया।

''जी बेहतर है।'' अर्जुन मौके की नज़ाकत को समझते हुए वहाँ से वापस अपने मोहल्ले लौट आया, लेकिन नरगिस से मिलने की उसकी ख्वाहिश और तेज हो गयी।

कुछ दिनों बाद कोचिंग फिर से शुरू हो गयी, लेकिन नरगिस नहीं आई। हालाँकि अर्जुन ने कोचिंग नहीं छोड़ी। वो रोज़ कोचिंग इस उम्मीद में जाता कि एक न एक दिन नरगिस ज़रूर आएगी। इसके बाद घंटे दिनों में गुजरते चले गए, लेकिन नरगिस शुक्ला कोचिंग कभी नहीं आयी। कुछ दिनों बाद अर्जुन को मोटे से बस इतना पता चल पाया कि फ़साद के बाद नरगिस को मिर्जा साहब ने अपने भाई के पास दिल्ली भेज दिया है और वो वहीं रहकर तालीम ले रही है, जबकि मिर्जा साहब का तबादला कहीं दूर पहाड़ों पर हो गया है। अर्जुन को नरगिस तो नहीं मिली, लेकिन उसको लड़कियों से बात का सलीका ज़रूर आ गया था। वो जिस भी लड़की से मिलता, उसमें उसे नरगिस जैसा कुछ भी नज़र नहीं आता, लेकिन वो उसे नरगिस की याद ज़रूर दिला जाती। ये बिलकुल ऐसा था, कि वो जिस मंजिल की तलाश में निकला था, वो तो उसे मिल गयी, लेकिन मंजिल पर पहुँचते-पहुँचते उसकी मंजिल बदल गयी, जिसकी उसे अभी भी तलाश थी। उसे इस बात का हमेशा मलाल रहने लगा कि वो अपने दिल की बात वक़्त रहते नरगिस को नहीं बता पाया... न इससे कुछ ज़्यादा और न इससे कुछ कम। हालाँकि वो तनहाई में कभी-कभी ये भी सोचता, क्या नरगिस भी उसे याद

करती होगी? उसे नरगिस कि वो बात हमेशा याद आती, जब वो कहती कि काश ये गुलमोहर और अमलताश ऐसे ही खिलते रहें।

इस बात को आठ साल गुज़र गए। अर्जुन भी अपनी ज़िन्दगी की जद्दोजहद में मसरूफ़ हो गया; हालाँकि वो नरगिस को कभी नहीं भुला पाया। दरअसल हम सब की ज़िन्दगी में कुछ पन्ने हमेशा खाली रहते हैं और जब कभी हम ज़िन्दगी की किताब पलटते हैं, तो ये यकायक सामने आ जाते हैं और अर्जुन के साथ भी कुछ यही हुआ।

एक रोज़ अर्जुन को किसी काम के सिलसिले में दिल्ली जाना पड़ा। उस रोज़ दिल्ली में सुबह से रह-रह कर बारिश हो रही थी। अर्जुन ने दिन भर काम निपटाया और शाम को दफ़्तर के गेट पर गेस्ट हाउस जाने के लिए ऑटो रिक्शे का इंतजार करने लगा। रोड के दूसरी तरफ एक बस स्टैंड था, जिस पर कुछ लोग बस का इंतजार कर रहे थे। बौछार पड़ने के कारण लोगों के चेहरे साफ़ नहीं थे। तभी उनमें से एक लड़की छाता लगाये, रोड लाँघकर अर्जुन की तरफ आने लगी। जैसे-जैसे वो करीब आ रही थी, उसका चेहरा धीरे-धीरे साफ़ हो रहा था और जब वो अर्जुन के क़रीब आयी तो अर्जुन को उसका चेहरा कुछ जाना-पहचाना सा लगने लगा। वो रोड लाँघकर अर्जुन के बगल में आकर खड़ी हो गयी। शायद उसे भी ऑटो का इंतजार था। वो बार-बार अर्जुन की तरफ देख रही थी और अर्जुन उसकी तरफ। दोनों ऑटो का इन्तज़ार करते रहे थे। बरसात तेज होती जा रही थी। अर्जुन को पता नहीं क्यों ऐसा लगा रहा था, जैसे इस लड़की को पहले भी कहीं देखा है। थोड़ी देर तक अर्जुन सोचता रहा, आख़िर इसे कहाँ देखा है। चूँकि अर्जुन को लड़कियों से बात करने का सलीका बहुत पहले ही आ गया था, इसलिए उसने बड़े सलीके से उस लड़की से पूछा, ''क्या आपका नाम नरगिस है?''

''और आपका अर्जुन!'', उसने सवाल ख़त्म होने से पहले ही प्रश्नात्मक जवाब दिया।

'हाँ...।'

और फिर कुछ देर के लिए दोनों शांत हो गए। फिर अर्जुन बोला, "तुम

बिलकुल भी नहीं बदली; आज भी वैसी की वैसी।''

''तुम भी तो नहीं बदले।''

''तुम कैसी हो?''

''मैं बिलकुल ठीक हूँ, तुम कैसे हो?''

''मैं भी ठीक हूँ।''

''अच्छा ये बताओ, अमलताश और गुलमोहर के पेड़ अभी भी हैं या...।''

''हाँ हैं; हालाँकि उस हादसे के वक़्त कट गए थे, लेकिन मैंने फिर से उसी जगह गुलमोहर और अमलताश का पेड़ लगा दिए हैं, जिसमें अब फिर से फूल आने लगे हैं।''

''ये तो तुमने बहुत अच्छा किया... बेहद ख़ूबसूरत फूल निकलते थे उसमें।''

''नरगिस, उस दिन मैं तुम्हें कुछ बताना चाहता था, लेकिन उस दिन तुम कोचिंग नहीं आयी और बात अधूरी ही रह गयी।''

''दरअसल ज़िन्दगी में कुछ दास्तानें अधूरी ही होती हैं, या फिर यूँ कहें, अपने अंजाम से पहले ही ख़त्म हो जाती हैं, लेकिन वो इसलिए, क्योंकि कुछ दास्तानें अधूरी ही होती हैं।''

''लेकिन फिर भी''

''तुमने बात कहने में बहुत देर कर दी अर्जुन; मेरी बस आ गयी है... अच्छा, तो मैं चलती हूँ और हाँ ये रहा मेरा कार्ड, कभी घर आओ, यहीं मयूर विहार में रहती हूँ।'' इतना कहकर नरगिस बस में चढ़ गयी।

अर्जुन जाती हुई बस को ऐसे देख रहा था, जैसे रेत मुट्ठी में कसकर पकड़ने के बावजूद फिसलती जा रही हो। वहीं दूसरी तरफ दूर जाती बस की खिड़की से नरगिस, पीछे अर्जुन को देखती जा रही थी, जैसे रेत फिसलना तो नहीं चाहती... लेकिन रेत तो रेत है, उसकी तासीर ही फिसलना है।

9

सरहदें

सरहदें केवल ज़मीन पर ही नहीं, बल्कि दिल-ओ-दिमाग और समाज में भी बनती हैं और ये बात रेखा को बखूबी पता थी। रिश्तों की समझ से पहले रेखा बंगाल के एक छोटे से गाँव से करीब तेरह साल की उम्र में शबनम बाज़ार लायी गयी थी। हालाँकि उसकी पैदाइश के वक़्त बंगाल, केवल बंगाल था। पश्चिम बंगाल या बांग्लादेश नहीं। रेखा वैसे तो बंगाल में पैदा हुई थी, लेकिन उसकी पहली सुबह पश्चिम बंगाल में हुई, जबकि घर, गलियाँ, गाँव और लोग सब वही थे, बस आब-ओ-हवा बदल चुकी थी। उसके पैदा होने की रात, बंगाल की ज़मीन पर भी एक रेखा उभर रही थी, इसलिए लोगों के ज़हन में इस उभरती रेखा के दर्द के अलावा कुछ और नहीं था, लिहाज़ा उसका भी नाम रेखा रख दिया गया था। वैसे तो ज़मीन पर एक सरहद बन चुकी थी, लेकिन दिलों के अंदर सरहद बनने में अभी कुछ वक़्त बाकी था।

रेखा की माँ पैदाइश की रात ही दुनिया को अलविदा कह गयी और इसके बाद उसकी चाची ने उसकी देखभाल की, लेकिन उसके नसीब का पहिया उल्टा ही घूम रहा था... लिहाज़ा एक दिन वो भी बीमारी का शिकार हो गयी और चल

बसी। रेखा ने पहली सरहद शायद तब लाँघी होगी, जब माँ के जाने के साथ-साथ मादरे वतन के भी दो हिस्से हो गए और दूसरी बार जब उसके नशेड़ी बाप ने कुछ चंद रुपयों के लिए एक दलाल को बेच दिया। उसे इस बात का बिलकुल भी इल्म नहीं था कि दुनिया में किसी को ख़ैरात में कुछ नहीं मिलता, सबको अपने हिस्से की कीमत चुकानी पड़ती है; फिर चाहे बंगाल को दो हिस्सों में बाँटने वाली ज़मीन की रेखा हो या फिर पश्चिम बंगाल में रहने वाली हाड मांस की रेखा। उस उम्र में रेखा को मुफ़लिसी और भूख के सिवाय कुछ नहीं पता था। उसे बताया गया था, शहर में खूब सारा खाना, खिलौने और अच्छे-अच्छे कपड़े मिलेंगे। शायद उसके लिए इतना काफी था, बिना किसी शिकवे शिकायत के किसी भी सरहद लाँघ लेना। वैसे भी ये उसकी कोई पहली सरहद नहीं थी, जिसे वो पहली बार लाँघ रही थी। चूँकि सरहदों के लाँघने के बाद जड़ में वापस जाना तकरीबन-तकरीबन नामुमकिन होता है, इसलिए ये उसके लिए भी नामुमकिन था। रेखा अपने गाँव तो कभी नहीं लौटी, लेकिन उसे गाँव में अपनी सहेलियों के साथ गुड्डे गुड़ियों के खेल की कुछ धुँधली यादें रह-रह कर ज़रूर याद आती रहीं। कभी गाँव में आम की डालियों पर झूलते हुए, कभी पेंग बढ़ाते हुए, कभी अल्हड़पन में पूरे गाँव के चक्कर लगाते हुए। उसके लिए सबसे ख़ास और ज़रूरी था, अपनी साँसों पर ख़ुद का अख़्तियार, वो भी मुफ़लिसी से मुख्तलिफ़। जब-जब यादों के थपेड़े उसे लगते, वो मन ही मन सोचती, ''ये यादें भी न, उस शहर की तरह होती हैं, जिसे हम पीछे तो छोड़ आते हैं, लेकिन वो हमें पीछे नहीं छोड़ता और जब तब रह-रह कर यादों के हवाले से हमारी ज़िन्दगी में सेंधमारी करता रहता है।''

वक़्त बीतने के साथ-साथ उसके जिस्म के उतार-चढ़ाव और नैन-नक्श एकदम करीने के साथ साफ़-साफ़ उभर आये थे, लेकिन उसे अपने संगमरमरी जिस्म में कोई दिलचस्पी नहीं थी... हालाँकि उसके अलावा सभी को थी। उसकी साँसें तो चल रहीं थीं, लेकिन उसकी रूह सरहदों से अनजान एक परिंदे के मानिंद बहुत पहले ही उड़ चुकी थी। उसके ज़हन पर सैकड़ों घाव मौजूद थे, जिनसे रिसता हुआ खून उसकी शिराओं में दौड़ रहा था। हालाँकि एक भी घाव जिस्म पर नहीं था। उसके जिस्म पर घाव, चढ़ाव के रूप में कुछ इस कदर उभर आये थे, जिन्हें उतार की नजरों से देखना नामुमकिन था। हालाँकि उसके सारे के

सारे घाव उसकी आँखों की ज़ुबानी ज़रूर बयान हो रहे थे। लेकिन अफ़सोस ऐसे बयानों का भी क्या फ़ायदा जिसे कोई पढ़ न सके, महसूस न कर सके। रेखा ऐसी कई सामाजिक और मानसिक सरहदों को लाँघ चुकी थी, जिनमें वापसी की कोई राह नहीं होती और इन सरहदों को लाँघने वाली या लँघवाई हुई रेखा अकेली नहीं थी, बल्कि वहाँ और भी रेखायें थीं, जो बहुत सुख और गाढ़ी खींच दी गयी थीं।

शबनम बाज़ार, शहर का वो इलाका था, जिसमें तथाकथित समाज की रोशनी कभी नहीं पहुँच पायी, हालाँकि रोशनी पहुँचाने वाले लोग ज़रूर पहुँच जाते थे। शबनम बाज़ार के कोठों पर रक्स का मतलब था, गर्म गोश्त का लुत्फ़। हालाँकि उसने अपना गोश्त कभी नहीं बेचा। रेखा हमेशा कहती, ''कला तो हम भी बेचते हैं और सिनेमाजगत में अदाकाराएँ भी; फिर ऐसा क्यों कि लोग हमें भूखे भेड़ियों के मानिंद देखते हैं, जबकि उन्हें लोग सर आँखों पर बिठाते हैं, अपने यहाँ मेंहमान-ए-ख़ुसूसी (मुख्य अतिथि) तक बनाते हैं। कुछ कोठेवालियाँ गोश्त बेचती होंगी तो कुछ अदाकाराएँ भी। अब पढ़े-लिखे लोगों को तवायफ़ और रंडी में फर्क कौन समझा सकता है। उसके पास न मालूम ऐसे कितने सवाल थे, जिनका जवाब वो मुफ़लिसी और सामाजिक दोगलेपन में ढूँढ़ती थी।

हर रोज़ की तरह उस दिन शाम की तरफ बढ़ रहा था। शबनम बाज़ार की गलियाँ अपने पूरे आब-ओ-ताब पर थीं। हर तरफ एक जशन का माहौल था। गोश्त की दुकानें सज चुकी थीं। बाज़ार कदरदानों से पटा पड़ा था... बेले के गजरे गलियों में जहाँ-तहाँ लटक रहे थे और उनकी खुशबू, हवा के साथ-साथ कोठे के कोने-कोने में बह रही थी। दल्ले, भौंरों के शिकार में गजरे और पान की दुकानों के आस-पास भिनभिना रहे थे। कहीं ठुमरी, कहीं दादरा, कहीं ग़ज़ल, कही टप्पे और कहीं फिल्मी गीत गए जा रहे थे। घुँघरुओं की मध्यम-मध्यम आवाजें कानों में पड़ रही थीं और दूसरी तरफ रेखा हर शाम की तरह उस शाम भी मुजरे के लिए अमराज़-ए-ख़ुसूसी (ख़ास परिधान) में तैयार हो रही थी। उस शाम मुजरे के लिए शहर के बहुत से नामचीन लोग आ रहे थे। असल में ये वो ज़िन्दगियाँ थीं, जो कुछ पलों के सुकून के लिए कोठे की सीढ़ियों पर चढ़ रही थीं, जबकि इन्हीं सीढ़ियों पर न जाने कितने अरमान और सपने रौंदे जा चुके थे,

जिनकी आवाजें घुँघरुओं की आवाजों के सामने बहुत बौनी थीं। ये सीढ़ियाँ उन आम सीढ़ियों जैसी नहीं थीं, क्योंकि इन सीढ़ियों को चढ़ने के बाद उतरने वाली सीढ़ियँ गायब हो जाती हैं, जबकि सीढ़ियों का स्वभाव चढ़ने और उतरने का एक जैसा होता है।

मुन्नी बाई के कोठे और दूसरे कोठों में केवल एक ही फर्क था... यहाँ केवल रईस और खानदानी लोग ही आते थे... मसलन जमींदार, नौकरशाह, शहर की नामचीन हस्तियाँ वगैरह-वगैरह।

(तथाकथित समाज ने यहाँ भी अलग अलग जातियाँ बना रखी हैं- जैसे गाँव, देहात, कस्बों, और डांस बारों में नाचने वालियों के रक्स को अश्लील करार देना, समाज के लिए खतरा बताना। वहीं दूसरी तरफ ऊँचे शहरों की ऊँची पार्टियों से लेकर, सितारा होटलों और सिनेमाजगत में रक्स करना परफॉरमेंस कहलाना, कलाकारी कहलाना... फिर चाहे कपड़े न के बराबर हों। क्या ये दोहरा मापदंड है? क्या अश्लीलता और नंगापन एक मानसिक स्थिति है और क्या इसे संकुचित मानसिकता से समझना मुश्किल है? ये सब सवाल आपके लिए छोड़ता हूँ।)

चिरागों के जलने का वक़्त हो चुका था। महफ़िल-ए-कैफ़-ओ-मस्ती (नशे और मस्ती की महफ़िल) में घुसते ही चारों तरफ ऊँचे-ऊँचे मेहराब, संगमरमरी खम्भों पर लहराते हुए आपस में गले मिल रहे थे। महफ़िल में चारों ओर गुलाब के इत्र की ख़ुशबू छायी हुई थी। नक्काशीदार छत के बीचो-बीच कई रंगबिरंगे फानूस लगे थे, जिनमें सैकड़ों चिराग जगमगा रहे थे। पच्चीकारी से भरी फर्श के चारों तरफ पशमीना कालीन बिछे हुए थे, जिन पर पीछे की तरफ सुनहरे रंग के मसनद लगे हुए थे। कालीन के कुछ आगे थोड़ी-थोड़ी दूर पर बड़ी कैफ़ियत के साथ चाँदी के पानदान रखे हुए थे, जिनसे गुलकंद की भीनी-भीनी ख़ुशबू आ रही थी। इन्हीं कालीनों पर एक से एक रईस, नामचीन और सियासतदां बैठे बेताब हुए जा रहे थे। कोई कह रहा था, "मुन्नीबाई अभी कितनी देर है रेखा बाई के दीदार में, अजी अब इंतजार नहीं होता, रेखा बाई से कहो जल्दी जलवा अफ़रोज़ हो।"

कोठे की मालकिन मुन्नी बाई, सलाम पेश करते हुए उन्हें दिलासा देने

लगी, ''जनाब बस थोड़ा इंतजार और... आपका सब्र बेकार नहीं जायेगा हुज़ूर, आप तो बस अपने दिल और नज़र को थाम के रखिये; आपका महताब जलवा अफ़रोज़ होने ही वाला है।'' तभी धीरे-धीरे घुँघुरुओं के बजने की आवाज़ें आने लगीं। आवाज़, महफ़िल के करीब होती जा रही थी, जो आहिस्ता-आहिस्ता और करीब होती चली गयी। वो रेखा थी, जो पूरे आब-ओ-ताब के साथ जल्वा अफ़रोज़ हो रही थी। उसका बेपनाह हुस्न अपने उरूज पर था। उस वक़्त वहाँ मौजूद लोगों को आसमान का महताब ज़मीन के महताब आगे फ़ीका लग रहा था। उसकी कमर-ए-नाज़ुक, एक बदहवास दरिया की तरह बलखाते हुए आगे बढ़ रही थी। उसके आते ही लोगों ने कहा, ''मरहबा... मरहबा बहुत ख़ूब, बहुत ख़ूब... क्या बात है।'' लोगों के दिलों में सैकड़ों जलतरंग बजने लगे थे।

रेखा ने लोगों की दाद को बड़े अदब के साथ कबूल किया और महफ़िल के बीचो बीच बड़ी नज़ाकत के साथ बैठ गयी और जवाब में महफ़िल में जमी तमाम निगाहें एक भूखे गिद्ध के मानिंद उसे नोचने लगीं। तबला, सितार, हारमोनियम, मंजीरे, ताशे बजने लगे। मुज़रा शुरू हो चुका था।

> ''दिल-ए-नाशाद को जीने की हसरत हो गई तुमसे
> मुहब्बत की कसम हमको मुहब्बत हो गई तुमसे
> दम-ए-आख़िर चले आये बड़ा एहसां किया तुमने
> हमारी मौत कितनी ख़ूबसूरत हो गई तुमसे
> कहाँ तक कोई तड़पे मान जाओ, मान भी जाओ
> कि दिल की बात कहते एक मुद्दत हो गई तुमसे
> दिल-ए-नाशाद को जीने की हसरत हो गई तुमसे... ''

रेखा जब मुज़रा कर रही थी, तो उसने ग़ौर किया कि भीड़ में बैठा एक नौजवान शख़्स सर झुकाए ख़ामोश बैठा है, जैसे उसे उस अंजुमन में कोई दिलचस्पी न हो। वो एक गठीला और आकर्षक नौजवान था। उसकी उम्र लगभग पच्चीस-छब्बीस साल के आस-पास मालूम पड़ती थी। उसके चेहरे पर एक दीवानेपन का बोझ सा नज़र आ रहा था। उस नौजवान के अलावा वहाँ मौजूद सभी लोगों ने मुज़रे को खूब पसंद किया और रुपयों की बारिश कर दी, लेकिन मुज़रे में वो एक अकेला ऐसा शख़्स था, जो तराशा हुआ बुत बनकर बैठा

रहा। यहाँ तक एक बार भी उसने नज़र उठाकर रेखा की तरफ नहीं देखा। न उसने दाद दी, न सलाम कबूल किया, लेकिन जाते वक़्त दस हज़ार रुपये की गड्डी रखकर वहाँ से चला गया। उस दिन रेखा को थोड़ा अजीब तो लगा, लेकिन उसने बहुत ज़्यादा गौर नहीं किया, क्योंकि कोठों पर दिल-ए-नाशाद की कोई जगह नहीं होती। अगले दिन फिर मुज़रा हुआ, लेकिन उस नौजवान ने नज़र उठाकर एक बार भी महफ़िल की तरफ नहीं देखा, लेकिन जाते वक़्त रुपयों से भरी थैली वहाँ पर रखकर चला गया। कई दिनों तक यही सिलसिला चलता रहा...। एक रोज़ रेखा से रहा न गया। उसने कोठे के कामगार को मुज़रा ख़त्म करने के बाद उसे रोकने को कहा। वो ये जानना चाहती थी कि जिस बाज़ार में धोखे की भी कीमत चुकानी पड़ती है, उस बाज़ार में ये कौन शख़्स है, जो बिना कीमत लिए दाम चुका रहा है।

''जनाब! रेखाबाई आपसे मिलना चाहती हैं।'' मुज़रा ख़त्म होने के बाद कामगार ने उस नवजवान से कहा।

'मुझसे?'

''जी हाँ, आपसे।''

''लेकिन क्यों?''

''अब ये तो बाई ही जानें; बाई ने मुझसे केवल इतना कहा, आपको बुला लायें कुछ ज़रूरी बात करनी है।''

''ठीक है चलो।'' कुछ सोचकर उस नौजवान ने कहा।

''आइए मेरे साथ।'' कहकर कामगार रेखा के कमरे की तरफ चल दिया। नौजवान भी कामगार के पीछे-पीछे रेखाबाई के कमरे की तरफ चल दिया।

कामगार, दरवाजे पर लटक रही परदे वाली लड़ियों के पास ठिठक गया और आवाज़ लगाई, ''बाई साहब!''

रेखा, सीसे के सामने बाल बिखराए बैठी अपने बालों की सिलवटें सँवार रही थी। आवाज़ सुनते ही उसने पीछे मुड़ के देखा और बोली, ''कामगार, तुम जा सकते हो।'' और फिर सीसे के सामने चेहरा करके बाल सँवारने लगी।

"ठीक है बाई।'' कहकर कामगार वहाँ से चला गया।

"आप बाहर क्यों खड़े हैं, तशरीफ़ अंदर ले आइये।'' रेखा ने बिना पीछे मुड़े, अपनी ज़ुल्फ़ की एक लट को अपनी उँगली से घुमाते-घुमाते उस नौजवान से कहा।

"जी मैं...''

"जी हाँ आप; परदे के पीछे केवल आप ही हैं, तो ज़ाहिर सी बात है, आप ही से कह रही हूँ... बेतकल्लुफ चले आइये, ये शबनम बाज़ार का कोठा है, किसी का घर नहीं, इसलिए तकल्लुफ़ की कोई बात नहीं।''

नौजवान थोड़ा ठिठकते हुए कमरे के अंदर दाखिल हो गया और पास में पड़े मोढ़े पर बैठ गया और बोला, "जी बताइए, मुझे यहाँ क्यों बुलाया है?''

"आप रुपयों की खेती करते हैं क्या?'' रेखा ने उसके सहज होने से पहले पूछा।

"जी मैं समझा नहीं।''

"हुज़ूर, मैं तवायफ़ ज़रूर हूँ, लेकिन हराम का नहीं खाती।''

"मैं समझा नहीं।''

"ये आप रुपये किस ख़ुशी में छोड़कर जाते हैं? एक नज़र उठाकर तक तो देखते नहीं; ये कोठा है हुज़ूर कोई धर्मशाला नहीं। यहाँ हर चीज की कीमत होती है और यहाँ बिना कीमत लिए दिए माल नहीं बेचा जाता।''

"मैंने आपको हराम का पैसा नहीं दिया है रेखाबाई; मैं जिस काम के लिए यहाँ आता हूँ, ये उसी का मेहनताना है और उस काम के लिए इन चंद का़ग़ज के टुकड़ों का मेरे लिए कोई मोल नहीं।''

"मैं समझी नहीं।''

"आप समझेगी भी नहीं, इसलिए आप इन्हें अपने घुँघरुओं की खनक पर निसार समझें।''

"हुज़ूर, अब तो आपको बताना ही पड़ेगा।''

‘‘अगर आप ज़िद करेंगी तो मैं किसी और कोठे पर चला जाऊँगा।’’

‘‘हुज़ूर इस दुनिया में बिना कीमत लिए दाम केवल दो ही लोग चुका सकते हैं; एक पागल और दूसरा दीवाना, लेकिन आप शक्ल से पागल तो बिलकुल भी नहीं लगते, इसलिए मुझे ये दिल का मामला लगता है।’’

‘‘आप क्या जानो दिल और मोहब्बत की बातें; मुज़रा करके लोगों का दिल बहलाना और किसी से मोहब्बत करना, ये दोनों अलग-अलग बातें हैं, आप नहीं समझेंगी।’’

‘‘मैं आपकी बात का बुरा नहीं मानूँगी, लेकिन अगर आपको वाकई किसी से मोहब्बत है, तो आपको उसी का वास्ता।’’

वो नौजवान कुछ पल के लिए ख़ामोश हो गया और फिर बोला, ‘‘अब आपने मोहब्बत का वास्ता दिया है इसलिए मैं आपको ज़रूर बताऊँगा, लेकिन आपको भी एक वादा करना होगा कि आप ये बात किसी और से नहीं कहेंगी।’’’

‘‘वैसे तो तवायफ़ किसी से वादा नहीं करती, लेकिन अगर करती है तो जान देकर भी निभाती है... वादा करती हूँ, ये बात मेरी मौत के साथ ही जायेगी।’’

‘‘दरअसल आपका शक सही है। मुझे कोठे और मुज़रे में कोई दिलचस्पी नहीं और न ही इस हक़ में हूँ कि अपनी मौज-मस्ती के लिए किसी की ज़िन्दगी को बाज़ार में बिठा दिया जाए, ख़ैर... आपने इस शहर के मशहूर सेठ ठाकुर करण सिंह का नाम तो सुना ही होगा।’’

‘‘उनको कौन नहीं जानता; उनके जैसा रईस इस शहर में कोई दूसरा नहीं।’’

‘‘मैं उनका इकलौता बेटा हूँ, प्रताप सिंह।’’

ये सुनकर रेखा चौंक गयी और आँखे फाड़कर बोली, ‘‘रईस लोग बेमतलब रुपया तो क्या दमड़ी भी नहीं फेंकते।’’

‘‘सही फरमाया आपने, लेकिन यही रुपया मेरी मोहब्बत की दीवार है, जिसे मैं हमेशा-हमेशा के लिए गिरा देना चाहता हूँ।’’

''ज़रा खुलकर बताइए हुज़ूर, ये ख़ाकसार आपके लिए क्या कर सकती है?'' रेखा के लिए ये भी एक सरहद थी। वो पहली बार अपनी मर्जी से इस सरहद को लाँघने के लिए बेताब हो रही थी। प्रताप में उसे कुछ और नज़र आ रहा था, जो बाकी कोठे पर आने वालों में नहीं था। रेखा का दिल सालों बाद पहली बार धड़क रहा था। उसके दिल में एक अंजान बीज ने अंकुर फोड़ दिया था... हालाँकि ऐसे बीज कोठों पर अंकुरित नहीं होते और अगर गाहे-बगाहे अंकुरित हो भी जाते हैं, तो उनकी जड़ों में समाज का मट्ठा उड़ेल दिया जाता है।

''मैं एक लड़की को दिल-ओ-जान से मोहब्बत करता हूँ और उसे अपनी शरीक-ए-हयात बनाना चाहता हूँ।''

''तो इसमें दिक्कत क्या है? आप जवान हैं, पैसे वाले हैं और ज़हीन भी लगते हैं, भला आपको कौन मना कर सकता है?'

''हीरे की चमक देखकर अक्सर लोग ये भूल जाते हैं कि हीरा उस काली कोठरी से निकलता है, जिसमें स्याह अँधेरा होता है; मैं जिस लड़की से मोहब्बत करता हूँ, वो मेरे बँगले में काम करने वाली नौकरानी की बेटी है।''

''ये तो आपने गज़ब कर दिया हुज़ूर; गरीब की जान मुसीबत में डाल दी। पैसे वालों का क्या है, खिलौना खेलकर तोड़ देंगे या जब मन भर जायेगा तो नया खरीद लेंगे... ख़ैर, जब आपने मोहब्बत की ही है तो मैं भी अपने वादे से पीछे नहीं हटूँगी; बताइए मैं आपके लिए क्या कर सकती हूँ?'

''आपको बस इतना करना है कि आप मुझे अपने नाम के साथ जोड़ लें और इसकी चर्चा सरे बाज़ार कर दें, ताकि मैं बदनाम हो जाऊँ और इतना बदनाम हो जाऊँ कि लोग मुझसे बात करने तक भी कतराने लगें... यहाँ तक कि लोग मेरी सूरत से भी नफ़रत करने लगें।''

''लेकिन इससे क्या होगा?'

''बहुत आसान है; इतनी बदनामी के बाद कोई पैसे वाला मुझसे अपनी लड़की की शादी क्यों करना चाहेगा और ये वजह सेठ करण सिंह को हाँ करने की लिए काफी होगी।''

''लेकिन सोच लीजिए, इसमें जोख़िम भी हो सकता है।''

''जोख़िम, मोहब्बत को ताक़त देता है और फिर मोहब्बत मैंने नफे नुकसान के लिए नहीं की।''

''ठीक है, लेकिन मेरी भी एक शर्त है।''

''कैसी शर्त?'

''आप कोठे पर आएँगे, लेकिन रुपये नहीं छोड़कर जाएँगे।''

''क्यों, आपको रुपये नहीं चाहिए?'

''आज के ज़माने में रुपये किसको नहीं चाहिए; किसी को रुपये चाहिए थे, तभी तो मैं इस कोठे की जीनत हूँ, वरना मेरी भी दुनिया आबाद होती, मैं भी किसी की आँख का नूर होती। हुज़ूर, ज़िन्दगी की सारी जद्दोज़हद इसी के लिए है; मुझे भी चाहिए... लेकिन तवायफ़ के रक़्स के लिए; लेकिन ये तो ऐसा काम है जिसमें मैं अपनी खुदगर्जी देखती हूँ... और अगर ज़रूरत होगी तो आपसे ज़रूर माँग लूँगी।''

''आपकी खुदगर्जी?''

''जाने दीजिये... बहुत वक़्त जाया हो जायेगा, इसलिए फ़िलहाल अपनी मोहब्बत को अंजाम तक ले जाने के बारे में सोचिये।''

''ठीक है, अगर आप नहीं बताना चाहतीं तो मैं नहीं पूछूँगा... बाकी जैसा आप मुनासिब समझे।''

रेखा ने कोई ज़वाब नहीं दिया।

''उस ख़ुशनसीब को क्या कहते हैं?'' रेखा ने पूछा।

'रानी।'

''ऊपर वाला भी कैसे-कैसे मजाक करता है; नौकरानी का नाम रानी और राजा को रानी से मोहब्बत।''

उस दिन के बाद से रेखा के मुज़रे में एक मकसद था। उसे ऐसा लग रहा

था जैसे उसने ज़िन्दगी की सरहद की तरफ अपने कदम बढ़ा दिए हैं। उसने अपने वादे के मुताबिक अपना नाम प्रताप सिंह के साथ जोड़ना शुरू कर दिया, जिसके चर्चे गली-गली में होने लगे। प्रताप अपना ज़्यादा से ज़्यादा वक़्त कोठे पर गुजारने लगा। ये ख़बर शहर में आग की तरह फैल गई। अखबारों तक में चर्चे होने लगे और जब ये ख़बर सेठ करण सिंह के कानों तक पहुँची, तो वो आग बबूला हो गए। उन्होंने प्रताप को बहुत समझाया, लेकिन प्रताप ने उनकी एक न सुनी और कोठे पर जाना नहीं छोड़ा। सेठ करण सिंह ने रेखाबाई के नाम एक सन्देश भी भिजवाया, लेकिन रेखा ने ये कहकर मना कर दिया कि कोठा एक बाज़ार है, यहाँ किसी के आने जाने पर कोई बंदिशें नहीं होतीं, वैसे भी कोठे की चौखट पर आने के दरवाजे नहीं होते, हाँ जाने के ज़रूर होते हैं, लेकिन...।

कुछ दिनों तक प्रताप कोठे पर आता जाता रहा। एक शाम महफ़िल, तो सजी और मुज़रा भी हुआ, लेकिन उस दिन प्रताप नहीं आया। रेखा की आँखें पूरे मुज़रे में उसे ही ढूँढ़ती रहीं, लेकिन प्रताप नहीं आया। मुज़रा ख़त्म होने के बाद तक रेखा बेचैन रही। इससे पहले वो इतना बेचैन कभी नहीं हुई थी। उसके मन में बुरे-बुरे ख़याल आ रहे थे। जब उससे नहीं रहा गया तो उसने कामगार को बुलाया और कहा, "तुम्हें ठाकुर करण सिंह के बँगले का पता मालूम है?"

"जी बाई साहब, लेकिन इतनी रात गए...।"

"हाँ, बहुत ज़रूरी काम है... आज प्रताप नहीं आया, मुझे बहुत फिक्र हो रही है।"

"बाई साहब, फिक्र करने की कोई बात नहीं.... किसी काम में फँस गया होगा, कल आ जायेगा और अगर नहीं आया तो मैं खुद जाकर पता कर लूँगा।"

"नहीं कामगार, उसके पास आजकल एक ही काम है... वो दीवाना है, वो और किसी काम में नहीं फँस सकता, मुझे जाना ही होगा।"

"ठीक है बाई साहब, मैं गाड़ी निकालता हूँ।"

रेखा, कामगार के साथ गाड़ी में बैठकर सेठ करण सिंह के बँगले की तरफ रवाना हो गई। उसके मन में रास्ते भर भारी-भारी ख़यालों का अंतर्द्वंद्व चल रहा था। उसके चेहरे पर हवाइयाँ उड़ रहीं थी और एक अजब सी बेचैनी ने उसे घेर

लिया था। जब वो बँगले पर पहुँची तो देखा, बँगले के बाहर काफी भीड़ जमा है। भीड़ को देखकर उसका मन भारी होने लगा। उसे यकीन होने लगा था कि मन में चल रहे अंतर्द्वंद्व में उसे भारी शिकस्त मिलने वाली है। चेहरे पर उड़ती हवाइयाँ, आँधी की शक्ल अख़्तियार कर चुकी थीं। उसने गाड़ी में बैठे-बैठे कामगार से कहा, "उतरकर जाओ और फ़ौरन पता करो क्या बात है, आख़िर इतनी भीड़ क्यों लगी है।"

कामगार ने गाड़ी का दरवाजा खोला और उतरकर, भीड़ को चीरते हुए आगे बढ़ा तो देखा, एक लड़की ज़मीन पर गिरी पड़ी है, उसका सर फटा हुआ है और चेहरा खून से लथपथ पड़ा है। कामगार ने भीड़ में खड़े एक आदमी से पूछा, "ये कौन है और ये कैसे हुआ?"

"सेठ करण सिंह की नौकरानी की बेटी थी; अटारी से कूदकर जान दे दी, रानी नाम था उसका।" उस आदमी ने कहा।

"कुछ पता है, क्यों जान दी?'

"सुना है, सेठ जी के इकलौते लड़के से कुछ चक्कर वक्कर था; अब टाट मखमल में तो लग नहीं सकता; पैसे वालों से इश्क़ करने का यही अंजाम होता है।"

"सेठ जी के लड़के की कोई ख़बर?"

"उसका भी कोई अता-पता नहीं है; पुलिस जाँच-पड़ताल में लगी है।"

कामगार ने वापस आकर रेखा को भीड़ के पीछे का सच अक्षरशः बताया, जिसे सुनते ही रेखा ने दाँतों तले उँगली दबा ली और पूछा, "प्रताप सिंह की कोई ख़बर?"

कुछ रुककर कामगार बोला, "बाई साहब, उनका सुबह से कोई पता नहीं है, पुलिस जाँच-पड़ताल में जुटी है।"

"गाड़ी कोठे की तरफ वापस मोड़ लो।" रेखा ने कामगार से कहा।

"जी बाई साहब।"

वो अपनी बेचैनी का राज़ जान चुकी थी, लेकिन सारा सच जानते हुए भी चुप थी। वो सोच रही थी कि लोग कैसे अपनी झूठी शान-ओ-शौकत के लिए अपने ही घर के चिराग को बुझा देते हैं। उस इज़्ज़त और शोहरत का क्या फ़ायदा, जो किसी की खुशियों और अरमानों को कुचलकर बनी हो। हमारी मंडी और इनकी मंडी में बहुत ज़्यादा फर्क नहीं है। हम पेट के लिए मजबूरी में यहाँ धकेले जाते हैं और दूसरी तरफ ये लोग खुद अपने सुकून को बेचने के लिए बाज़ार में बैठ जाते हैं। सच है, समाज को सुधारने का दावा करने वाले तथाकथित समाज ने अलग-अलग बाज़ार बना दिए हैं... एक खुद को बेचने के लिए और एक हमको बेचकर, यहाँ बिठाकर खुद का मन बहलाने के लिए। वो ये जान चुकी थी कि कुछ सरहदें हमेशा के लिए बंद हो जाती हैं और उन्हें लाख चाहकर भी लाँघा नहीं जा सकता, फिर चाहे हम कितना ज़ोर लगा लें।

"काश मैं एक आज़ाद परिंदा होती, जो किसी सरहद के मोहताज नहीं होते।"

"बाई साहब, आपने कुछ कहा?" कामगार ने पूछा।

'नहीं।'

वहाँ से आकर रेखा ने बहुत देर सोने की नाकाम कोशिश की, लेकिन सो नहीं पायी। रात भर जागने के कारण सबेरे उसे थोड़ी थकान महसूस हुई, लिहाज़ा कुछ देर के लिए उसकी आँख लग गयी। तभी कामगार चिल्लाते हुए आया, "बाई साहब... बाई साहब... ग़ज़ब हो गया।"

"क्या हुआ?", नींद भरी आँखों से रेखा ने पूछा।

"प्रताप सिंह नहीं रहे। अखबार में ख़बर छपी है, कल रात बड़े चौराहे के किनारे मरे पाये गए।"

बाई ने कोई प्रतिक्रिया नहीं दी।

"बाई साहब... बाई साहब! सुना आपने?'

रेखा ने कोई जवाब नहीं दिया। रेखा एक और सरहद लाँघ चुकी थी और जिसके बाद शायद कोई दूसरी सरहद नहीं होती।

अमरीका की टार्च

भद्र दुपहरी का वक़्त। गाँव में ग़ज़ब का सन्नाटा पसरा हुआ था, लेकिन सालिकराम के घर पर चहल-पहल लगी हुई थी, क्योंकि घर में कुछ अति-विशिष्ट मेहमान आने वाले थे। सालिकराम अपने पूरे परिवार समेत अपने छोटे भाई नकुल का इन्तज़ार कर रहा था। नकुल, अमेरिका में भारत सरकार के विदेश मंत्रालय में उच्च-पद पर कार्यरत थे और बरसों बाद अपने परिवार समेत गाँव घूमने आ रहे थे। नकुल के साथ उनके कुछ अमेरिकी दोस्त भी भारत घूमने आ रहे थे।

इन्तज़ार के बीच, इन्तज़ार की घड़ी को बंद करते हुए दो सफेद एम्बेसेडर कार घर के दरवाजे पर आकर रुकीं... साथ में गाँव के बच्चे भी रुक गए, जो गाँव की पुलिया से एम्बेसेडर के पीछे-पीछे दौड़ रहे थे। ड्राइवर ने उतरकर गाडी का दरवाजा खोला और सामान उतारने लगा। पहली गाड़ी से नकुल और उनका पूरा परिवार और दूसरी गाड़ी से दो अँगरेज और एक अँगरेजन उतरी। रंगरेजन उनमें से किसी एक की सामाजिक साथी थी, लेकिन बीवी का दर्जा हासिल नहीं था,

जिसे पश्चिम के देशों में फैशन और जीने की आज़ादी के रूप में में देखा जाता है।

सालिकराम ने सबको गाड़ी से उतरते देखकर अपने बड़े और छोटे लड़के को सामान उठाने और सबको अंदर ले जाने का इशारा किया। इशारा पाते ही लड़कों ने फ़ौरन सामान उठाया और सामान को अपने ठिकाने लगा दिया। नकुल ने कुछ रुपये निकालकर कार के ड्राइवर को दिए और कहा, टेलीफोन कर देंगे तब आ जाना। ''जी साहब।'' कहकर दोनों कार ड्राइवर वहाँ से चले गए। सभी मेहमान, नकुल के साथ घर में अंदर की तरफ चल पड़े। मेहमान समेत नकुल और उसका परिवार घर के दालान में पड़ी मसहरी (एक ख़ास तरह का पलँग) पर बैठ गया, जिस पर सफ़ेद सतह का काले फूलों से कढ़ा एक कालीन बिछा हुआ था।

घर की दीवारें भूसे और तालाब की मिट्टी को मिलाकर बनाई गयी थीं। दीवारों की दशा देखकर ऐसा लगता था, कि दीवारें बरसात की एक दो मार तो झेल ही चुकी होंगी। दीवारों पर जहाँ-तहाँ कुछ-कुछ सीपियाँ निकल आई थीं, जो मुँडेरों पर पच्चीकारी का स्वरूप बना रही थीं। दालान के ठीक ऊपर फूस का एक छप्पर पड़ा हुआ था, जिसे पीछे की तरफ रस्सी के सहारे दीवार में लगी खूँटियों से बाँधा गया था। आगे की तरफ बबूल के पेड़ से बनी गुलेलों पर छप्पर टिका हुआ था, जो ज़मीन में अंदर तक बड़ी मजबूती के साथ धँसी हुई थीं। दालान के ख़त्म होते ही रसोई शुरू हो जाती थी, जिसे एक छोटी मिट्टी की दीवार उठाकर प्रतिबंधित किया गया था। रसोई के अंदर से कंडे (सूखा गोबर) और झाँखर (अरहर निकालने के बाद बचा हुआ सूखा पौधा) के जलने से सोंधा-सोंधा धुआँ उठ रहा था। छप्पर के सामने आँगन था और उसके एक कोने में दुधहन में धीमी-धीमी आँच पर दूध पक रहा था। रसोई के छप्पर में एक मटकी और कुछ लहसुन की गड्डियाँ लटकी नज़र आ रही थीं।

कुछ देर तक अँगरेज और अँगरेजन बाम-ओ-दर-ओ-दीवार (छत, दरवाज़े, दीवारें) को देखते रहे। उन्होंने ऐसे घर वास्तव में कभी नहीं देखे थे। वो सोच भी नहीं सकते थे, कि लोग बिना बिजली के कैसे रह सकते हैं, वो भी इतने खुश और इतने संतुष्ट। ये सब उनके लिए किसी अजूबे से कम नहीं था। गाँव के

बच्चे, जिन्होंने गोरे-चिट्टे अँगरेज कभी नहीं देखे थे, दालान में दूर खड़े चुपचाप उन्हें ऐसे देख रहे थे, जैसे उन्होंने जंगल में कोई नया जानवर देख लिया हो, जो दिखने में तो उनके जैसा है, बस रंगरूप और भाषा अलग है। अँगरेज और रंगरेजन बीच-बीच में बच्चों को देखकर मुस्करा देते थे, सो जवाब में बच्चे भी। नकुल ने अँगरेज और अँगरेजन को एक हाथ वाला पंखा दे दिया था, जिसे वो रह-रह कर चला रहे थे।

थोड़ी देर बाद राब (पिघला हुआ गुड़) का शरबत और नाश्ता पेश हुआ, जिसका अँगरेज और अँगरेजन भरपूर आनंद लेते हुए अँगरेजियत में गिटपिटाते रहे। चूँकि सालिकराम अनपढ़ था, लिहाज़ा मेहमानों को उनके हाल पर छोड़ दिया और जानवरों के लिए आँगन के एक कोने में लगी चारा मशीन पर चारा काटने लगा और गिटपिटाहट को देखता रहा। कुछ इसी तरह से दिन, शाम की तरफ बढ़ने लगा और दूसरी तरफ सालिकराम की बीवी कलावती, मेहमानों के लिए खाना बनाने में जुट गयी। थोड़ी देर आराम करने के बाद नकुल ने घर के सभी लोगों को दालान में इकट्ठा होने को कहा और अपना सामान खोलने लगे।

पुकार सुनकर घर के सभी लोग दालान में जमा हो गए। घर के बच्चों को इस पुकार का बड़ी बेसब्री से इंतज़ार था। घर के सब लोगों के इकट्ठा होने पर नकुल बोला, ''देखो, मैं आप सब के लिए क्या-क्या लाया हूँ!''

नकुल ने तोहफे का पिटारा खोला और जिसके लिए जो-जो लाया था, वो तक़सीम (बाँटना) करने लगा। सबको सबके तोहफे देने के बाद नकुल ने वो निकाला, जिसकी सालिकराम को बहुत सख़्त ज़रूरत थी... जो तेज हवा चलने और आँधी-पानी में दग़ा न दे। वो थी टॉर्च, वो भी अमरीका की। नकुल, सालिकराम के लिए अमेरिका से टॉर्च लाया था, क्योंकि सालिकराम रात में खेत खलिहान लालटेन लेकर जाते थे, जिसमें उसे हवा से बचाने और बरसात में जलाने में बड़ी दिक्कत होती थी।

''दद्दा, देखो मैं आपके लिए अमरीका से टॉर्च लाया हूँ; अब आपको लालटेन लेकर खेत खलिहान जाने की ज़रूरत नहीं... टॉर्च को जलाना और बुझाना भी बहुत आसान है; इस पर सर्दी, गर्मी, आँधी, पानी किसी चीज का असर नहीं होता... इससे आग लगने का भी कोई ज़ोखिम नहीं है, न तेल डालने

का झंझट, न रोज़ साफ़ करने की मशक़्क़त और न दियासलाई की ज़रूरत; इसे आप जेब में रखने के अलावा गले में भी टाँग सकते हैं।'' नकुल ने सालिकराम को टॉर्च देते हुए कहा।

नकुल के इतना समझाने के बावजूद, सालिकराम कुछ ज़्यादा नहीं समझ पाए और केवल इतना जान पाए कि इससे उजाला होता है।

''बहुत बढ़िया नकुल; फिलहाल अभी अपने पास रख लो, रात में जब खेत पर जाऊँगा तब दे देना।'' सालिकराम ने कहा।

''ठीक है दद्दा।''

''ईट इज़ वेरी यूजफुल एंड हैंडी फॉर यू।'' अँगरेज ने कहा।

सालिकराम को रँगरेज के हाव-भाव से केवल इतना समझ में आया कि कुछ अच्छा कहा है, इसलिए मुस्करा दिए।

नकुल ने टॉर्च को सामने दीवार पर लगी खूटी पर टाँग दिया। सालिकराम अपने काम में लग गया। नकुल, अँगरेज और अँगरेजन के साथ मसरूफ हो गया। दूसरी तरफ, सूरज अँधेरे की आगोश में समाने लगा और कुछ देर बाद दिन ढल गया।

उस वक़्त शाम के लगभग आठ बज चुके थे। आसमान एकदम साफ़ था। अनगिनत तारे सैर पर निकल चुके थे। खाने के लिए आँगन में पाटा लगा दिया गया और सभी मेहमानों को खाने के लिए आमंत्रित कर दिया गया। नकुल, अँगरेज और अँगरेजन खाने के लिए पाटे पर बैठ चुके थे। सालिकराम और उसके लड़के खाना परोस रहे थे। तभी एक अँगरेज, सालिकराम की तरफ इशारा करके कुछ गिटपिटाया, जिसके जवाब में नकुल भी कुछ गिटपिटाया। नकुल की गिटपिटाहट और हाव-भाव से सालिकराम को ऐसा लगा कि अँगरेज ने पूछा है, कि ये खाना परोसने वाला आदमी कौन है? और इसके ज़वाब में नकुल ने सालिकराम को अपना नौकर बताया है। बस फिर क्या था, सालिकराम ने सारी मेहमान नवाज़ी को ताक पर रखते हुए सब्ज़ी से भरा बर्तन ज़मीन पर जोर से पटका दिया और ठेठ अवधी में बोला ''हम नौकर नई तो सिंगट्टा हन, हम हन इनके बड़े भाई सालिकराम!''

नकुल ये देखकर हक्का-बक्का रह गया और बोला, ''दद्दा ऐसी बात नहीं है, दरअसल ये पूछ रहे थे कि इस बर्तन में क्या है, जिसको आपने ज़मीन पर पटक दिया; ये बख़ूबी जानते हैं कि आप मेरे बड़े भाई हैं... आप ख्वाहमख़्वाह परेशान हो रहे हैं, दरअसल ऐसी कोई बात नहीं है'।''

सालिकराम झुँझलाकर बोला, ''हमने बहुत सिनेमा देखा है; इस गाँव में हमसे बड़ा कोई सिनेमाबाज़ नहीं हुआ आज तक। जब छोटा भाई बड़ा बन जाता है, तो अपने अनपढ़ और कमजोर सगे सम्बन्धियों को नौकर बताने लगता है। शायद मुझ अनपढ़ को भी यही लगा... लेकिन मुझे बख़ूबी पता है, अर्थपूर्ण होता समाज, सदाचारहीनता की तरफ बढ़ रहा है या यूँ कहे जब अर्थ बढ़ता है तब सदाचार गिरता है और अगर गणित की भाषा में समझें, जहाँ तक मुझे आती है, तो आजकल अर्थ, सदाचार के विपरीत अनुपात में पाया जाने लगा है।''

अँगरेज और अँगरेजन ये देखकर थोड़ा असहज हुए और नकुल से पूछा, ''वॉट इज़ दा मैटर, इज समथिंग सीरियस?''

नकुल ने बताया, ''कुछ ख़ास नहीं; बड़े भैया के हाथ से बर्तन छूट गया, बस इसी बात को लेकर परेशान हो रहे हैं; कह रहे हैं, आप लोग पता नहीं क्या सोचेंगे... बस इतनी सी बात है, हालाँकि मैंने कह दिया है, आप लोग कुछ नहीं सोचेंगे, इसलिए चिंता करने वाली कोई बात नहीं है, नथिंग सीरियस; आप लोग इत्मीनान रखें और आराम से भारतीय खाने का मजा लें'।''

''ओ.के.।'' अँगरेज और अँगरेजन ने कहा।

कुछ देर बाद सारा मामला शांत और सौम्य हो गया। सभी लोगों ने जमकर खाने का मज़ा लिया। अँगरेज और अँगरेजन ने चावल को रोटी पर रखकर खाया और दाल तो देखते ही बनी... जैसे खाया न हो बल्कि नहाया हो। नकुल ने भी उन्हें बेतकल्लुफ होकर खाने दिया।

घर के सभी लोगों के खाने के बाद अमरीका की टॉर्च का वक़्त हो चुका था, लिहाज़ा सालिकराम ने नकुल से टार्च माँगी। नकुल तुरंत टार्च लेकर आया और जलाकर सालिकराम को दे दी। सालिकराम ने पहली बार टॉर्च को हाथ में लिया था और पहली बार देख रहा था, इसलिए बहुत प्रभावित और खुश हो रहा

था।

"अमरीकी लोग भी क्या-क्या बनाते हैं, वाह! नकुल, क्या इंतजाम किया है, बहुत बढ़िया; अच्छा अब खलिहान पर चला जाए?"

"ठीक है दद्दा।" कहकर नकुल मुस्करा दिया।

सालिकराम एक हाथ में जलती हुई टॉर्च और दूसरे हाथ में लाठी लेकर खलिहान की तरफ चल पड़ा। ये मामला कुछ ऐसा था जैसे कि अभिमन्यु ने चक्रव्यूह में घुसने का रास्ता तो मालूम कर लिया हो, लेकिन निकलने का नहीं।

रात का वक़्त... झींगुरों के बोलने की आवाज़ें आ रही थीं। अमावस्या होने की वजह से घोर अंधकार था। तारे, आकाश में अठखेलियाँ करने में मशगूल थे। सालिकराम, अँधेरे को अमरीकी टॉर्च से चीरते हुए खलिहान की तरफ बढ़ता चला जा रहा था। करीब दस मिनट चलने के बाद सालिकराम, खलिहान में दाखिल हो गया। खेत पर पहुँचकर टॉर्च को ज़मीन पर रख दिया और जेब से सुर्ती निकाली, गदौरी पर रखकर रगड़ी और होंठ तले दबा ली। सुर्ती खाने के बाद टॉर्च को वापस उठाया... खलिहान में टॉर्च को इधर-उधर घुमाकर देखा और एक फेरा लगाकर पक्का किया कि कोई सियार या नीलगाय तो नहीं है। खलिहान को बाहरी खतरों से सुरक्षित करने के बाद टॉर्च बुझाने का समय था, लिहाज़ा लालटेन की तरह घुमाकर बंद करने का तरीका ढूँढ़ने लगे और जब नहीं मिला, तो मुह से फूँक मारकर बुझाने की कोशिश करने लगे, लेकिन नाकामयाब रहे। कुछ देर तक ब्रम्ह बाबा का जाप भी किया और न जाने कितने मंतर फूँक मारे। लेकिन जब बहुत जुगत लगाने के बाद भी टॉर्च नहीं बुझी, तो उन्हें लगा ज़रूर इसमें कोई जिन्न जिन्नात का चक्कर आ चुका है, लिहाज़ा डरते डराते टॉर्च को खेत में पड़े धान के पैरे में घुसाकर ढक दिया और मचान पर जाकर लेट गए। हालाँकि पैरे से छनकर प्रकाश की कुछ किरणें बाहर आ रही थीं। बीच-बीच में जब भी कोई सुरसुराहट या आवाज़ सुनाई देती तो सालिकराम उठकर धान के पैरे की तरफ देख लेते और फिर लेट जाते और कुछ इसी तरह से रात गुजर गयी। सालिकराम की ये सबसे लम्बी और मुश्किलों भरी रात थी। सारी रात जिन्न जिन्नात के साये में गुजारनी पड़ी, क्योंकि खड़ी फसल छोड़कर नहीं जा सकते थे। जब सवेरा हुआ तो टॉर्च से पैरा हटाया। देखा कि टॉर्च बुझ गयी

है। अब उनको यकीन हो चला था कि हो न हो, जिन्न जिन्नात का ही मामला था, जो सूरज की किरण के साथ जा चुके हैं, क्योंकि जिन्न जिन्नात केवल रात को ही निकलते हैं, लिहाज़ा अब उन्होंने टॉर्च को छोड़ दिया है, इसीलिए ये बुझ गयी है।

सालिकराम ने डरते डराते बुझी टॉर्च को पैरे से निकाला और दौड़े-दौड़े घर की तरफ चल पड़े और घर पहुँचकर टार्च को दालान में जोर से पटक दिया।

ये देखकर नकुल, कलावती और बच्चे घबरा गए। नकुल सोचने लगा, अब क्या मुसीबत आ गयी, इसलिए पूछा, ''दद्दा, अब क्या बात हो गयी? आख़िर इस टॉर्च पर इतना गुस्सा क्यों'?''

''बाहरी मेहमानों के सामने इतनी गुस्सा ठीक नहीं; लोग हमारे बारे में क्या सोचेंगे।'' कलावती ने कहा।

''मुझे कोई फर्क नहीं पड़ता, जिसको जो सोचना है सोचे।''

''हाँ, आपको आज तक कोई फर्क पड़ा है, जो आज पड़ेगा।''

''अरे आग लगे इस बला को रात सोना दूभर कर दिया।''

''ऐसा क्या हो गया दद्दा, कुछ बोलिए भी।'' नकुल ने पूछा।

''ये टॉर्च नहीं बल्कि जिन्न जिन्नात का बसेरा है; टॉर्च नहीं आफत लाये हो अमरीका से... रात भर टॉर्च बुझाने की कोशिश करता रहा; न जाने कितनी फूँक मारी, कितने मंतर पढ़े, ब्रम्ह बाबा का हवाला तक दिया, लेकिन ये शैतान थी कि बुझने का नाम ही नहीं ले रही थी। इतनी फूँक में तो गीली लकड़ी तक जल उठे और जलती आग बुझ जाए। फूँक मार-मार कर फेफड़े खाली हो गए, लेकिन जब इसको धान के पैरे में दबाकर रखा तब जाकर कहीं बुझी ये अमरीकी आफ़त।''

नकुल मुस्कराया और बोला ''दद्दा तो ये बात है, अरे ये कोई जिन्न जिन्नात का मामला नहीं, बल्कि बटन दबाने वाला मामला है; ये देखो इसमें ये काला बटन, जिसे एक बार दबाने पर जलती है और दोबारा दबाने पर बुझ जाती है। इसको जलाना और बुझाना बहुत ही आसान है... आपने बटन दबाने के

अलावा सब काम किये, बस बटन नहीं दबाया, वरना तुरंत बुझ गयी होती'।''

''अच्छा ये बताओ, मैंने तो कोई बटन नहीं दबाया, फिर क्यों बुझ गयी ये बला? हम पढ़े-लिखे नहीं हैं तो क्या कुछ भी पढ़ाओगे?''

''दद्दा, सवेरे इसलिए बुझ गयी क्योंकि रात भर जलने के कारण इसकी बैटरी ख़त्म हो गयी है।''

''अब ये बैटरी क्या बला है?'

''बैटरी, ऊर्जा का एक छोटा सा गोदाम होता है, जिसमें ऊर्जा को कैद करके रखा जाता है और ज़रूरत के हिसाब से आजाद किया जाता है... ये इतनी छोटी होती है कि इसे आप अपनी जेब में भी रख सकते हैं।''

''ये सब तमाशा हमें नहीं पता; सबसे अच्छी हमारी लालटेन, जो हमारे हिसाब से जलती और बुझती है, इस बेहया टॉर्च को अमरीका में ले जाकर दफ़न कर देना। बताओ, गोरे पहले आदमियों को कैद करते थे, अब ऊर्जा को भी कैद करने लगे... अमरीका क्या सारे काम दुनिया को निस्त-ए-नाबूत करने की लिए ही करता है?''

''नहीं दद्दा ऐसी बात नहीं कहकर नकुल हँसने लगा।''

''ज़्यादा खीसें न बनाओ नकुल और इसे ले जाकर अमरीकियों को ही दे दो।''

''ठीक है दद्दा।''

इस प्रसंग को देखकर अँगरेज और अँगरेजन ने पूछा, ''वॉट इज़ द मैटर...?''

''नथिंग सीरियस।'' नकुल ने कहा।

''ओ के।''

''दद्दा ये टॉर्च के बारे में पूछ रहे हैं और कह रहे हैं, लगता आपको पसंद नहीं आई, इसलिए कोई ग़लत ख़याल फिर से न लाइएगा।'' नकुल ने सालिकराम की तरफ देखकर कहा।

''कह दो ये मुझे बिलकुल पसंद नहीं, मैं क्या अमरीकियों से डरता हूँ।''

''दुरुस्त दद्दा।'' नकुल ने मुस्कराते हुए कहा।

''कलावती, मेरी लालटेन का सीसा साफ़ कर देना; मिट्टी का तेल भर देना और दियासलाई को धूप भी दिखा देना, आज रात मैं वही ले जाऊँगा'', सालिकराम ने कहा।

''ठीक है।'' कलावती ने मुस्कराते हुए कहा।

नकुल ने टॉर्च उठाई और वापस उसी खूटी पर टाँग दी। नकुल और उनका परिवार कुछ दिन गाँव में रुका और फिर अमरीका लौट गए। अँगरेज और अँगरेजन को गाँव खूब पसंद आया, खासकर कुदरत से करीबियत... जिसे शहर नाम का कीड़ा दिन पर दिन काटता चला जा रहा है।

हरफनमौला

सुबह आहिस्ता-आहिस्ता फट रही थी। रोशनलाल घोड़े बेचकर सो रहा था, तभी किसी ने दरवाजे की घंटी बजा दी, घंटी तो बजी लेकिन गहरी नींद में होने की वजह से रोशनलाल ने पहले तो घंटी को अनसुना कर दिया, लेकिन जब दो-तीन बार घंटी बजी, तो मजबूरन उठा और आवाज़ लगाई, ''कौन है इत्ती सवेरे-सवेरे? आज के ज़माने में चैन से सोना भी एक मुसीबत है।''

''अमाँ रोशन, हम हैं, हरफन।'' बाहर से आवाज़ आयी।

''कौन? हरफन!''

''हाँ रोशन।''

''वहीं रुको, आता हूँ।''

रोशन चारपाई से उठा, आँखों को मलते, जम्हाई लेते हुए दरवाजे पर चल कर आया और कुण्डी को साँकल से उतारकर दरवाजा खोल दिया।

''आओ हरफन।'' रोशन ने देखते ही कहा।

दरवाजा खुलते ही हरफन अंदर घुसते-घुसते बोला, ''अमाँ रोशन भाई, कितना सोओगे, सुबह-सुबह मनहूसियत फैला रखी है; ज़रा एक निगाह सूरज पर भी डालो... परिंदे चहकने लगे हैं और एक बरख़ुरदार तुम हो कि आँखें मलने में लगे हो। ख़ैर, चलो अभी तुम्हारी सुस्ती दूर किये देता हूँ; बन्दा अभी आपकी ख़िदमत में एक कड़क, बिना दूध की चाय पेश करता है'।''

रोशन जो अभी तक आधा सोया हुआ था, जम्हाई लेते हुए बोला, ''हरफन, तुम नहीं सुधरोगे; अब आदमी रात में सोयेगा नहीं तो क्या पहरेदारी करेगा? तुम्हारा क्या है, तुम ठहरे एक नंबर के निशाचर, न दिन देखतो हो न रात, न आने का वक़्त और न जाने का; बस निकल पड़ते हो हवा की तरह; तुम्हारा नाम हरफन ग़लत नहीं रक्खा गया है, एक नंबर के हरफनमौला हो।''

हरफन ने रोशन की बात पर हँसते हुए कहा, ''मेरी शान में कसीदे पढ़ लिए हो तो अब जाग भी जाओ बरख़ुरदार; हरफन के रहते अमाँ नींद क्या और नींद की बिसात क्या। मैं तो चला चाय बनाने, तुम बस मूड बनाओ और बरखुरदार एक काम करो, उमराव जान की कैसेट लगा दो टेप रिकॉर्डर पर; अरसा हो गया जान अदा को सुने हुए।''

''तुम भी ग़ज़ब करते हो हरफन, ये भी कोई वक़्त है मुज़रा सुनने का?''

''रोशन तुम नहीं समझोगे; बस इतना समझ लो, इश्क़ और मुश्क़ का कोई वक़्त नहीं होता। चुनांचे उमराव जान अदा पेश की जाए... हुक्म की तामील हो बरखुरदार।''

''जी आलमपनाह, लेकिन थोड़ा आहिस्ता-आहिस्ता, क्योंकि ज़माना सो रहा है।''

''अमाँ बरखुरदार, ज़माने को छोड़ो; ज़माने का क्या है, सोता रहा है और सोता रहेगा; लेकिन ज़िन्दगी जागती रहती है वो भी पूरे दम ख़म के साथ। किसी ने क्या ख़ूब कहा है, ज़िन्दगी जिंदादिली का नाम है, मुर्दा दिल क्या ख़ाक जिया करते हैं। मैं तो कहूँगा जीते कहाँ हैं, बल्कि ज़िन्दगी के बोझ तले दबे-कुचले रहते हैं। वैसे भी आजकल लोग अपने ग़म के बोझ से कम, बल्कि दूसरों की खुशियों के बोझ तले ज़्यादा दबे रहते हैं।''

''ठीक है- ठीक है जिंदादिल साहब... लगाता हूँ, भई तुमसे बातों में जीतना पत्थर पर सर मारने के बराबर है।'' इतना कहने के बाद रोशन ने ताखे में रक्खी उमराव जान की कैसेट निकाली और कैसेट प्लेयर में लगा दी। गाना बजने लगा... "ज़िन्दगी जब भी तेरी बज़्म में लाती है हमें, ये जमी चाँद से बेहतर नज़र आती है हमें...।"

हरफन भी साथ-साथ गुनगुनाते हुए चाय बनाने के लिए रसोई में चला गया।

''हरफन, थोड़ा धीरे-धीरे, अम्मा सो रही हैं।'' रोशन ने कहा।

''जो हुक्म मेरे आका।'' हरफन ने कहा।

वहीं दूसरे कमरे में रोशन की अम्मा सो रही थी। गाना सुनकर उठ गयी और आवाज़ लगाई, ''रोशन! क्या हरफन आया है?''

''हाँ अम्मा, हरफन ही है; हरफन के अलावा ये हिमाक़त और कौन कर सकता है।''

''बात तो तुम सही कर रहे हो रोशन, लेकिन ये रसोई में क्या कर रहा है?''

''अम्मा, चाय बना रहा है।''

''अच्छा, मैं भी उठ जाती हूँ, नहीं तो रसोई का पता नहीं क्या हाल करेगा; ऊपर से सूरज भी निकल आया है और नाश्ते-पानी का इंतज़ाम भी करना है।'' इतना कहकर रोशन की अम्मा गुसलख़ाने की तरफ चली गयी।

हरफन ने एक पतीले में चाय चढ़ाई और आँगन में चोर स्नान में लग गया। हरफन के लिए चोर स्नान का मतलब था, मुँह धोना और बाल गीले कर कंघी करना। वो कभी कोई सामान अपने पास नहीं रखता था। वो जहाँ भी जाता, दो जोड़ी कपड़े पहनकर जाता। एक जोड़ी कपडे उतारकर खूँटी पर टाँग देता और दूसरी जोड़ी पहने रहता। उसने दो जोड़ी कपड़ों के रहते कभी तीसरी जोड़ी कपड़े नहीं रखे और ये दो जोड़ी भी कभी नहीं ख़रीदे। वो एक स्वेच्छित बेरोज़गार था, जिसका मानना था, दो जोड़ी कपड़े और दो टाइम खाने के लिए किसी की

गुलामी क्यों करना। उसे एक जगह रहना बिलकुल भी पसंद नहीं था, लिहाज़ा हरफन एक हरफनमौला था। उसका कोई भी दोस्त कभी ये अंदाजा नहीं लगा सकता था कि हरफन कहाँ है और क्या कर रहा होगा। जैसे पानी ज़मीन पर गिरने से पहले अपनी गति की दिशा को नहीं जानता। वो कब लखनऊ में है, कब दिल्ली में और कब बम्बई में ये उसको भी नहीं पता था। उसके लिए दिल्ली बम्बई जाना एक कमरे से निकलकर दूसरे कमरे में जाने के बराबर था। वो एक आजाद पंछी की तरह था, जो अपने लिए उतना ही रखता था, जितना उसकी आजादी के लिए मुनासिब हो। रुपया-पैसा भी उतना ही रखता, जितना किसी दोस्त के घर पहुचने के लिए पर्याप्त होता। न इससे कम और न इससे ज़्यादा। एक बार एक दोस्त से उसकी मोटर साइकिल उधार माँगी और वो भी ये कहकर, ''पेट्रोल टंकी फुल करवाकर देना, वरना न देना; क्योंकि अगर मेरे पास पेट्रोल डलवाने के पैसे होते तो मैं उधार क्यों माँगता।'' उसकी फितरत एक बहती नदी की तरह थी, जिससे निकलने वाली कल-कल की आवाज़ उसकी कलंदरी का सबूत था।

हरफन, चोर स्नान करने के बाद वापस रसोईं में चला गया और चाय को दो कपों में डालकर रोशन के सामने रखते हुए बोला, ''जनाब, नोश फरमाइए, हरफन स्पेशल आपकी शान में पेश-ए-ख़िदमत है।''

'शुक्रिया।' रोशन ने कहा।

''अमाँ शुक्रिया-वुक्रिया बाद में अदा करना; पहले चाय पीकर बताओ कैसी बनी है।''

''तुम्हारी बनाई चाय को ख़राब कहने का माद्दा कम से कम मुझमें तो नहीं है।''

''ग़जब करते हो रोशन; दुनिया में यही एक चीज है जो मैंने पूरी शिद्दत से सीखी है।''

''मैं मजाक कर रहा था हरफन; चाय बहुत ही उम्दा बनी है।''

''संज़ीदा तो मैं भी नहीं था।''

दोनों चाय पीते-पीते बातें करने लगे। तभी रोशन की अम्मा ने आवाज़ लगाई, ''रोशन-हरफन, तुम दोनों नहा धोकर तैयार हो जाओ, मैं नाश्ता तैयार करने जा रही हूँ।''

''ठीक है अम्मा।'' रोशन ने कहा।

''अम्मा, मैं ज़रा चौराहे से घूमकर दस मिनट में आता हूँ।'' हरफन ने कहा।

''हरफन, लेकिन जल्दी आ जाना!''

''अम्मा, बस मैं यूँ गया और यूँ आया।''

''ठीक है।''

रोशन की अम्मा नाश्ता बनाने में जुट गयी। रोशन नहाने के लिए गुसलखाने में दाख़िल हो गया और हरफन, लुंगी और शर्ट पहनकर चौराहे की तरफ निकल गया।

करीब आधा घंटा इन्तज़ार करने के बाद भी जब हरफन घर नहीं लौटा, तो रोशन की माँ ने कहा, ''रोशन, नाश्ता तैयार है लेकिन हरफन का अभी तक कोई अता पता नहीं है, ज़रा चौराहे पर देखकर आओ क्या कर रहा है।''

''जी अम्मा।''

''कह गया था बस दस मिनट में वापस आता हूँ, लेकिन अभी तक नहीं आया।''

''अम्मा आप चिंता न करें; वो जहाँ भी होगा सही सलामत होगा; मैं उसको बख़ूबी जानता हूँ और आप तो जानती हैं, हरफन एक हवा के झोंके की तरह है, जो बहुत देर एक जगह नहीं ठहरता... उड़ गया होगा किसी और मंजिल की तरफ; यही उसकी तासीर है, वो जिस दिन रुक जायेगा ख़त्म हो जाएगा।''

''ठीक है, लेकिन फिर भी...।'' अम्मा के इतना कहने के बाद रोशन चौराहे की तरफ निकल गया और जब बहुत ढूँढ़ने पर भी उसका कोई पता नहीं चला तो रोशन घर वापस आ गया।

''हरफन कहाँ है?', अम्मा ने घर आते ही पूछा।

''नहीं पता, लेकिन चौराहे पर तो नहीं है।''

''फिर कहाँ जा सकता है?'

''कोई मिल गया होगा और वो निकल गया होगा उसके साथ। अम्मा आप चिंता न करो, वो जहाँ होगा ठीक ही होगा, मैं उसकी रग-रग से वाकिफ हूँ।''

''ठीक है।'' अम्मा ने उदास मन से कहा।

''अब वो अपने पास फ़ोन भी तो नहीं रखता।''

'हम्म'

रोशन को ये तो पता था कि हरफन हरफनमौला है, लेकिन फिर भी उसे उसकी चिंता थी, क्योंकि वो बिना बताये गायब हो गया था। हालाँकि हरफन के ऐसे सैकड़ों किस्से मौजूद थे, इसलिए थोड़ी दिलासा भी थी। उस दिन रोशन ने अकेले ही नाश्ता किया।

इस बात को करीब दो साल बीत गए। न हरफन वापस लौटा और न उसकी कोई ख़बर आई। फिर एक दिन अचानक भरी दुपहरी में किसी ने रोशन के दरवाजे पर दस्तक दी। उस समय घर पर रोशन मौजूद नहीं था; लेकिन रोशन की माँ मौजूद थी, लिहाज़ा उन्होंने उठकर दरवाजा खोला तो देखा। दरवाजे पर खड़ा आदमी मुस्करा रहा है और बोला, ''प्रणाम अम्मा!''

''खुश रहो बेटा।'' अम्मा ने जवाब में कहा।

ये कोई और नहीं, हरफन था। अम्मा, हरफन को देखकर आश्चर्यचकित हो गयी और अम्मा वाले गुस्से में बोली, ''ग़ज़ब करते हो हरफन; दो साल पहले चौराहे पर टहलने गए थे तो आज वापस लौटे हो... बहुत धीरे चलते हो; लेकिन तुम्हारा नाश्ता तो कब का ख़त्म हो गया।''

''कोई बात नहीं अम्मा, नाश्ता फिर बन जाएगा।''

अम्मा ने उसे अंदर आने को कहा और बोली, ''बैठो, मैं नींबू का शरबत लेकर आती हूँ'।''

''वाह... अम्मा हो तो ऐसी।''

''अब ज़्यादा मक्खन लगाने की ज़रूरत नहीं है।'' अम्मा इतना कहकर रसोई में चली गयी।

हरफन अपनी जगह से उठा और कमरे में उमराव जान की कैसेट ढूँढ़ने लगा। तभी रोशन कमरे में दाख़िल हुआ और बोला, ''अमाँ हरफन, क्या ग़ज़ब आदमी हो; न कोई खोज, न कोई ख़बर, बस गायब... और आज अवतरित होने का वक़्त मिला है... पता है उस दिन मैं चौराहे तक तुम्हें ढूँढ़ने गया था, लेकिन तुम तो छूमंतर हो चुके थे।''

''रोशन, क्या बताऊँ, उस दिन चौराहे पर सिगरेट पी रहा था, तभी कानपुर के एक नेता जी मिल गए। वो अपनी जीप से कानपुर जा रहे थे। कहने लगे हरफन, चलो कानपुर घुमा लाते हैं। बस हम निकल पड़े उनके साथ। अब तुम तो जानते ही हो, मुझे कहीं आने-जाने का कोई बंधन नहीं है... हालाँकि मैं तुम्हारी चिंता समझ सकता हूँ, लेकिन यही मेरा स्वभाव है'।''

''हाँ जानता हूँ, तभी तो थोड़ा भरोसा था।''

''अमाँ तुम्हारी जासूसी ख़त्म हो गयी हो तो पहले कुछ खाने का इंतजाम करो, यहाँ पेट में ग़दर मची है।'' हरफन ने कहा।

''ठीक है।''

''ठीक नहीं, उमराव जान पेश की जाए।''

तभी अम्मा नींबू का शरबत लेकर आई और बोली, ''लो शरबत पियो, मैं खाने का इंतजाम करती हूँ'।''

''इसको कहते हैं अम्मा का प्यार; बच्चे को क्या और कब चाहिए, ये केवल अम्मा ही जान सकती है और वो भी बिना कहे सुने।''

अम्मा मुस्कराई और वहाँ से चली गयी।

''हरफन, एक बात बताओ, क्या तुम सारी ज़िन्दगी ऐसे ही गुज़ार दोगे या कुछ काम धंधा भी करोगे?'' रोशन ने कहा।

''उसकी क्या ज़रूरत है मेरी जान; मेरे दोस्त सलामत रहें, जिंदाबाद रहें, बस मुझे और क्या चाहिए।'' हरफन ने मुस्कराते हुए ज़वाब दिया।

''लेकिन फिर भी!''

''अच्छा एक बताओ रोशन; तुम ज़िन्दगी में इतनी जद्दोजहद क्यों करते हो? आख़िर ये रुपया-पैसा क्यों कमाते हो? आख़िर तुम्हें जिंदगी में क्या चाहिए?''

''अरे ये कौन सा इतना मुश्किल सवाल है; ज़ाहिर सी बात है, अच्छी और सुकून भरी ज़िन्दगी गुजारने के लिए।''

''यही तो मैं कह रहा हूँ; हर इंसान की ख़ुशी के हज़ार मायने हो सकते हैं, लेकिन सबकी ख़ुशी की पराकाष्ठा का अंत सुकून और ख़ुशी पर ही होता है... और जब मुझे फक्कड़पन में ही सुकून और ख़ुशी मिलती है, तो मैं फ़ालतू के चक्करों में क्यों पड़ूँ।''

''तुम नहीं सुधरोगे।''

''सुधरते वो हैं जो बिगड़े होते हैं बरख़ुरदार; लेकिन अब ज्यादा बहस नहीं, उमराव जान अदा लगाओ, दिमाग पंचर कर दिया तुमने सवाल पूछ-पूछ के... दिमाग बेलीगारद हुआ जा रहा है।''

''जो हुक्म नवाब साहब।''

उस दिन रोशन सोचने लगा... जिसकी तलाश में लोग दौड़ते चले जाते हैं, वो हरफन के पास पहले से ही मौजूद है और शायद यही वजह होगी उसके हरफनमौला स्वभाव की। कुछ देर तक हरफन, उमराव जान अदा के गाने सुनता रहा। कुछ देर में अम्मा ने खाना भी लगा दिया, जिसे दोनों ने मिल-बैठकर आराम से खाया।

12

गुनहगार

आधी रात का वक़्त। हर तरफ सन्नाटा पसरा हुआ था। हालाँकि उसकी आवाज़ सीसे के मानिंद एकदम साफ़ थी। फलक पर चन्द्रमा, बादलों के बीच छुपने की नाकाम कोशिश में मसरूफ़ था। वहीं दूसरी तरफ ज़मीन पर बसे मोहल्ला रायगंज के मकान नंबर 13 में लाला हरदयाल, आँगन में चद्दर तानकर सो रहे थे। उनके खर्राटे लेने की आवाज़ें इतनी तेज थीं कि आवाज़ें बाहर तक एकदम साफ़-साफ़ सुनाई दे रही थीं। कुछ तिलचट्टे और मोहल्ले के कुछ आवारा कुत्ते खर्राटों की आवाज़ों में अपनी आवाज़ों को जोड़ते हुए बीच-बीच में अपनी मौजूदगी दर्ज कर रहे थे। तभी अचानक जीप के घरघराने की आवाज़ सुनाई देने लगी, जो दरवाजे के पास आकर बंद हो गयी। जीप से कुछ लोग उतरे और मकान नंबर 13 के दरवाजे पर लगी घंटी का बटन दबा दिया।

यकायक घंटी बजते ही लाला हरदयाल चौंक गए और उठकर बैठ गए। उन्होंने आँगन से भरभराती आवाज़ में हाँक लगाई, ''कौन है आधी रात गए?''

''दरवाजा खोलो!'' बाहर से एक कड़क आवाज़ आई।

"अरे कौन हो, क्या काम है?", नींद में ऊँघते हुए लाला हरदयाल ने कहा।

"दारोगा राम सिंह... थाना रायगंज से?"

"दरोगा जी... वो भी इतनी रात गए।" लाला हरदयाल ने बुदबुदाते हुए कहा।

"फ़ौरन दरवाजा खोलो।"

"आते हैं दरोगा जी, बस एक मिनट।" ये सुनते ही लाला हरदयाल घबरा गये। सोचने लगे, इतनी रात दारोगा जी और वो भी मेरे दरवाजे पर... इसलिए दरवाजे में लगी छोटी दूरबीन से देखकर पक्का किया कि दरवाजे पर आवाज़ लगाने वाला शख़्स दारोगा राम सिंह ही है या कोई बहरूपिया है। और जब पूरा इत्मीनान हो गया तो घर का दरवाजा खोल दिया।

दरवाजा खुलते ही दारोगा राम सिंह अपने चार साथियों समेत बेधड़क घर में दाख़िल हो गये। दरोगा राम सिंह के घर में दाख़िल होते ही आँगन में सो रहा उनका नौकर सोहन और लड़का दिलीप भी जाग गया, जबकि अंदर कमरे में सो रहा उनका बाकी परिवार भी उठकर बैठ गया। घबराहट और डर के मारे लाला हरदयाल के माथे पर पसीने की खेती उग आई, पैर काँपने लगे और दिल धौंकनी की तरह कुलाँचे मारने लगा।

"हुज़ूर, क्या कोई गुस्ताख़ी हो गयी इस ख़ाकसार से?", लाला हरदयाल ने घबराकर पूछा।

"मेरे पास तुम्हारे घर की तलाशी का वारंट है, लाला।" दारोगा राम सिंह ने गर्दन को अकड़ाकर कहा।

"हुज़ूर, तलाशी और मेरे घर की! पूरा मोहल्ला जानता है कि लाला हरदयाल कोई कच्चा काम नहीं करता; हुज़ूर आपको ज़रूर कोई ग़लतफहमी हुई है... मैं तो कपड़े का एक छोटा-मोटा व्यापारी हूँ। मेरे घर में भला आपको क्या मिलेगा?"

"मेरे पास एकदम पक्की ख़बर है और तुम्हारे इसी मोहल्ले से मिली है

लाला...।''

''ऐसी क्या ख़बर मिली है हुज़ूर, जो आपको आधी रात यहाँ आने की ज़हमत उठानी पड़ी?''

''मुझे ख़बर मिली है कि आपके घर में सरकारी चोरी का सामान देखा गया है।''

''हुज़ूर, कौन सा सामान? यहाँ ऐसा कुछ भी नहीं है, ज़रूर ये किसी की शरारत है।''

''मुझे पता चला है कि आपके घर में सरकारी विभाग की कुर्सियाँ और अलमारी देखी गई हैं... अब मेरा समय ख़राब मत करिये और मुझे मेरा काम करने दें; आप अपने परिवार से कहिये, सब लोग बैठक में इकट्ठा हो जाएँ, जिससे मैं तलाशी की करवाई शुरू कर सकूँ।''

''हुज़ूर, मुझे तो लगता है, मोहल्ले के किसी लौंडे-लफाड़ी ने आपके साथ शरारत की है, आपको ख्वाहमख्वाह परेशान किया है; दरअसल ऐसी कोई बात नहीं है, आप बिला वजह परेशान हो रहे हैं।''

''देखिए लाला जी, आप मुझे सही और ग़लत मत सिखाइए, मुझे सही ग़लत का ज्ञान है; मैं चने बेचकर दरोगा नहीं बना हूँ... क़ानून के काम में दखलंदाजी करना भी एक क़ानूनी अपराध है, इसलिए आप मुझे मेरा काम करने दें वरना सरकारी काम में रुकावट डालने के जुर्म में अन्दर कर दूँगा, फिर खीसें निकल आएँगी खीसें।''

लाला हरदयाल को यहाँ पर खीसें शब्द का प्रयोग कुछ ठीक नहीं लगा, लिहाज़ा साँस अन्दर खींचकर शांत हो गए और बोले, ''ठीक है दरोगा जी, जैसा आप चाहें।''

''चलो आगे बढ़ो और घर का कोना-कोना छान मारो!'' दरोगा जी ने अपने पुलिस साथियों से कहा।

''जी साहब...।''

आदेश पाते ही सभी पुलिस वाले एक कुशल छापामार की तरह टूट पड़े।

कोई कमरे में दाख़िल हुआ, कोई दालान में, कोई बैठक में और घर का सामान इधर-उधर करने लगे। ये सब देखकर घर वाले सहम गये और चुपचाप बैठक में आकर बैठ गये। पुलिस वाले कुर्सियों और अलमारियों को ढूँढ़ने के लिए रसोईं तक में उठापटक करने लगे। कुछ ही देर में सारा सामान ज़मीन पर आ गया, जबकि दारोगा राम सिंह बीच आँगन में पड़ी कुर्सी पर बैठे मोबाइल पर किसी से बात करने में मशगूल हो गए और कहने लगे, ''हरामख़ोर की तशरीफ़ पर चार-छह लट्ठ मारो, दो मिनट में सारी रंगबाजी हवा हो जाएगी, हिला दो हरामख़ोर की गुरिया-गुरिया, तुरंत फूट पड़ेगा हरामख़ोर।'' तभी एक पुलिसवाला चिल्लाया, ''साहब... साहब...!''

''क्या हुआ?''

''साहब माल बरामद हो गया है।''

''शाबाश... बहुत ख़ूब! मतलब हमारी ख़बर एकदम पक्की थी।'' दरोगा राम सिंह ने फ़ोन को काटते हुए कहा।

. फोन जेब में रखकर दारोगा राम सिंह कुर्सी से उठे और कमरे की तरफ चल पड़े और क्या देखते हैं, कि एक पुलिस वाला कुर्सी हाथ में पकड़े अलमारी के पास खड़ा है, जैसे कोई शिकारी, शिकार करने के बाद एक पेशेवर शिकारी की तरह शिकार के पास खड़े होकर अपनी झूठी बहादुरी का परिचय दे रहा हो।

''साहब, ये रहा बरामद माल... कुर्सी और अलमारी पर लेखा-विभाग भी लिखा हुआ है।''

''माल को सील करो और चार्ज शीट बनाओ।''

''जी साहब।''

''लाला जी, आप तो गये लंबे से; चोरी का माल घर में रख रखा है, वो भी सरकारी।'' दारोगा राम सिंह ने आवाज़ को सख़्त करते हुए कहा।

''हुज़ूर, मैं कहूँगा, काहे को नाचीज़ से इस उम्र में दौड़-भाग करवाएँगे? क्या ये मामला यहीं नहीं निपट सकता?''

'मतलब?'

''मतलब ये हुज़ूर, कि आप जैसा बताएँगे वैसा कर दिया जाएगा; मैं तो कहूँगा, यहीं ले दे के ख़त्म करो और मिट्टी डालो इस सारे मसले पर, घर की बात घर में ही रह जायेगी... आप भी कहाँ आधी रात को कुर्सी-अलमारी के चक्कर में पड़े हैं।''

''लालाजी, एक बात कायदे से समझ लीजिये, मैं उस टाइप का दारोगा नहीं हूँ, जो कौड़ियों के भाव में बिक जाऊँ; आपकी इस लल्लो-चप्पो का मुझ पर कोई असर नहीं होगा।''

''हुज़ूर, कौड़ियों में बिकें आपके दुश्मन; आप तो हीरे हैं हीरे और मैं हीरे की कदर करना अच्छी तरह जानता हूँ।''

''लालाजी, मैं दारोगा हूँ दलाल नहीं, इसलिए अगर आप अपना भला चाहते हैं तो चुपचाप अपनी जगह पर खड़े रहिये और कानून को अपना काम करने दीजिये, नहीं तो चोरी और धोखाधड़ी की धारा के अलावा सरकारी मुलाजिम को रिश्वत देने का इल्ज़ाम अलग से लगा दूँगा, फिर काटते रहना सारी उम्र कोर्ट कचहरी के चक्कर।''

ये सुनकर लाला हरदयाल आश्चर्यचकित हो गए और सोचने लगे, इतना ईमानदार दारोगा मैंने अपनी पूरी ज़िन्दगी में नहीं देखा। उस दारोगा के अंदर ईमानदारी का भूत घर कर चुका था। उसके कंधे पर लगे स्टार, असली सितारों की तरह जगमगा रहे थे। लाला को ऐसा लगा जैसे आकाश का ध्रुव तारा उतर कर उसके कन्धों पर सवार हो गया हो। लेकिन इसके बावजूद लाल हरदयाल कुछ देर तक मान-मनौवरल करते रहे, लेकिन दारोगा राम सिंह टस से मस तक नहीं हुए। इसी बीच पुलिस वालों ने चारों कुर्सियों और अलमारी को सील कर दिया और चार्जशीट तैयार कर दी।

''साहब ये रही चार्जशीट!'' एक पुलिस वाले ने कहा।

''लालाजी को दो।'' दारोगा राम सिंह ने कहा।

''जी साहब।''

उस पुलिस वाले ने चार्जशीट लाला हरदयाल की तरफ बढ़ा दी।

''लाला, यहाँ दस्तख़त करो।'' दारोगा राम सिंह कहा।

लाला हरदयाल ने न चाहते हुए भी अपने काँपते हाथों से दस्तख़त बना दिए।

''लाला को थाने पहुचाने का इन्तज़ाम करो।'' दारोगा राम सिंह कहा।

''जी साहब।''

''बरामद माल को भी पहुँचाने का इन्तज़ाम करो।''

''जी साहब।''

''लालाजी, चलिए आप जीप में बैठिए और हमारे साथ थाने चलिए।''

लाला हरदयाल और उनका परिवार गिड़गिड़ाता रहा, लेकिन उस ईमानदार दारोगा के कानों पर जूँ तक नहीं रेंगी। इस शोर-ओ-गुल के बीच मोहल्ले के कुछ घरों की लाइट जुगनुओं की तरह जली और बुझ गयी, लेकिन कोई बाहर नहीं निकला। वहीं पुलिस वालों ने लाला जी को पकड़कर जीप में बिठा दिया, जिसके बाद दारोगा राम सिंह अपने दो साथियों और लाला हरदयाल समेत थाने के लिए रवाना हो गये, जबकि दो पुलिस वाले रोड पर खड़े होकर ट्रक का इंतजार करने लगे।

करीब आधे घंटे के बाद एक खाली ट्रक वहाँ से गुज़रा, जिसे उन्होंने हाथ हिलाकर रोक दिया। चलते ट्रक को रोड पर केवल दो ही सूरतों में रोका जा सकता है, एक हाथ हिलाकर और दूसरा पैर से ब्रेक दबाकर। पुलिस वाले ने पहले तरीके का इस्तेमाल किया, जबकि ड्राइवर ने दूसरे तरीके का। पुलिस वाले के हाथ हिलाते ही ट्रक ड्राइवर ने ट्रक, रोड के किनारे लगाकर रोक दिया। एक पुलिस वाला ड्राइवर के करीब जाकर बोला, ''थोड़ा सामान थाने पहुँचाना है।''

''ठीक है दीवान जी, कहाँ है सामान?'', मन मारते हुए ट्रक ड्राइवर ने कहा।

''आओ मेरे साथ।'' पुलिस वाले ने कहा।

ड्राइवर और क्लीनर, मकान नंबर 13 की तरफ पुलिस वालों के पीछे-

पीछे चल दिए और कुछ ही समय में सारा सामान ट्रक में लोड कर दिया। सामान लोड होने के बाद दोनों पुलिस वाले दूसरी तरफ का दरवाजा खोलकर चढ़ गये, जबकि क्लीनर पीछे, डाले में लटक लिया। ड्राइवर भी दरवाजा खोलकर चढ़ गया और ट्रक स्टार्ट कर दिया, जिसके बाद ट्रक थाने की तरफ सरपट दौड़ने लगा। करीब बीस मिनट चलने के बाद ट्रक थाने पहुँच गया और बरामद माल को थाने के अहाते में उतार दिया।

''साहब माल पहुँच गया है।'' एक पुलिस वाले ने कहा।

''ठीक है।'' दरोगा राम सिंह ने जवाब दिया।

हवालात में बंद लाला हरदयाल ने दारोगा राम सिंह से एक फोन करने की गुज़ारिश की, जिसे दारोगा राम सिंह ने मंज़ूरी दे दी। मंज़ूरी मिलते ही पुलिस वाले ने हवालात का दरवाज़ा खोल दिया और इशारे से दरोगा राम सिंह की मेज़ पर रखे फ़ोन की तरफ इशारा कर दिया। इशारा पाते ही लाला हरदयाल ने फोन मिलाया और बोले, ''वकील साहब, मैं लाला हरदयाल बोल रहा हूँ थाने से।''

''थाने से? सब ख़ैरियत तो है? आप इतना घबराये हुए क्यों हैं?'', वकील साहब ने एक साँस में पूछा।

''ख़ैरियत होती तो इतनी रात गए थाने से तुम्हें फोन क्यों करता... यहाँ जान हलक में अटकी पड़ी है और तुम्हें सवाल-जवाब की पड़ी है।''

''ठीक है लाला जी, बताइए आखिर हुआ क्या?''

''अरे कुछ कुर्सियाँ और एक छोटी अलमारी, कबाड़ी बाज़ार से खरीदी थी, जिस पर लेखा-विभाग की मोहर लगी थी और ये बात मोहल्ले में किसी अशुभ-चिंतक को पता चल गयी होगी; बस उसी ने थाने में इत्तला कर दी होगी, जिसके बाद रायगंज के दारोगा राम सिंह ने मुझे आधी रात उठाकर यहाँ बंद कर दिया; अब तुम फ़ौरन ज़मानत की व्यवस्था करो।''

''लालाजी, कुछ ले दे के वहीं मामला निपटा देते।''

''इसको ईमानदारी की अफ़ीम चढ़ चुकी है, ये मानने वाला नहीं; हालाँकि कोशिश बहुत की थी।''

''आप बिलकुल परेशान न हों लाला जी, मैं फ़ौरन ज़मानत का इन्तज़ाम करता हूँ।''

''ठीक है।'' इतना कहकर लाला हरदयाल ने फोन रख दिया और हवालात में तेज़-तेज़ चहलकदमी करने लगे।

लालाजी को चहलकदमी करते देख हवालात में बंद एक उचक्के ने पूछा, ''माज़रा क्या है श्रीमान! किस इल्ज़ाम में बंद किये गए हो? दिखने में तो शरीफ और खाते पीते घर के लगते हो।''

''अबे तू अपना काम कर, शक्ल से ही चोर उचक्के लग रहा है।''

उचक्का हाज़िर ज़वाब सुनकर चुप हो गया और ऊँघने लगा, जबकि लाला हरदयाल शर्म के मारे लाल पीले हुए जा रहे थे। करीब तीन घंटे बाद वकील साहब और दिलीप ने थाने में प्रवेश किया और दारोगा राम सिंह की कुर्सी के पास जाकर बोले, ''श्रीमान, मैं लाला हरदयाल जी का वकील हूँ और ये रहे ज़मानत के कागज़ात।''

दारोगा राम सिंह ने कागज हाथ में लेते हुए देखा और आवाज़ लगाई, ''दीवान जी, लालाजी को बाहर करो।''

''जी साहब।''

आदेश का पालन करते हुए सिपाही ने हवालात का दरवाजा खोलकर लाला हरदयाल को आज़ाद कर दिया।

''यहाँ दस्तख़त करो लालाजी'', दीवान ने कहा।

लाला हरदयाल ने वकील के इशारे पर दस्तख़त बना दिए और वकील और दिलीप के साथ घर की तरफ चल दिए। घर पहुँचकर लाला हरदयाल ने परेशान घर वालों को समझाया, ''चिंता करने की कोई बात नहीं, सब कुछ ठीक हो जाएगा; कानून को पछाड़ना देश में बहुत आसान है, बस अंटे (मरदाना धोती की जेब) में रोकड़ा होना चाहिए, जो हमारे अंटे में बहुत है।''

करीब एक हफ्ते बाद कोर्ट से समन आया, जिसके बाद कोर्ट-कचहरी का चक्कर चालू हो गया। तारीख़ें लगने लगीं, पेशियाँ शुरू हो गईं। लाला हरदयाल

हर पेशी में हाज़िर होते रहे और कुछ इसी तरह से पंद्रह साल गुज़र गए और एक दिन वो घड़ी आ ही गयी, जिस दिन अंतिम फैसला आने वाला था। उस दिन लाला हरदयाल अपने बेटे दिलीप और नौकर सोहन के साथ सुबह-सुबह कचहरी पहुँच गये, जहाँ वकील साहब पहले से उनका इंतजार कर रहे थे।

''लालाजी नमस्कार!'' वकील ने देखते ही कहा।

''वकील साहब ये तो बताओ, आज़ मामला रफ़ा-दफ़ा होगा या फिर हथकड़ी लगेगी?'' लाला हरदयाल ने नमस्कार के ज़वाब में सर हिलाकर पूछा।

''लालाजी आप चिंता न करें, ज़ोर तो पूरा लगा दिया है, हालाँकि केस थोड़ा मुश्किल ज़रूर है... सारे सबूत और गवाह आपके ख़िलाफ़ हैं ऊपर से माल भी आपके घर से बरामद हुआ था।''

''वकील साहब आप बता रहे हो या डरा रहे हो... आज चाहे जितना रुपिया खर्च हो जाए, लेकिन हथकड़ी नहीं लगनी चाहिए, ख़ानदान की इज़्ज़त का सवाल है।''

''रुपये से ख़िलाफ़त और विपक्ष दोनों दब जाता है, इसलिए अब आप चिंता न करें, बस इतमीनान रक्खें, सब हो जाएगा।''

''इतमीनान तो केवल मुझे अपने रोकड़े पर ही है।''

कुछ देर बाद जज साहब कमरे में दाख़िल हुए और इजलास पर बैठ गए और कहा, ''हाँ तो कार्यवाही आगे बढ़ाई जाए।''

''लेखा बनाम लाला हरदयाल!'' अर्दली ने आवाज़ लगाई।

करवाई शुरू हो चुकी थी।

''जज साहब, इल्ज़ाम ये है कि आरोपी ने सरकारी सामान की चोरी की और अपने घर में इस्तेमाल किया, जिसे दरोगा राम सिंह ने इनके घर से बरामद भी किया, लिहाज़ा ताज़िरात-ए-हिंद के दफ़आत 420,406,468,471 के तहत सख़्त से सख़्त सजा सुनाई जाए।'' सरकारी वकील ने कहा।

इतनी सख़्त तक़रीर सुनकर लाला हरदयाल लार का घूँट अंदर ही पी गए।

''जज साहब! मेरे मुवक्किल ने ये सामान कबाड़ी बाज़ार से ख़रीदा था; उसे इस बात का बिलकुल भी इल्म नहीं था कि ये चोरी किया हुआ है।'' लाला के वकील ने कहा।

''हाँ तो ख़रीद का सबूत पेश किया जाए।'' सरकारी वकील ने कहा।

''जज साहब, आपको तो पता ही होगा, कबाड़ी बाज़ार से ख़रीदे सामान की कोई रसीद नहीं होती।''

''लेकिन इसका मतलब ये नहीं कि चोरी का सामान ख़रीदा जाए।'' जज साहब ने कहा।

''आपने बिलकुल दुरुस्त फरमाया जज साहब, लेकिन मेरा मुवक्किल कोई पेशेवर मुजरिम नहीं है, उससे अनजाने में ये गलती हुई और अनजाने में हुई गलती अपराध की श्रेणी में नहीं आनी चाहिए, इसलिए आपसे मेरी ये दरख्वास्त है कि फैसले में इस बात पर ज़रूर गौर किया जाए।'' लाला के वकील ने कहा।

''जज साहब, ये सब मनगढ़न्त किस्सा है; सारा शहर जानता है कि कबाड़ी बाज़ार में चोरी का सामान मिलता है, इसलिए आरोपी को सख़्त से सख़्त सजा दी जाए, जो एक मिसाल बन सके और फिर कोई जान बूझकर ऐसी गलती दोबारा न करे... पैसे वाले लोग ये न सोचें कि कानून उनके लिए अलग है और गरीबों के लिए अलग।'' सरकारी वकील ने कहा।

कुछ देर तक दोनों वकीलों में जिरह होती रही।

''कोर्ट ने दोनों पक्षों को गौर से सुना और इस पर फैसला मध्याह्न के बाद सुनाया जाएगा।'' जज साहब इतना कहकर इज़लास से उठे और अपने कमरे में चले गए।

''कोर्ट मध्याह्न तक स्थगित की जाती है!'' अर्दली ने आवाज़ लगाई।

सरकारी वकील वहीं बैठकर फाइलों में कुछ ढूँढ़ने लगा, जबकि लाला हरदयाल डर और घबराहट के मारे पीले पड़े जा रहे थे। उनके चेहरे की आभा धूमिल होने लगी थी। लाला हरदयाल अपने वकील से बोले, ''मुझे मामला कुछ ठीक नहीं लगा रहा है, इसलिए जो भी करना है इस मध्याह्न में कर डालो, वरना

आज हथकड़ी लगना बिलकुल तय है।''

''हाँ लाला जी, मामला कुछ ठीक नहीं लग रहा है, लेकिन आप चिंता न करो, आज अगर ये केस नहीं जीता तो वकालत छोड़ दूँगा; लानत है ऐसी वकालत पर, आई एम फेडअप नाउ।'' इतना कहकर वकील साहब ने फाइल का पुलिंदा मेज़ पर जोर से पटका और जज साहब के कमरे की तरफ चल दिए। लाला हरदयाल, दिलीप और सोहन के साथ कोर्ट रूम के बाहर वकील के लौटने का इन्तज़ार करने लगे।

वकील ने अंदर जाकर फैसला टाइप करने वाले आदमी से पूछा, ''ये बताओ, क्या फैसला टाइप करने को कह गए हैं जज साहब?'

''कौन सा फैसला?'

''लाला हरदयाल बनाम लेखा विभाग।''

'अच्छा।'

''कोई जानकारी है, क्या टाइप करना है?'

''जानकारी क्यों नहीं है।''

''तो बताओ... आज पास या फेल?'

''वकील साहब, सूखे-सूखे फसल थोड़े ही उगती है, कुछ खाद पानी की व्यवस्था तो करो।''

''अरे तुम चिंता न करो, वो सब हो जायेगा; अब बस तुम ये बताओ, फैसले में क्या लिखा है?''

''फैसला तुम्हारे खिलाफ है, आज हथकड़ी लगना तय है।''

''फिर तो ग़ज़ब हो जायेगा!'

''हाँ वो तो है; लेकिन एक काम करो, जज साहब से मिल लो, शायद कुछ रहम हो जाए।''

''हाँ बात तो करनी ही पड़ेगी, काले कोट की इज़्ज़त का सवाल है।''

वकील साहब ये सुनकर थोड़े परेशान हुए और फ़ौरन बाहर आकर लाला हरदयाल से मिले और बताया, ''मामला कुछ गड़बड़ लग रहा है।'' ये सुनकर लालाजी के हाथ-पैर ढीले पड़ने लगे और उनका भूमण्डल हिलने लगा और जब कुछ ज़्यादा ही हिलने लगा तो वहीं पड़ी बेंच पर बैठ गए।

''वकील साहब, आज़ पैसा चाहे पानी की तरह बहाना पड़े, लेकिन पिताजी को जेल नहीं होनी चाहिए।'' दिलीप ने लालाजी की हालत देखकर कहा।

''हाँ, कोशिश करता हूँ।''

''कोशिश नहीं, काम बनना चाहिए वकील साहब।''

''लेकिन माल थोड़ा ज़्यादा ढीला करना पड़ सकता है।''

''तुम माल की चिंता न करो, आदमी के बराबर तौल देंगे।''

''ठीक है।'' कहकर वकील साहब फिर से अंदर चले गए और फैसले के नुमाइंदे से बोले, ''लेखा बनाम लाला हरदयाल वाला फैसला पलटवाना है।''

''पलट जाएगा।'' नुमाइंदे ने बिना समय गवाँये जवाब दिया।

''कितना खर्च आएगा?'

''पचास हज़ार लगेंगे।''

''ठीक है।''

वकील साहब ने लाला हरदयाल से पचास हज़ार रुपये लेकर नुमाइंदे को दे दिए और सब आराम से मध्याह्न के ख़त्म होने का इन्तज़ार करने लगे। मध्यान्ह ख़त्म होते ही जज साहब इज़लास पर हाज़िर हो हुए।

''लाला हरदयाल बनाम लेखा विभाग।'' अर्दली ने आवाज़ लगाई।

''हाँ तो आरोपी या सरकारी वकील को इस केस के सिलसिले में कुछ और कहना है?'' जज साहब ने पूछा।

''नहीं जज साहब।'' सरकारी वकील ने कहा।

‘नहीं।’ लाला हरदयाल के वकील ने कहा।

जज साहब ने फैसला सुनाते हुए कहा, ‘‘मैंने दोनों पक्षों को बहुत गौर से सुना और इस मुक़दमे के दौरान जो गवाह और सबूत पेश किये गए, उनसे मैं इस नतीजे पर पहुँचा हूँ कि लाला हरदयाल ने अनजाने में चोरी का सामान ख़रीदा, लेकिन इससे ये साबित नहीं होता कि अपराध नहीं हुआ। चूँकि लाला हरदयाल पेशेवर मुजरिम नहीं हैं, इसलिए ये अनजाने में हुआ, ऐसा पहली नज़र में लगता है, लिहाज़ा कोर्ट उन्हें पाँच सौ रुपये का नकद जुर्माना अदा करने का हुक्म देती है और साथ ही ये चेतावनी भी जारी करती है कि भविष्य में दोबारा इसकी पुनरावृत्ति न हो।’’

‘‘कोर्ट बर्ख़ास्त।’’ जज साहब ने कहा।

फैसला सुनते ही लाला हरदयाल के चेहरे पर खुशी की लहर दौड़ गयी। माथे पर छाए पसीने के बादल बिना बरसे ही छँट गए। उन्होंने दौड़कर वकील साहब को गले लगा लिया और दिलीप से बोले, ‘‘खड़े-खड़े मेरा मुँह देख क्या रहे हो, फ़ौरन चाय पानी का इन्तजाम करो।’’ इसके बाद सारे विजेता अट्टहास करते हुए कोर्ट के बाहर चाय-पानी की दुकान की तरफ चल पड़े।

कोर्ट रूम में दरोगा राम सिंह कुछ वक़्त तक टकटकी लगाए देखता रहा।

(इस कहानी में गुनहगार कौन है, ये फैसला मैं पाठकों पर छोड़ता हूँ; जिसने चोरी की और जिसे पकड़ा नहीं जा सका? कबाड़ी, जिसने चोरी का सामान ख़रीदा और बेचा? लाला हरदयाल, जिन्होंने जानते हुए भी चोरी का सामान ख़रीदा? दिलीप, जो लाला हरदयाल को बचाने के लिए आदमी के बराबर रुपया तौलने को तैयार था? नुमाइंदा, जिसने फैसला बदलवाने में दलाली की? वकील, जो दलाली में शामिल था? या फिर, जज जिसने जानते हुए भी बदला हुआ फैसला पढ़ा? और हाँ, इस सब में ठगा हुआ कौन नज़र आया?)

ईमानदारी का ठीकरा

''आदमी नहीं चोर बसते हैं इस मोहल्ले में।'' अब्दुल पठान ने गुस्से में कहा।

पुराने लखनऊ के पुराने मोहल्ले में रहने वाले अब्दुल मियाँ सवेरे-सवेरे भन्नाये घूम रहे थे। दरअसल किसी ने अब्दुल्ल मियां की बकरी खोलकर डकार ली और डकार तक नहीं ली। बहुत देर तक आफ़त जोतने और मोहल्ले में पूरी तरह से पता करने के बाद भी जब बकरी नहीं मिली, तो बोले, ''जिस किसी ने भी इस ज़लील काम को अंजाम दिया है, उसको दोज़ख नसीब होगा, जहाँ उसकी आँखों में गर्म सलाखें डालकर उसके कानों में पिघला हुआ सीसा उड़ेल दिया जायेगा और आख़िर में उसे गर्म खौलते तेल में घंटों तक उबाला जायेगा।''

अब्दुल मियाँ भन्ना ही रहे थे तभी मोहल्ले में रहने वाले राम प्रसाद वहाँ से गुज़र पड़े और पूछ बैठे, ''इतना काहे गरमा रहे हैं अब्दुल मियाँ? सवेरे-सवेरे किसके लिए इतनी दर्दनाक सज़ा माँग रहे हैं?''

''आपको गरम होने की पड़ी है, यहाँ तन-बदन में शरारे तड़क रहे हैं शरारे। राम प्रसाद, आपको इल्म भी है, कल रात किसी ने हमारी बकरी खोल

ली और पूछने पर मोहल्ले वालों के मुँह से ज़बान गायब है।''

''ये तो ग़ज़ब हो गया अब्दुल मियाँ।''

''आप तो जानते ही हो कि मैं एक ईमानदार ख़ानदान से ताल्लुक रखता हूँ; हमारे बाप दादे तक ने किसी की चवन्नी अपने पास नहीं रखी और इसके बावजूद ये जाहिलाना हरक़त हुई है मेरे साथ।''

''फरमा तो आप सही रहे हैं।''

''राम प्रसाद, आपको तो पता ही है मेरे मरहूम दादाजान की दास्तान।''

''हाँ, वो तो आप कई बार सुना चुके हैं।''

''तो क्या हुआ, एक बार फिर सुन लीजिए; दास्तान ही तो है, कोई नेता का भाषण थोड़े ही है।''

इसके बाद अब्दुल मियाँ ने मरहूम दादाजान की ईमानदारी का ठीकरा राम प्रसाद के सर फोड़ दिया, जो तक़रीबन-तक़रीबन मोहल्ले के हर आम-ओ-ख़ास के सर पर कई मरतबा फोड़ा जा चुका था। राम प्रसाद ये बखूबी जानते थे कि अब्दुल्ल मियाँ की पूरी की पूरी ज़िन्दगी इस दास्तान के इर्द-गिर्द घूमती है, जिसे वो सालों से ढो रहे हैं और यही उनका वजूद भी है, इसलिए बिना सुनाये छोड़ने वाले नहीं। चुनांचे राम प्रसाद ने आत्मसमर्पण कर दिया और दूसरी तरफ अब्दुल मियाँ ने बकरी को छोड़, दास्तान सुनानी शुरू कर दी।

''राम प्रसाद, तो दास्तान ये है कि... '', अब्दुल मियाँ ने कहा।

राजधानी से साठ कोस उत्तर पूरब जाने पर उमरगढ़ पड़ता था, जो कि एक पचास गाँवों की छोटी सी रियासत थी। रियासत के जागीरदार थे राजा रणदमन सिंह बहादुर। राजा रणदमन सिंह बहादुर के बारे में मेरे मरहूम दादाजान बताते थे कि एक बार बरतानिया टुकड़ी, जिसमें लगभग एक हज़ार सिपाही थे, ने उमरगढ़ पर हमला बोल दिया और कई गाँवों पर अपना कब्जा जमा लिया; लेकिन जब उन्होंने उमरगढ़ कोठार पर हमला किया तो राजा रणदमन सिंह बहादुर ख़ुद तलवार लेकर कोठार की ऊँची अटारी से बरतानी सिपहसालार के ऊपर कूद पड़े और उसको दो हिस्सों में छाँट दिया। अपने सिपहसालार की इतनी भयानक मौत देखकर बरतानी सिपाहियों ने राजा रणदमन सिंह बहादुर के आगे आत्मसमर्पण कर दिया और इस घटना के बाद से उनकी रियासत के लोग

उन्हें राजा बहादुर के नाम से भी जानते थे।

राजा बहादुर, केवल बहादुर ही नहीं थे बल्कि दिलेर भी थे। एक बार की बात है, उमरगढ़ में भयानक सूखा पड़ा। चिड़ियों तक को पानी मयस्सर (उपलब्ध) नहीं हुआ। फसलों को भारी नुकसान पहुँचा और अनाज का एक दाना तक पैदा नहीं हुआ। सूखे की वजह से गाँव वाले उमरगढ़ रियासत का लगान देने की हैसियत में नहीं थे, इसलिए राजा बहादुर ने सारे गाँवों का लगान अपनी जेब से राजधानी को चुकाया और केवल यही नहीं, उन्होंने अपना भंडार रियाया के लिए खोल दिया। राजा बहादुर के ऐसे सैकड़ों हजारों किस्से उमरगढ़ रियासत में मशहूर थे।

''राम प्रसाद, अब मैं सारे किस्से तो सुना नहीं सकता, इसलिए मेरे ख़याल से भूमिका के लिए इतने काफी हैं?', अब्दुल मियाँ ने पूछा।

''मेरे ख़याल से इतने काफी हैं अब्दुल मियाँ।'' राम प्रसाद ने बिना ख़ुशी का इज़हार किये हुए कहा।

''अच्छा, तो आगे सुनो राम प्रसाद।''

राजा बहादुर की दो रानियाँ थीं। बड़ी रानी बेलावती, स्वभाव से राजा बहादुर के करीब थी, जबकि छोटी रानी सुंदरवती, एक ज़हर का उमड़ता हुआ सैलाब। हालाँकि दोनों बला की ख़ूबसूरत थीं। दोनों में बिलकुल उतना ही अंतर था, जितना कि एक फूल और काँटे में होता है। बड़ी रानी और छोटी रानी के एक-एक साहबजादे थे। बड़े साहबजादे पराक्रम सिंह, राजा बहादुर के नक्शेकदम पर चल रहे थे, जबकि छोटे साहबजादे संग्राम सिंह एक नंबर के आवारा और अय्याश किस्म के आदमी थे, जो राजा बहादुर के नक़्शे कदम से बिलकुल भी इत्तेफ़ाक़ नहीं रखते थे और इसी वजह से राजा बहादुर अपनी रियासत का कामकाज अपने बड़े साहबजादे पराक्रम सिंह को देना चाहते थे, जबकि छोटी रानी सुंदरवती, अपने साहबजादे संग्राम सिंह को दिलाना चाहती थीं।

एक दिन राजा बहादुर को उनके ख़ास जासूसों से पता चला कि रानी सुंदरवती उनकी हत्या की कोशिश में हैं, जिसके बाद वो अपने साहबजादे संग्राम सिंह को राजा बना देंगी और साथ ही रानी बेलावती और पराक्रम सिंह को क़त्ल

भी करवा देंगी। इस ख़बर पर काफी तक देर सोचने-विचारने के बाद राजा बहादुर ने तय किया कि रियासत का सारा ख़ज़ाना कहीं महफ़ूज़ जगह पर महफ़ूज़ कर दिया जाए, जिससे उनकी मौत के बाद रानी सुंदरवती के हाथ न लगे। राजा बहादुर ये बख़ूबी जानते थे कि रानी बेलावती एक काबिल सियासतदां होने के साथ-साथ अक्लमन्द भी हैं, लिहाज़ा वो इस खजाने का सही इस्तेमाल करना भी जानती हैं। क्योंकि बिना धन के रियासत को नहीं चलाया जा सकता और ज़रूरत पड़ने पर इसी धन का इस्तेमाल करके वो रानी सुंदरवती को रोक भी सकती हैं। उन्हें ये भी ख़बर मिली थी कि उनके कई आदमी उनके साथ गद्दारी भी कर सकते हैं। इस ख़बर के बाद उन्हें किसी पर भरोसा नहीं रह गया था, सिवाय एक आदमी के...।

''राम प्रसाद तुम्हें पता है, राजा बहादुर ने इस काम के लिए किसको चुना?''

'किसको?' राम प्रसाद ने जानते हुए भी पूछा।

''और किसको; मेरे मरहूम दादाजान को, जो राजा बहादुर के बहुत खासम-खास मुलाज़िम थे।''

''वाकई अब्दुल मियां?''

''हाँ, मरहूम दादाजान की कसम।''

''फिर आगे क्या हुआ, अब्दुल मियाँ?''

''आगे राम प्रसाद...''

एक शाम राजा बहादुर ने कारिंदा भेजकर मेरे मरहूम दादाजान को कोठार बुलवा भेजा। दादाजान, राजा बहादुर के बुलावे पर फ़ौरन उमरगढ कोठार पहुँच गए। उनके पहुँचने के बाद राजा बहादुर ने सारी तरकीब मेरे दादाजान को तफ़सील से बताई और वादा लिया कि इस बात की ख़बर वो किसी और को नहीं करेंगे और उनके मरने के बाद ख़जाने का पता बड़ी रानी बेलावती और पराक्रम सिंह को ही देंगे। मेरे मरहूम दादाजान ने राजा बहादुर को वादा दिया। राजा बहादुर ये जानते थे कि पठान जान हार सकता है, लेकिन किसी को दिया हुआ वादा नहीं।

उसके अगले दिन, करीब आधी रात बीत जाने के बाद राजा बहादुर और

मेरे मरहूम दादाजान फिटन पर सारा ख़ज़ाना लादकर कहीं सुदूर रवाना हो गए। उस दिन घुप अँधेरा छाया हुआ था और सर्द हवाएँ चल रही थीं। कहते हैं, उनको जाते, केवल अँधेरे, सर्द हवाओं और फिटन में लगे घोड़ों के अलावा किसी ने नहीं देखा। कहीं सुदूर जाकर मेरे मरहूम दादाजान ने सारा ख़ज़ाना ज़मीन के सुपुर्द कर दिया और रातों रात कोठार वापस आ गए। अब उस जगह का पता या तो मेरे मरहूम दादाजान को मालूम था या राजा बहादुर को।

कुछ दिन बीत जाने के बाद एक सुबह ख़बर आई कि कल रात राजा बहादुर दुनिया से कूच कर गए। किसी ने उन्हें खाने में ज़हर दे दिया था। राजा बहादुर को ज़हर देने के पीछे बड़ी रानी बेलावती और पराक्रम सिंह का हाथ बताया गया। छोटी रानी सुंदरवती ने राजा बहादुर की मौत के इल्ज़ाम में दोनों को सूली पर चढ़वा दिया और रियासत की बागडोर अपने कब्जे में लेते हुए संग्राम सिंह को अगला राजा बनाने का एलान कर दिया। मेरे मरहूम दादाजान ये बख़ूबी जानते थे कि इस ख़बर में तनिक भी सच्चाई नहीं है और ये सब छोटी रानी सुंदरवती की चाल है, इसलिए अगले दिन से उन्होंने रियासत जाना बंद कर दिया।

छोटी रानी सुंदरवती ने खजाने को ढूँढ़ने के लिए दिन-रात एक कर दिया, लेकिन जब ख़जाना नहीं मिला तो उन्होंने मेरे मरहूम दादाजान को कोठार बुलवा भेजा। लेकिन मेरे मरहूम दादा जान ने कोठार जाने से मना कर दिया और कहलवा दिया, ‘‘मैंने रियासत के सभी काम-ओ-काज से इस्तीफा दे दिया है, इसलिए रानी साहब से कह दो, अपने लिए कोई और मुनासिब मुलाज़िम रख लें।’’

रानी साहब ये ख़बर पाकर बहुत नाराज हुईं, लेकिन उन्होंने नाराजगी को दरकिनार करते हुए खुद मेरे मरहूम दादाजान से मिलने हमारे गरीबखाने पर तशरीफ़ लायीं और कहा, ‘‘पठान साहब, ऐसी क्या नाराजगी हो गयी? चलिए और रियासत के कामकाज देखिये; हमें आप जैसे ईमानदार और काबिल लोगों की बहुत सख़्त ज़रूरत है और फिर संग्राम भी तो आपका ही बच्चा है।’’

मेरे मरहूम दादाजान ने साफ़-साफ़ कह दिया, ‘‘न राजा बहादुर रहे और न रियासत में वो बात रही, इसलिए अब मैं कारगुज़ारी नहीं कर पाऊँगा।’’

इसके बाद रानी साहब ने अपनी पर आते देर न लगाई और छूटते ही

बोलीं, ''जैसी आपकी मर्जी, लेकिन बस इतना बता दीजिये खजाना कहाँ है ?''

''रानी साहब, मैं एक पठान हूँ, इसलिए झूठ नहीं बोलूँगा; मुझे पता है, ख़ज़ाना कहाँ है, लेकिन मैं राजा बहादुर के वादे से बँधा हुआ हूँ।''

''वादा ? कौन सा वादा ?''

''मरहूम राजा बहादुर ने मुझसे एक वादा लिया था कि मैं ख़जाने का पता बड़ी रानी और बड़े साहबजादे पराक्रम सिंह के अलावा किसी को न बताऊँ और मेरा यकीन करिये, मैं इसे अपने या अपने बच्चों के इस्तेमाल में कभी नहीं लाऊँगा।''

''लेकिन अब न राजा बहादुर हैं, न रानी बेलावती हैं और न ही पराक्रम... तो अब राजा बहादुर के वादे का क्या मतलब।''

''लेकिन मैं तो ज़िंदा हूँ।''

इसके बाद रानी साहब ने बहुत कोशिश की। तमाम हथकंडे अपनाये, लेकिन मेरे मरहूम दादाजान ने ख़जाने का पता कभी किसी को नहीं बताया और न ही कभी कोठार पर वापस गए।

''फिर उस ख़जाने का क्या हुआ मियाँ।'' राम प्रसाद ने पूछा।

''सड़ रहा होगा ज़मीन के नीचे, खा गयी होंगी लालची दीमकें।''

''और आपके मरहूम दादाजान का क्या हुआ ?''

''कुछ साल बाद मरहूम दादाजान, मुफ़लिसी में जमींदोज हो गए, लेकिन कभी ख़जाने की तरफ पलटकर नहीं देखा, यहाँ तक हमारे वालिद भी मुफ़लिसी को सारी उम्र ढोते रहे। मुफ़लिसी की वजह से हम पढ़ लिख तक नहीं पाये। घर के हालात जब ज़्यादा खराब हो गए, तो हमारे वालिद साहब परिवार को लेकर राजधानी आ गए और यहीं मेहनत मजूरी करने लगे; बाकी का हाल तो आपको पता ही है राम प्रसाद।''

''हाँ अब्दुल मियाँ, सुना तो हमने भी है; आपके वालिद बहुत ही ज़हीन, मेहनतकश और ईमानदार किस्म के इंसान थे।''

''और मैं राम प्रसाद ?''

''भगवान कसम आप भी।''

''तो तुम ही बताओ, ऐसे आदमी की बकरी खोल लेना कहाँ की शराफत है?''

''वजह फ़रमाते हैं अब्दुल मियाँ, लेकिन चोर उचक्कों का कोई दीन धर्म कहाँ होता है।''

''काफ़िर होते हैं काफ़िर।''

''सही फरमाया अब्दुल मियाँ; लेकिन अब आप कर भी क्या सकते हैं? यहाँ देश का कितना माल लूट लिया गया और पता तक नहीं चला और एक आप हैं, बकरी को लिए बैठे हैं; अजी अब जाने भी दीजिये, मन हल्का मत करिये, वो जाने उसका नसीब जाने, ऊपर वाला सब देख रहा है।''

''जाने कैसे दूँ राम प्रसाद... कितनी मेहनत मशक्कत के बाद चार पैसे जोड़कर बकरी खरीदी थी, ऐसे तो नहीं जाने दूँगा।''

''ठीक है... जैसी आपकी मर्जी, लेकिन मुझे इजाज़त दें अब्दुल मियाँ, कुछ ज़रूरी काम याद आ गया है।''

''ठीक है राम प्रसाद, लेकिन बकरी का कोई सुराग मिले तो ज़रूर ख़बर करना।''

''इसमें कोई कहने की बात है अब्दुल भाई।'' इतना कहकर राम प्रसाद वहाँ से अपने घर की ओर चल दिया। तभी उसे पीछे से एक आवाज़ सुनाई दी।

''सलाम वालेकुम...!''

''वालेकुम अस् सलाम...।''

''अब्दुल मियाँ क्या हो गया, बहुत परेशान लग रहे हैं?''

राम प्रसाद ने पलटकर देखा तो लल्लन लोहार ने अब्दुल मियाँ को छेड़ दिया था, जिसका मतलब था ईमादारी का ठीकरा उसके सर फूटने वाला था।

अब्दुल मियां ने फिर से बकरी को छोड़ अपने मरहूम दादाजान की दास्तान सुनानी शुरू कर दी।

राम प्रसाद मन ही मन मुस्कुराया और आगे बढ़ गया...।

14

जीत की हार या हार की जीत

शाम के नौ बज रहे थे। उस दिन दफ़्तर में काम करते हुए थोड़ी देर हो गई, इसलिए घर थोड़ी देर से आया। कमरे में दाख़िल होते ही बहुत ज़ोर-ज़ोर से चीख़ने चिल्लाने की आवाज़ें सुनाई देने लगीं। जब मैंने ग़ौर से देखा तो टी.वी. पर कुछ लोग कोरस में चिल्ला रहे हैं और ऐसी चिरौंध मचा रहे हैं जैसे किसी ने किसी की भैंस खोल ली हो। मुझे लगा उफ़...! फिर किसी मंत्री संत्री की भैंस खुल गयी। थोड़ा और करीब गया तो देखा ये मामला दरअसल कुछ अलग है। एक समाचार चैनल पर कुछ साहित्यकार, पुरस्कार वापसी की घोषणा कर रहे हैं। वे कह रहे थे, देश में बढ़ती असहिष्णुता और ख़राब होते सांप्रदायिक-सौहार्द्र को लेकर चिंतित हैं और ऊपर से सरकार की बेरुखी, जो मनमोहन सिंह बनी हुई है, इसलिए वो अपना पुरस्कार लौटाकर सांकेतिक विरोध दर्ज कर रहे हैं।

कुछ साहित्यकारों का तो यहाँ तक कहना था कि सरकार के मुखिया, जो सुबह उठने के बाद और सोने से पहले तक का सारा ब्यौरा तक प्रसारित करते हैं, इस ज्वलंत समस्या पर मनमोहन हैं।

चैनल पर जो चिरैंध मच रही थी, उसमें पुरस्कार लौटाने और न लौटाने वाले साहित्यकारों के अलावा एक कांग्रेसी, एक भाजपाई, एक संघी, एक राजनीतिक विश्लेषक, एक स्वयंभू विद्वान प्रस्तुतकर्ता और एक विलुप्त प्रजाति वाला कॉमरेड अपना-अपना मोर्चा सँभाले हुए थे।

पहले सोचा कुछ गाने-वाने लगा दूँ, क्योंकि ये तो रोज़ का तमाशा हो गया है। चार लोग टी.वी. की बहस में इकट्ठा हो जाते हैं और अपनी-अपनी हाँकने लगते हैं। इनमें ज़्यादातर लोग 'ज़मीन छोड़' और पेड होते हैं, जबकि दूसरी तरफ प्रस्तुतकर्ता फ़ैसला सुनाने बैठ जाता है, जिससे दलाली सड़ांध मारने लगती है; क्योंकि ज्ञान देने वाला आतंकवाद, परोक्ष-आतंकवाद से भी ज़्यादा ख़तरनाक होता है। इससे बचना उतना ही मुश्किल होता है, जैसे किसी गुब्बारे का सुई की नोक पर बिना फटे बने रहना। पर पता नहीं क्यों चिरैंध सुनने का मन कर गया इसलिए टी.वी. के आगे बैठ गया।

पहली नज़र में ख़बर देखते ही आख़िरी नज़र का नज़ारा मिल गया। ऐसा लगने लगा, जो सत्ता में है, वही राष्ट्रवाद और समाजवाद की अवधारणा का ठेकेदार है और सारी अक्ल की गंगोत्री उसके यहाँ से ही बहती है, जबकि बाकी सब गन्दी नालियाँ हैं जो भयानक सड़ांध मार रही हैं। इसलिए सत्ता पक्ष मुख़्ज़लिफ़ राय रखने वालों को ख़ारिज कर रहा था और वो भी ये कहते हुए, ये सब लोकतंत्र विरोधी हैं, देशद्रोही हैं और देश को तोड़ने वाले हैं।

उत्साहित प्रस्तुतकर्ता ने आग में घी डालते हुए एक पुरस्कार लौटाने वाले साहित्यकार से पूछा, ''क्या आप इस राष्ट्रीय चैनल के माध्यम से देश को ये बता सकते हैं कि आपने पुरस्कार क्यों लौटाया है, या जिन लोगों ने लौटाया है वो कहाँ तक सही हैं?''

साहित्यकार मन को भारी करते हुए बोला, ''देखो, मैं किसी व्यक्ति-विशेष के ख़िलाफ नहीं हूँ; मैं देश में बढ़ती असहिष्णुता और ख़राब होते सांप्रदायिक सौहार्द्र को लेकर चिंतित हूँ; मैं बहुत दिनों से देख रहा हूँ कि हाल के कुछ वर्षों में देश में असहिष्णुता का ग्राफ बढ़ता चला जा रहा है। आजकल किसी की आलोचना करते ही वो काटने दौड़ पड़ता है, इसलिए अगर अभी आवाज़ नहीं उठाई गयी तो बहुत देर हो जायेगी। मैं इसे अभिव्यक्ति की आज़ादी से जोड़कर

देखता हूँ और ऐसा केवल इसी सरकार में नहीं, बल्कि पिछली कई सरकारों में होता आया है। आजकल मैं ये भी देख रहा हूँ कि कैसे अभिव्यक्ति की आज़ादी पर पहरे और बंदिशें लगायी जा रहीं हैं। लोग मारे पीटे जा रहे हैं और उनके ऊपर नाना प्रकार के लांछन तक लगाए जा रहे हैं। साहित्यकार और लेखक एक आज़ाद ख़याल का आदमी होता है; कुछ दरबारी लेखक ज़रूर हो सकते हैं, जैसा समय-समय पर खोजबीन में पता चलता रहता है... लेकिन मैं तो कम से कम दरबारी नहीं हूँ, जो लिखता हूँ, जो कहता हूँ, डंके की चोट पर कहता हूँ... मैं उस देश में रहता हूँ, जो गाँधी और भगत सिंह का है, जहाँ अलग-अलग विचारों को भरपूर मान्यता है, न की किसी हिटलर तानाशाह का।''

चूँकि मीडिया में हर मिनट का फुटेज टी.आर.पी के लिहाज़ से बहुत मूल्यवान होता है, इसलिए प्रस्तुतकर्ता, साहित्यकार के धाराप्रवाह को रोकते हुए बोला ठीक है-ठीक है, मैं आपकी बात समझ गया, बुद्धिमान जो होता है... और बोला, ''आपकी इस बात पर मैं सत्तारूढ़ दल से भी प्रतिक्रिया ले लेता हूँ और माइक को मोर्चा सँभाले भाजपाई की तरफ ठेल दिया, जो बहुत देर से लपलपाया हुआ बैठा था।''

उस भाजपाई ने मोटा चश्मा लगा रखा था, जिसके अन्दर से आँखें बुलबुले की तरह लपलपा रही थीं और ऐसा लगा रहा था जैसे फूटकर बाहर ही गिर पड़ेंगी, हालाँकि ऐसा कुछ भी नहीं हुआ। सबसे पहले उसने बिना समय गवाँये अपने मुखिया को गाँधी बापू से हजारों किलोमीटरों आगे रख दिया और एक लम्बा-चौड़ा ललित निबंध दे मारा, जैसा कि हर दल के प्रवक्ता को करना और निबंध पढ़ना अनिवार्य होता है वैसा ही इस भाजपाई ने भी किया, वरना प्रवक्तयी गयी समझो। शायद ऐसा अधिष्ठापन के समय बताया जाता होगा, जो प्रवक्तयी की पहली और आखिरी शर्त होती होगी। वैसे तो ये किसी दल का अपना आंतरिक मामला है, इसलिए बुरा नहीं मानना चाहिए... हालाँकि किसी ने माना भी नहीं। लेकिन सत्य तो सत्य होता है, जो पूरे दम-ख़म और गाजे-बाजे के साथ बाहर आता है, क्योंकि सत्य उस हवा भरी गेंद की तरह होता है, जिसे पानी में चाहे जितना नीचे ले जाया जाए, वो सतह पर वापस आ ही जाती है।

भाजपाई बात को आगे बढ़ाते हुए बोला, ''मैं पुरस्कार लौटाने वाले

साहित्यकारों का बस दो मिनट में पर्दाफाश किये देता हूँ... जो लोग पुरस्कार लौटा रहे हैं, वो राज दरबारी हैं और विरोधी पार्टियों के इशारे पर काम कर रहे हैं। ये सारे लोग मिलकर अच्छे दिन वाली सरकार को विफल कर देना चाहते हैं और नहीं चाहते कि देश आगे बढ़े। लेकिन जनता जनार्दन इतनी बेवकूफ नहीं है, जितना लोग समझ रहे हैं; इन सबको वो सब मिलना बंद हो गया है, जो पिछली सरकारों से मिलता आया था, इसलिए मैं इनकी भड़ास और छटपटाहट का कारण बख़ूबी समझ रहा हूँ।''

हद तो तब हो गयी, जब भाजपाई टेलीविज़न वाला प्रवक्ता बोला, ''मैं जानता हूँ, इसके पीछे पाकिस्तान और चीन का हाथ है और ये एक अंतरराष्ट्रीय साज़िश के तहत प्रायोजित कार्यक्रम चलाया जा रहा है, ताकि हमारी सरकार अस्थिर हो जाये। सारा विपक्ष मिलकर देश को निस्तनाबूत और बर्बाद कर देना चाहता है... ये लोग चाहते हैं कि देश के टुकड़े-टुकड़े हो जाएँ, लेकिन ऐसा होगा नहीं, क्योंकि देश कि जनता बहुत सयानी है, वो सब जानती है, क्या सही है और क्या ग़लत।''

इस हमले के बाद प्रस्तुतकर्ता की बाँछें खिल गयी और चेहरा ट्यूबलाइट की तरह जगमगाने लगा। आख़िरकार उसके हाथ अव्वल दर्ज़े का बारूद जो लग गया था, लिहाज़ा उसने माइक को गंजी चाँद वाले कांग्रेसी प्रवक्ता की तरफ बढ़ा दिया और बोला, ''आपके भाजपा मित्र कह रहे हैं, आप लोग देश को अस्थिर कर देना चाहते हैं; आप लोग नहीं चाहते कि देश के अच्छे दिन आएँ, आपका इस बारे में क्या कहना है?''

कांग्रेसी, जो कि एक सांकेतिक विपक्षी था, अपने निषेधाधिकार का प्रयोग करते हुए बोला, ''भाजपा एक काठ की हांड़ी है, जो इनके मुखिया जी ने चढ़ाई थी, जिस पर बाहर से लोहे का रंग चढ़ा हुआ था, लेकिन जब वो आग पर चढ़ी, तब दूध का दूध और पानी का पानी हो गया। अरे ये वही लोग हैं, जो गणेश को दूध पिला देते हैं, लेकिन मंदिर के बाहर बैठे भूँखे बच्चों को नहीं देते। इनका काम अच्छे दिन लाना नहीं बल्कि संघ का एजेंडा लागू करना है। ये देश की एकता और अखंडता को तोड़ना चाहते हैं, धर्म और राजनीति के नाम पर देश को बाँटना चाहते हैं; ये अंग्रेज के मुखबिर हमें देशभक्ति सिखाने चले हैं।

हिटलर-मुसोलिनी के समर्थक पहले खुद तो समझ लें, देश और देशभक्ति क्या होती है, फिर हमें समझायें, इन फासीवादी लोगों से हमें देशभक्ति सीखने की कोई ज़रूरत नहीं है।''

ये सुनकर भाजपाई आगबबूला हो गया। भौंहों को तनाव देते हुए उसने अपना कन्धा उचकाया और बोला, ''ज़्यादा ललित निबंध न बाँचो; अभी मैं तुम्हारी दिवंगत सरकार के घोटाले गिनाना शुरू करूँगा तो सालों कम पड़ जायेंगे। अरे सूप बोले तो बोले चलनी क्या बोले जिसमें बहत्तर छेद... और श्रीमान, आपकी जानकारी के लिए बता देता हूँ, यहाँ पर सूप भाजपा है और चलनी बाक़ी सारे दल जो भाजपा के विरोधी हैं। सालों से देश को लूटने वाले हमें सिखा रहे हैं। आज़ देश में जितना भ्रष्टाचार और गरीबी है, उसके लिए आप लोग ही जिम्मेदार हो। साठ सालों से देश को दीमक की तरह खा रहे थे, इसलिए तुम लोग टी.वी. पर बैठकर ज्ञान बाटना बंद करो और ज़मीन पर काम करो, वरना जो रही सही है वो भी चली जाएगी, बाकी इतालियों का क्या है, निकल भागेंगे।''

कांग्रेसी ये सुनकर तमतमा गया और बोला, ''भूतकाल छोड़ो और वर्तमान की बात करो। हमने जो किया उसका फल हमें जनता ने दे दिया है, तुम अपनी चिंता करो।'' ये कहकर उसने कांग्रेसियों द्वारा किये गए सारे घोटाले स्वीकार कर लिए, आख़िर शाश्वत सत्य जो था। अमूमन ऐसा बहुत कम होता है कि कोई चोरी करे और मान ले, इसलिए प्रस्तुतकर्ता ने इसे टूटती न्यूज़ के रूप में पेटेंट कर दिया, ''रॉकेट से पहले और रॉकेट से तेज'' और माइक को दूसरे उदास चेहरे वाले साहित्यकार की तरफ कर दिया।

साहित्यकार माइक पाते ही बोला, ''देखो, मैं पुरस्कार बिलकुल भी वापस नहीं करूँगा, क्योंकि ये उन सबका अपमान है, जिन्होंने ये मुझे दिया है; साहित्य पुरस्कार, सरकार नहीं साहित्यकार देते हैं; हालाँकि पैसा सरकार ज़रूर देती है, लेकिन मैं उन सभी साहित्यकारों के दर्द को समझता हूँ; जिन्होंने अपने पुरस्कार लौटाए हैं। वे जो सवाल उठा रहे हैं, कुछ हद तक सही भी हैं, लेकिन उनके विरोध करने का तरीका ग़लत है। हम लेखक हैं, हमारा काम सरकार की ग़लत नीतियों और ज़ुल्मों के ख़िलाफ लिखना और अपने पाठकों को जागरूक करना

है, न कि पुरस्कार लौटाना; इसलिए मैं अपने सभी साहित्यकार साथियों से गुज़ारिश करूंगा कि वो अपना पुरस्कार न लौटाएँ; हालाँकि अपना विरोध ज़रूर दर्ज करें, जो कि उनका प्रजातान्त्रिक हक़ है।''

प्रस्तुतकर्ता ये सुनकर नाक भौं सिकोड़ने लगा, क्योंकि आग ठंडी हो सकती थी। इसलिए बोला, ''ये तो आपका एक पक्ष है, लेकिन जो लोग लौटा रहे हैं, सुन लेते हैं, उनका क्या कहना है इस पूरे मसले पर।'' और माइक को युद्ध में हारे जैसी मुद्रा में बैठे साहित्यकार की तरफ बढ़ा दिया।

युद्ध में हारे जैसी मुद्रा में बैठा साहित्यकार बिना आँसू के रोते हुए बोला। बिना आँसू निकाले या गिराये जैसे भी बोला जाता है बोला, ''मैं बहुत देर से आप सभी ज्ञानी लोगों की ज्ञान भरी बातें बहुत ध्यान से सुन रहा था; मुझे समझ में नहीं आ रहा, कहाँ से शुरू करूँ, किससे क्या कहूँ, क्या बोलूँ और कहाँ पर ख़त्म करूँ।''

तभी सामने बैठा राजनीतिक विश्लेषक बोला, ''बोलिए साहब बेधड़क बोलिये, काहे का डर; ये प्रजातंत्र का तीसरा खम्भा है; हालांकि कुछ लोग आजकल इसे गीला ज़रूर कर रहे हैं, लेकिन फिर भी आप अपनी आवाज़ बेतक़ल्लुफ़ होकर जनता तक पहुँचाइए और हम सभी को बताइये कि आप लोग पुरस्कार क्यों लौटा रहें हैं?''

प्रस्तुतकर्ता को लगा, ये तो मेरे नंबर छीन रहा है, इसलिए बोला, ''देश ये जानना चाहता है कि आखिर देश का इतना बड़ा साहित्यकार सरकार से क्यों खफा है? आपने इतना बड़ा कदम क्यों उठाया? आख़िरकार इसके पीछे क्या मजबूरी है?''

साहित्यकार थोड़ी हिम्मत जुटाकर बोला, ''यहाँ पर कोई साहित्यकार कांग्रेस पार्टी का बताया जा रहा है, कोई साहित्यकार समाजवादी पार्टी का बताया जा रहा है और कोई साहित्यकार साम्यवादी पार्टी का बताया जा रहा है; बदकिस्मती से मैं गैर मज़हबी भी हूँ, इसलिए मुझे पाकिस्तानी और आतंकवादी भी बताया जा सकता है और मुझे देश निकाला भी दिया जा सकता है, लेकिन मैं एक बात बिलकुल साफ़ कर देना चाहता हूँ, वो ये कि मैं पहले एक हिन्दुस्तानी हूँ

और बाद में गैर मज़हबी। मैं किसी सरकार या व्यक्ति के ख़िलाफ नहीं हूँ, लेकिन आज़कल जो देश में सदाचार का स्तर गिर रहा है, वो मेरे लिए एक जिम्मेदार नागरिक की हैसियत से बड़ी परेशानी की बात है। हर तरफ लोग मारे पीटे जा रहें हैं, देशद्रोही बताये जा रहें हैं, लोग जेलों तक में बंद किये जा रहें हैं। मैं तो यहाँ तक कहता हूँ, अगर देश को खून की ज़रूरत पड़े तो सबसे पहले मेरा सर कलम किया जाए।''

हालाँकि उसे देखकर ऐसा लगा जैसे इसे खून देने की नहीं बल्कि लेने की ज़रूरत है। इसके बावजूद उसका जज्बा था या क्या था पता नहीं। खून वाली बात बोलकर वो इतना भावुक हो गया कि फूट पड़ा और ज़ार-ज़ार रोया। कुछ साहित्यकारों ने मिलकर उसे चुप कराया, लेकिन तब तक मामला काफी ग़मगीन हो चुका था।

''देश में ऐसे हालात कभी नहीं थे।'' माहौल का फायदा उठते हुए कांग्रेसी ने कहा।

प्रस्तुतकर्ता मामले को तेजी देते हुए बोला, ''देखिये कैसे इतना बड़ा साहित्यकार एक राष्ट्रीय चैनल पर रो रहा है; इसकी व्यथा को समझने का प्रयास कीजिये। आख़िर ये लोग ऐसा करने पर क्यों मजबूर हो गए? ये आज का बड़ा सवाल है और आज हम इसी पर चर्चा कर रहे हैं।

अब मुझे तो कम से कम रोने के बारे में शोध नहीं था, इसलिए कैसे रो रहा है ये मुझे समझ में नहीं आया। मेरे लिए रोने का मतलब सिर्फ रोना है।

''आपको कैसा लग रहा है?'' रोते हुए साहित्यकार से प्रस्तुतकर्ता ने पूछा।

''अब मैं कुछ नहीं बोल पाऊँगा'', भरे गले से सिर्फ इतना कहकर साहित्यकार चुप हो गया।

''जनाब मैं कुछ अर्ज करना चाहता हूँ।'' राजनीतिक-विश्लेषक ने कहा।

''बस अभी आते हैं आपके पास; एक राय कामरेड की भी ले ली जाए, उसके बाद आप ही का नंबर है।'' प्रस्तुतकर्ता ने कहा और न चाहते हुए भी माइक, कामरेड की तरफ बढ़ा दिया।

''इस सब पर आपकी क्या राय है? पुरस्कार लौटाना कहाँ तक सही है कामरेड?'' प्रस्तुतकर्ता ने पूछा।

भारत में कामरेड एक विलुप्त होती प्रजाति है, जो यदा-कदा इधर-उधर दिखाई पड़ जाती है। ये लोग इतने बचे हैं कि उँगलियों पर गिन लो। जो चीज़ कम पायी जाती है, उसके दो मुख्य कारण होते हैं- पहला, जो डार्विनवाद को नहीं मानते और दूसरा जो किसी की नहीं सुनते। ये केवल सादगी और ईमानदारी का बोझ ढोते रहते हैं और बराबरी का सपना देखते रहते हैं। मेरी ऐसी मान्यता है कि जो हो नहीं सकता उसको क्यों ढोना? उतार फेंकना चाहिए। लेकिन कामरेड हैं कि मानते ही नहीं। कामरेड की हालात देखकर ऐसा लग रहा था जैसे किसी आंदोलन को निपटाकर चला आ रहा है। उसकी दाढ़ी थोड़ी-थोड़ी बढ़ी हुई थी। चेहरे की त्वचा धूप में झुलसी हुई लग रही थी। कामरेड मुँह को ऊपर उठाते हुए बोला, जो बहुत देर से नीचे झुकाए बैठा था, ''स्कूल में तो केवल कांगेसी और भाजपाई ही पढ़े हैं, हम तो स्कूल के पीछे पढ़े हैं; अरे हम तुम दोनों की रग-रग से वाक़िफ हैं; तुम लोग देश को धर्म और जाति के नाम पर बाँटने का काम कर रहे हो। पिछली सरकार और इस सरकार में कोई फ़र्क नहीं है। पिछली सरकार पूँजीपतियों की गोद में बैठी थी और ये वाली भी उसी के इशारे पर काम कर रही है। मजदूरों और किसानो की किसी को कोई फ़िक्र नहीं, सब अपनी-अपनी राजनीतिक रोटियाँ सेंकने में लगे हुए हैं। इन लोगों ने पूरे देश में एक अराजकता का माहौल पैदा कर दिया है। अमेरिका और पश्चिमी देशों के पिछलग्गू हो तुम लोग; जनता के लुटेरे और पूँजीपतियों के सवेरे। जब तक हम हैं, ये अन्याय नहीं होने देंगे; किसानों और मजदूरों का हक़ हम छीन के लेंगे, ये किसी की बपौती नहीं है श्रीमान'।''

''वो तो ठीक है, लेकिन पुरस्कार वापसी पर आपका क्या कहना है?'' प्रस्तुतकर्ता ने पूछा।

''ये लोग चाहते हैं कि केवल ये लोग जो सुनना चाहते हैं, लोग वही बोलें या फिर गूँगे बहरे बने रहें। हम लोग तो कम से कम ज़रूर बोलेंगे। मैं कहता हूँ अगर किसी ने पुरस्कार लौटाया है तो इसमें क्या ग़लत है? सरकार को चाहिए, उनकी बात सुने, न कि उनको गद्दार कहकर बेइज़्ज़त करे।''

तभी भाजपाई बोला, ‘‘बस ज़्यादा दिन नहीं हो तुम लोग; तुम लोग उस बुझते दिये की तरह हो, जो आख़िरी वक़्त में ज़्यादा फड़फड़ाता है, इसलिए थोड़ा और फड़फड़ा लो, लेकिन एक बात समझ लो, तुम्हारे टूटे दिये का तेल बस कुछ ही दिनों में ख़त्म होने वाला है।’’

कामरेड, भौंहों को उचकाते हुए लाल हो गया और बोला, ‘‘जो काम सुई कर सकती है मेरे मित्र, वो तलवार और तोप नहीं कर सकती। एक बात और... आख़िरी वक़्त में बस चार लोगों की ज़रूरत होती है और उतने तो हम हमेशा रहेंगे। एक बात और बता दूँ श्रीमान, पागल हाथी को वश में करने के लिए हाथी की नहीं, एक ऊँट की ज़रूरत होती है।’’

दोनों निपट रहे थे, तभी कांग्रेसी भी बीच में कूद पड़ा, लेकिन प्रस्तुतकर्ता ने उनको नज़रअंदाज करते हुए माइक, राजनीतिक विश्लेषक की तरफ बढ़ा दिया, जो बहुत देर से होंठों को सिले हुए बैठा था। उसके अंदर राजनैतिक ज्ञान का समंदर हिलोरें मार रहा था।

‘‘हाँ श्रीमान, आपका इस पूरे घटनाक्रम पर क्या कहना है?’’ प्रस्तुतकर्ता ने पूछा।

‘‘देखिये जनाब, मैं सिर्फ इतना कहूँगा, किसी की आवाज़ को दबाना एक फासीवादी प्रवृत्ति है, क्योंकि हाल के दिनों में जो भी घटनाक्रम हुए हैं, वो साफ़-साफ़ फासीवाद के लक्षण दर्शाते हैं... मसलन, पहले समाज में दो मजहबों के बीच ध्रुवीकरण करना, फिर मजहब के भीतर में जातियों में ध्रुवीकरण करना, उसके बाद वर्गों में और अंत में जो विरोधी बचे रह जायेंगे, उन्हें देशद्रोही बताकर जेलों में बंद कर देना... जनाब ये सीधे-सीधे मौलिक अधिकारों का हनन है, इसकी जितनी भी निंदा या भर्त्सना की जाए कम है। साहित्यकार अपना विरोध दर्ज़ कर रहे हैं और आप उनकी बात सुनने के बजाय उनका मजाक उड़ा रहे हैं, ये हमारे लिए निहायत शर्म की बात है; ऐसा तो मैंने अपने जीवनकाल में न कभी देखा और न सुना; विनाशकाले विपरीत बुद्धि।’’

‘‘ठीक है- ठीक है, आपने अपनी बात रखी, लेकिन हमारे पास बस इतना ही समय है।’’ प्रस्तुतकर्ता ने कहा।’’

''अरे जनाब बस तीस सेकेण्ड?''

''माफ़ कीजियेगा, लेकिन आज हमारे पास बिलकुल भी समय नहीं है हमें यहीं ख़त्म करना होगा।''

प्रस्तुतकर्ता समापन करते हुए कहने लगा, ''ख़ैर ये नूराकुश्ती अमर और अजर है इसलिए आगे भी चलती रहेगी; लेकिन एक बात जो सोचने लायक है कि विरोध करने का प्रजातान्त्रिक तरीका कौन तय करेगा? सरकार या संविधान? क्या हर वो विरोध जो हिंसक न हो ख़ारिज कर दिया जायेगा और जो विरोध दर्ज़ करेगा सही या ग़लत को विरोधी दल की साजिश बताकर नज़रअंदाज कर दिया जायेगा? अगर ऐसा है, तो क्या हम तानाशाही की तरफ बढ़ रहे है? क्या इसमें कोई फासीवादी लक्षण दिखाई दे रहे हैं? क्या हम आवाज़ उठाने वाले को ही मुलजिम करार देंगे? क्या सरकार को इन नाराज़ साहित्यकारों से बात करनी चाहिए? सोचियेगा ज़रूर; तब तक के लिए शब्बाख़ैर...।''

वैसे तो जीत की हार या हार की जीत का कोई पता नहीं चला, लेकिन प्रस्तुतकर्ता के शब्बाख़ैर कहने के बाद मैंने टी.वी. बंद कर दिया, हालाँकि दिमाग कुछ देर तक जरूर भन्नाता ज़रूर रहा। भन्नाहट को कम करने के लिए मैं वहाँ से उठा और छत पर पड़ी चारपाई पर जाकर लेट गया। मैं कुछ देर तक काले आसमान की तरफ निहारता रहा और कब आँख लग गयी, सुबह हो गयी पता ही नहीं चला।

15

बियाएगी तो नक्सली ही जनेगी

राम सिंह, गाँव के ज़मींदार रतन सिंह का इकलौता लड़का है। देखने में उसकी उम्र पचीस साल के आस-पास होगी। वो आज अपने लठैतों के साथ हल्दिया गाँव पर टूट पड़ा है। वैसे हल्दिया गाँव में टूटने के लिए कुछ ख़ास नहीं बचा है। जिधर देखो घास-फूस और मिट्टी से बनी जर्जर कोठरियाँ, नंग-धड़ंग बच्चे और अधनंगी लड़कियाँ, औरतें। हल्दिया गाँव में ज़्यादा पुरुष नहीं बचे हैं; कुछ तो नक्सली बन गये हैं और कुछ नक्सली बताकर मार दिए गये हैं। लेकिन कुछ बूढ़े बेकार ज़रूर बचे हैं, जिनकी हड्डियों और खाल के बीच कुछ भी नहीं बचा है।

"बियाएगी तो नक्सली ही जनेगी हरामज़ादी।" राम सिंह ने लगभग टूट चुके दरवाजे पर लात मारकर अंदर घुसते ही कहा।

लखिमा दर्द से कराह उठी, जब राम सिंह ने उसके बाल पकड़कर ज़ोर से घसीटा और ज़मीन पर झटक दिया।

"बता साली, कलुवा कहाँ हैं?" इतना कहकर राम सिंह आगे बढ़ता है

और लखिमा के बदन पर पड़ी फटी धोती खींच देता है। अब लखिमा का बदन सीसे की तरफ एकदम साफ़ था। वो दर्द से कराह रही थी लेकिन इसके बावज़ूद भी रेंगकर कोठरी की दीवार से पीठ लगाकर बैठ गयी और अपने दोनों पैरों को मोड़कर एड़ियां अंदर की तरफ दबा लीं। उसने घुटनों से अपने सीने को ढक लिया और उन पर अपनी पेशानी रखकर दर्द से सिसकियाँ भरने लगी।

''अब फूटेगी भी हरामज़ादी या हरामी नक्सली को पेट फाड़कर बाहर निकालूँ तब जाकर बोलेगी बदजात।'' राम सिंह ने दाँत पीसते हुए कहा।

''नहीं मालूम; वो दस रोज़ से देहरी पर नहीं आये।'' लखिमा ने रोते बिलख़ते हुए कहा।

''हरामजादी हमसे होशियारी, मैं भी देखता हूँ अपने खसम को और कितने दिन बचा पाती है।'' इतना कहकर राम सिंह ने एक ज़ोरदार लात लखिमा के घुटने पर दे मारी। घुटना पेट में इस कदर लगा कि वो चीख़ उठी और बेसुध होकर वहीं ज़मीन पर लुढ़क गयी।

''लगता है मर गयी साली।'' राम सिंह के साथ वाले लठैत ने कहा।

''छोड़ साली को और चल यहाँ से, देखते हैं कलुवा कितने दिन और बिल में छुपता है; हरामी को ज़मीन खोदकर निकाल लेंगे।'' राम सिंह ने गुस्से में कहा।

''सही कह रहे हो छोटे ठाकुर, एक बार बस मिल जाए, साले की बोटी-बोटी करके कुत्तों के सामने डाल देंगे।''

कलुवा का वैसे तो नाम काली महतो था, लेकिन रंग के चलते नहीं, बल्कि जबान के चलते लोग उसे कलुवा कहने लगे थे। उम्र करीब सत्रह साल के आस-पास होगी। कल तक कलुवा हल्दिया गाँव के ज़मींदार रतन सिंह के खेत पर बँधुवा मज़दूर था। उसने जब से होश सँभाला था, गुलामी और शोषण के अलावा कुछ नहीं देखा... न कभी भर पेट खाना खाया और न गाँव में किसी के बदन पर तन ढ़कने के लिए कपड़े देखे। लेकिन जब कल रात उसकी सहनशक्ति जवाब दे गयी तो उसने नक्सलियों के साथ मिलकर रतन सिंह का गला काट डाला और इसी बात का बदला लेने राम सिंह अपने लाव-लश्कर के

साथ हल्दिया गाँव पर टूट पड़ा था। गाँव वाले बताते हैं, कलुवा अपने बचपन से ही नक्सलियों के संपर्क में था। कलुवा इस घटना के बाद से गाँव नहीं लौटा। लोग बताते हैं वो नक्सलियों के साथ जंगल भाग गया, जबकि दूसरी तरफ लखिमा की मौत हो चुकी थी लेकिन लखिमा का बच्चा बच गया है जिसे एक पादरी ने पाल लिया था।

इस बात को बाईस साल बीत चुके थे। न कलुवा कभी हल्दिया गाँव लौटा और न कभी राम सिंह को कलुवा मिला। इस घटना के बाद बीते सालों में आस-पास के सैकड़ों गाँवों में नक्सली प्रभाव और भी बढ़ गया था। रतन सिंह की हत्या के बाद गाँव के आदिवासियों में थोड़ी हिम्मत आ गई थी और फिर नक्सली भी उनका साथ दे रहे थे, लिहाज़ा ज़मींदारों और भूमिहारों पर हमले और भी तेज़ हो गए थे। पुलिस प्रशासन जमींदारों और भूमिहारों की हिफाज़त में मसरूफ़ हो गया और नक्सली और उनके समर्थकों को बेरहमी से क़त्ल करने लगा। पुलिस ने कलुवा पर एक लाख रुपये का नगद इनाम भी रखा था, लेकिन इस इनाम का हक़दार अभी तक कोई नहीं मिला था।

शरीर से बलिष्ठ; उपर से रौबदार मूँछें... बिलकुल ऐसा लगता था, जैसे साक्षात यमराज हो। नक्सली नेता क्रांति कुमार अब वो क्रांति कुमार नहीं रहा था, जिसे कोई भी अपनी जूती के नीचे कुचल दे। क्रांति कुमार जब भागकर जंगल गया था, तब वो अनपढ़ था, लेकिन अब वो माओत्सेतुंग की किताब फर्राटे के साथ पढ़ता था और नए लड़कों को ट्रेनिंग भी देता था। क्रांति कुमार अब माओ और क्रांति की बात करने लगा था। कुछ ही दिनों में क्रांति कुमार नक्सल संगठन का दस्ता प्रमुख बन गया था। दस्ता यानि नक्सलियों का वो विंग, जिसकी कमाई पर नक्सल संगठन जिंदा है। दस्ते के लोग उसे क्रांति दादा के नाम से पुकारते थे। उसके ऊपर सैकड़ों मुक़दमे भी दर्ज हो चुके थे, जिनमें हत्या, लूटपाट, अपहरण, डकैती और देशद्रोह के मामले मुख्य थे। क्रांति दादा कहते थे, माओ ने कहा है, सत्ता बंदूक की नली से होकर गुजरती है, इसलिए जब तक गरीबों का सत्ता पर कब्ज़ा काबिज़ नहीं होता, तब तक हमारे जंगल-ज़मीनें छीनी जाती रहेंगी, हमारी बहन-बेटियों को नंगा किया जाता रहेगा और उनके साथ बलात्कार होता रहेगा। दूसरे दस्ता प्रमुखों की तरह उसकी भी एक यौन साथी थी, नाम था सीमा।

सीमा जब सोलह साल की थी, तब उसके गाँव के दबंग लोगों ने सरे बाज़ार उसका बलात्कार कर दिया था। पुलिस थाने तक में उसका बलात्कार किया गया था। जब उसकी कहीं कोई सुनवाई नहीं हुई तो आख़िरकार थक हारकर उसने क्रांति दादा से मदद माँगी और फिर उसने उन दबंगों और दरोगा को पूरे गाँव के सामने बाँधकर उनके गुप्तांग और जबान काट दी। उस दिन के बाद से वो क्रांति दादा के साथ है। आज सीमा, क्रांति दादा के दस्ते की सबसे तेज़ हमला करने वाली लड़ाका है। सीमा अब वो सीमा नहीं, जिसे कोई भी लाँघ ले। अब वो एक जानलेवा हथियार बन चुकी थी। उसकी जिंदगी का अब एक ही मकसद था, आज़ादी... आज़ादी गरीबी से, भूख से, जुल्म, अन्याय, और गैर बराबरी से।

अनिरुद्ध यानी मैं। दिल्ली की चमक से कोसों दूर, नक्सली आंदोलन का सच जानने जंगल तक आ पहुँचा था। मैं जंगल तो आ गया था, लेकिन जंगल में घुसना मेरे लिए इतना आसान नहीं था, क्योंकि दिल्ली में बैठकर ज्ञान पेलना और जंगल में पिलना एक बात नहीं थी। मैं कई दिनों तक इलाके में नक्सली लिंक ढूँढ़ता रहा। पुलिस थाने तक गया था, लेकिन पुलिस नें मुझे उल्टा वहाँ से चले जाने और मुझे कुछ हो जाने पर अपनी जिम्मेदारी नहीं होने का हवाला दिया लेकिन मैंने हार नहीं मानी। मैं लिंक ढूँढ़ता रहा। मेरी लाख कोशिशों के बावजूद मुझे लिंक नहीं मिल रहा था, लेकिन लिंक को मैं बहुत पहले ही मिल गया था और जब लिंक को इत्मीनान हो गया कि मैं दिल्ली या पुलिस का कोई मुखबिर नहीं हूँ, तब लिंक ने ख़ुद मुझसे संपर्क किया। लिंक से मिलने पर मैंने बताया कि मैं आपके दस्ता प्रमुख से मिलकर उसका एक इंटरव्यू छापना चाहता हूँ। लिंक ने मुझे बताया कि इस इलाके के दस्ता प्रमुख क्रांति दादा हैं और मुझे कल सवेरे आठ बजे चितकबरे पहाड़ पर बने आदिवासियों के देवता मंदिर पर मिलने को कहा। उसने मेरे पूछने पर भी अपना नाम नहीं बताया और बोला, ''आप अपने इंटरव्यू से मतलब रखो, मेरे नाम में क्या रखा है।''

वादे के मुताबिक मैं अगले दिन आदिवासियों के देवता मंदिर पर सवेरे आठ बजे से पंद्रह मिनट पहले ही पहुँच गया और लिंक का इंतज़ार करने लगा। मंदिर के पास एक अजीब सी ख़ामोशी थी, लेकिन बीच-बीच में किसी जंगली चिड़िया की आवाज़ ज़रूर आ रही थी। लिंक का इंतज़ार करते-करते लगभग एक घंटा

बीत चुका था, लेकिन उसका दूर-दूर तक कोई अता-पता नहीं था। आख़िरकार मैं वापस लौटने लगा। करीब पंद्रह मिनट पैदल चलने के बाद रास्ते में एक चाय की छोटी सी दुकान पड़ी, जिस पर केवल दो लोग बैठे थे। उनमें से एक खुद चाय बनाने वाला था और दूसरा शायद ग्राहक होगा। मैं भी वहीं पड़ी बेंच पर बैठ गया और बोला, "एक चाय पिलाओ।" तभी दूसरा आदमी यकायक बोल उठा, "यहाँ के तो दिखाई नहीं देते, दिल्ली से आये हो क्या?" उसने शायद मेरे गले में लटके कैमरे को देखकर अंदाजा लगाया होगा।

"हाँ दिल्ली से आया हूँ।"

"यहाँ कोई ख़ास काम था?"

"हाँ... एक इंटरव्यू लेना था।"

'किसका?'

"क्रांति कुमार का।"

"हाँ इस इलाके में केवल दो ही लोग आते हैं एक पत्रकार और दूसरी पुलिस।"

मैंने उसकी बात का कोई जवाब नहीं दिया। मैं चाय पी ही रहा था, तभी मैंने देखा, एक आदमी साल ओढ़े साइकिल से मेरी तरफ बढ़ा चला आ रहा है और जब वो और करीब आया तो मैंने देखा वो लिंक था। लिंक के साइकिल से उतरते ही मैंने ने कहा, "मैं एक घंटे से तुम्हारा इंतज़ार कर रहा हूँ, कहाँ थे तुम?"

"मैं तो यहीं था दादा; मुझे पूरा इत्मीनान करना था कि तुम्हारे साथ कोई ख़ुफ़िया पुलिस तो नहीं।" लिंक ने कहा।

"अब यकीन हो गया?" मैंने मुस्कराकर पूछा।

उसने बिना कुछ कहे हाँ में सर हिलाया और मेरा परिचय उस आदमी से करवाया, जो चाय की दुकान पर बैठा था और बोला, "ये तुमको ले जाएँगे क्रांति दादा तक... इनके साथ चले जाओ, मेरा काम यहीं तक का है'।"

लिंक के लिंक ने मेरा परिचय तो लिया, लेकिन अपना नहीं दिया और इस

एकतरफ़ा परिचय के बाद लिंक का लिंक आगे-आगे और मैं उसके पीछे-पीछे चलने लगा। लिंक का लिंक बीच-बीच में किसी चिड़िया की आवाज़ निकाल रहा था। इस चिड़िया की आवाज़ बिलकुल उस चिड़िया से मिलती थी, जो चितकबरे पहाड़ वाले मंदिर पर सुनाई दी थी। शायद वो किसी को सतर्क कर रहा था... लेकिन किसे, ये नज़र नहीं आया।

''तुम हमारे आंदोलन के बारे में क्या जानते हो?'' उसने चलते-चलते पूछा।

''तुम्हारा आंदोलन तब तक है, जब तक सरकार फौजी कार्यवाही नहीं करती।'' मैंने कहा।

''तुम पहले क्रांति दादा से मिलो, फिर बात करते हैं।'' उसने मुस्कराकर कहा।

हम तीन चार घंटे से चल रहे थे। दिन शाम की तरफ बढ़ रहा था और थकावट भी महसूस हो रही थी। लेकिन जब हम ठिकाने पर पहुँचे तब तक अँधेरा हो चुका था। थोड़ी देर ठिकाने पर ठिठकने के बाद उसने बताया, ''क्रांति दादा पिछले दो दिन से यहीं थे, लेकिन वो लोग आज शाम यहाँ से चल दिए हैं; सुरक्षा के लिहाज़ से नक्सली लोग बहुत देर तक एक ठिकाने पर नहीं रहते, अपना ठिकाना बदलते रहते हैं।''

''अब क्या करें?'' मैंने मायूस होकर पूछा।

''चिंता मत करिये, क्रांति दादा से भेंट हो जायेगी, लेकिन आज रात यहीं गुजारनी होगी; आप अभी सो जाइए, कल हम सुबह पाँच बजे यहाँ से निकलेंगे।'' उसने कहा।

वो वहीं ज़मीन पर पत्तों के ढेर पर लेट गया और लुंगी उतारकर ख़ुद को ढक लिया। मैं भी अपने साथ लाये मैट और मच्छरदानी लगाकर लेट गया। मैं जंगल में लेटे-लेटे हुए बहुत देर तक आसमान की तरफ देखता रहा, जंगल की अज़ीबो गरीब आवाज़ें सुनता रहा और सोने की नाकाम कोशिशें करता रहा। लेकिन रात को ठंड थोड़ी ज्यादा थी, इसलिए नींद ठीक से नहीं आयी पर तीन-चार बजे के आस-पास आँख लग गयी। करीब सुबह पाँच बजे उसने मुझे

जगाया और हमारा दूसरा सफ़र शुरू हो गया। उसने कहा, "यही समय है, जब हम पुलिस की नज़र से बच सकते हैं, क्योंकि अब जंगल से निकल कुछ गाँवों से होकर जाना होगा।"

जंगल, गाँव और खेतों के बीच से गुज़रते हुए करीब आठ बजे हम रमणियाँ गाँव पहुँचे। उसने गाँव के कुछ लोगों को उठाया। उनकी आपस में कुछ बात हुई और वो कहीं चलने की तैयारी करने लगे। मैं भी उनके साथ चल दिया। थोड़ी देर बाद हम नक्सलियों के संभावित रहने की जगह पर थे। नौ बजे जब हम वहाँ पहुँचे तो हमें हल्का-हल्का धुआँ उठता नज़र आया। धुएँ की ख़ुशबू से चावल के माड़ की महक आ रही थी। उसने कहा, "सारी रात यहीं सोकर क्रांति दादा लोग आगे चल दिए हैं।" फिर उसने कहा, "आप चिंता मत कीजिए, यहीं बैठकर इंतज़ार करिये। मैं अभी दौड़कर आगे देखता हूँ, क्रांति दादा बहुत अधिक दूर नहीं गए होंगे।"

अब मेरे पास बैठकर इंतज़ार करने के अलावा कोई और चारा नहीं था। मैं वहीं बैठकर गाँव वालों के साथ बातचीत करता रहा। एक गाँव वाला अपने पैर में कोई लेप लगा रहा था... शायद उसे कोई धारदर चीज़ लग गयी थी। मेरे पूछने पर, उसने बताया," क्या करें यहाँ अस्पताल-वस्पताल कुछ नहीं है, अपना इलाज ख़ुद ही करना पड़ता है।" जिस घर के आँगन में हम बैठे थे, उस घर में बीमारी की वजह से एक महिला की मौत दस दिन पहले ही हुई थी। मुझे उनसे बात करते-करते कब नींद आ गई पता ही नहीं चला। मैं बेख़बर सो रहा था, तभी एक लगभग अधनंगे गाँव वाले ने मुझे जगाया। मैंने आँख खोली तो देखा, एक बलिष्ठ और बड़ी रौबदार मूछों के साथ एक आदमी अपने बगल में एके-47 टाँगे खड़ा है और उसके साथ कई और सशस्त्र फौजी पोशाक पहने खड़े हैं, जिनमें से कुछ के तो मूँछें तक नहीं आई थीं। उनमें से एक ने कहा "ये क्रांति दादा हैं हमारे दस्ता प्रमुख; इंटरव्यू लेने के लिए आपको हमारे साथ ठिकाने पर चलना होगा।"

हमारा पैदल सफर फिर शुरू हो चुका था। हम सब जंगल की पगडंडियों पर आगे बढ़ने लगे। करीब एक घंटे जंगल के अंदर चलने के बाद एक और नक्सली दल ने हमें ज्वाइन कर लिया, जिसकी नेता एक महिला थी। सीमा और

उसके साथ के सारे नक्सलियों ने क्रांति दादा को लाल सलाम किया, जैसे कनिष्ठ अपने वरिष्ठ अफ़सर को करता है। क्रांति दादा ने उसका परिचय कमांडर सीमा कहकर करवाया। सीमा के हाथ में भी एके-47 थी और उसके पीछे करीब चालीस नक्सली, आधुनिक हथियारों से लैस थे। उनके पास सेटेलाइट फ़ोन, दूसरे साजो सामान और एक रेडियो सेट भी था, जो रह-रह कर चिड़चिड़ा रहा था शायद सिगनल ठीक नहीं आ रहे थे। हमें चलते-चलते दोपहर हो गई थी और तभी अचानक झाड़ियों से कुछ लोग निकले, बंदूक वाले फौजी पोशाक में। चारों ओर से लाल सलाम की आवाज़ें आने लगीं। क्रांति दादा ने बताया, ''हम मंजिल पर हैं।'' और मेरा परिचय रोशनी से करवाया गया, जो एक दुबली-पतली सी आदिवासी लड़की थी। देखने में उसकी उम्र तीस से कुछ कम जान पड़ती थी। वो हमें कैंप तक ले गयी और कहा, ''खाना तैयार है क्रांति दादा।'' तभी मेरी नज़र पड़ोस के किचन कैंप पर पड़ी और मैंने देखा, चौदह पंद्रह साल उम्र के लड़के और लड़कियाँ फौजी पोशाक वाला हरा ड्रेस पहनकर खाना बना रहे हैं। उनमें से ज़्यादातर के पास पुरानी 303 रायफलें पेड़ों से सटाकर पास में रखी हुई हैं। कइयों के तो जवानी के कोई लक्षण तक नहीं दिखाई दे रहे थे। कुछ गाँव वाले भी उनकी मदद करते दिखाई दे रहे थे।

हमने भोजन शुरू कर दिया था। खाना खाते-खाते रोशनी ने बताया कि वह रमणियाँ गाँव की ही है और उसके दल का काम कैंप तक के रास्ते की रखवाली करना है और नक्सलियों के लिए खाने का इंतज़ाम करना है।

मैंने क्रांति दादा से इज़ाज़त लेकर गाँव वाले से एकांत में जाकर सवाल किया, ''तुम्हारी ज्यादा देखभाल कौन करता है, सरकार या नक्सली?''

''सरकार कैसी होती है नहीं मालूम जो मदद होती है नक्सली ही करते हैं।'' उस गाँव वाले ने कहा।

''क्रांति दादा, अब आप अपने बारे में बताइये; आप नक्सली कैसे और कब बने?''

''मैं हल्दिया गाँव का रहने वाला हूँ, मेरा असली नाम काली महतो है और लोग मुझे कलुवा के नाम से जानते थे; क्रांति कुमार पार्टी का दिया हुआ नाम है। मैं गाँव के जमींदार के यहाँ बँधुवा मज़दूर था और एक दिन जब उसके ज़ुल्मों से

तंग आ गया, तो अपने नक्सली साथियों के साथ मैंने उसका गला काटकर उसके घर के बाहर टांग दिया और जंगल भाग आया और तब से मैं नक्सली हो गया। उसके बाद जमींदार के लड़के ने मेरी बीवी को भी मार डाला; वो पेट से थी।''

''ओह! ये तो बहुत बुरा हुआ।''

''अब तो जब तक हरामी ज़मींदार राम सिंह के पिछवाड़े पर गिन के दस गोली नहीं मारेंगे, तब तक साँस नहीं तोड़ेंगे... आज रात में उसी का काम तमाम करना है; ख़बर मिली है आज रात उसके घर पर सिक्योरिटी कम है। गाँव से भी बहुत सारी शिकायतें आई हैं हरामी के नाम और ऊपर से पार्टी का भी ऑर्डर है।'' क्रांति दादा ने कहा।

''लेकिन इस ख़ून खराबे से क्या हासिल होगा?''

''वध के बाद ही शान्ति कायम हो सकती है और हमारे पास अब इसके अलावा और कोई रास्ता भी नहीं है; सरकार और पुलिस तो भूमिहारों के साथ है, वो तो उन्हीं के जान-माल की हिफाज़त में लगी है... लेकिन हम गरीबों के पास केवल जान ही है, वो भी सस्ती... इसलिए अगर हम गरीबों और मज़लूमों का भला देखना चाहते हैं तो हमें लड़ना ही होगा। हमारी लड़ाई कोई और नहीं लड़ने वाला। वैसे भी अब हमारे आगे पीछे रोने वाला कोई नहीं बचा है।'' इतना कहकर क्रांति दादा वहाँ से उठे और सीमा से कहा, ''आज राम सिंह का काम तमाम करना है, दस्ता तैयार करो।''

''रोशनी, तुम अनिरुध्द बाबू का ध्यान रखना। अनिरुद्ध बाबू, क्योंकि हमारी प्लानिंग जान गए हो, इसलिए एहतियातन आज रात तुम्हें कैंप में ही रहना होगा; कल सुबह होते ही मेरा एक आदमी तुम्हें जंगल के बाहर सही सलामत छोड़ आएगा।''

रात के करीब आठ बजे हैं। क्रांति दादा दस्ते को हमले का प्लान समझाने लगे। सब समझाने समझने के बाद सब ने फौजी वाली हरी पोशाक पहनी, बंदूकें उठाईं और एक कतार में खड़े होकर लाल सलाम का नारा लगाया और जंगल से बाहर की तरफ चल दिए। करीब एक घंटे चलने के बाद वो जंगल से गुजरने वाली रोड पर आये, जहाँ एक ट्रक पहले से उनका इंतज़ार कर रहा था। सभी,

ट्रक में सवार होकर करीब रात बारह बजे हल्दिया गाँव पहुँच गए और राम सिंह के घर को चार-चार के समूह में चारों ओर से घेर लिया। बाकी चार लोग, सीमा और क्रांति दादा ने घर के सामने बैठे दो सशस्त्र पुलिस वालों पर गोली चला दी। दोनों वहीं ढेर हो गए। गोली की आवाज़ सुनते ही राम सिंह अपनी बंदूक की तरफ लपका, जबकि घर के अहाते में सो रहे निजी सुरक्षाकर्मी अपनी-अपनी संगीनों के साथ मोर्चे पर डट गए। नक्सली हर तरफ से घर पर टूट पड़े। ताबड़तोड़ गोलियाँ चलने लगीं। राम सिंह भी अपनी बन्दूक लेकर नक्सलियों का मुकाबला करने लगा, लेकिन नक्सलियों की संख्या ज़्यादा होने के कारण राम सिंह बहुत देर तक उनका सामना नहीं कर सका और देखते-देखते उन्होंने राम सिंह को पकड़कर वहीं टाँग दिया, जहाँ क्रांति दादा ने बाईस बरस पहले राम सिंह के बाप रतन सिंह के सर को काटकर टाँग दिया था। राम सिंह और उसका परिवार बहुत देर तक माफ़ी माँगता रहा और जान बख्शने की गुहार लगाता रहा, लेकिन क्रांति कुमार के सर पर तो जैसे ख़ून सवार था। उसके सामने लखिमा का रोता बिलखता चेहरा और उसके पेट में दम तोड़ता अजन्मा बच्चा था। उसने राम सिंह और उसके परिवार की एक न सुनी और अपनी कसम के मुताबिक उसके पिछवाड़े पर गिन के दस गोलियाँ दाग दीं।

''क्रांति, अब चलो यहाँ से।'' सीमा ने हाँफते हुए कहा।

क्रांति, सीमा और ज़िंदा नक्सली, मुर्दा नक्सलियों को लेकर गाँव के बाहर खड़े ट्रक पर वापस आ गए। ट्रक, जंगल की सड़क की दिशा में दौड़ने लगा। वहीं दूसरी तरफ राम सिंह के एक नौकर ने फ़ौरन पुलिस को फ़ोन कर घटना की सारी जानकारी दे दी। गाँव हल्दिया जिस क़स्बे में आता था, वो वहाँ से बहुत दूर नहीं था। ख़बर मिलते ही क़स्बे के दरोगा, मार्टिन जोसफ, जिसकी दो दिन पहले ही वहाँ तैनाती हुई थी, ने फ़ौरन जीप निकाली और करीब बीस सशस्त्र पुलिस वालों के साथ हल्दिया की तरफ चल पड़ा। एक तरफ नक्सलियों का ट्रक जंगल वाली सड़क की तरफ दौड़ रहा था और दूसरी तरफ दरोगा मार्टिन जोसफ अपने बीस पुलिस साथियों के साथ उसी तरफ आ रहे थे, जो सड़क जंगल की तरफ जाती थी। कुछ समय बाद नक्सलियों और पुलिस का आमना-सामना हो गया। ताबड़तोड़ गोलियाँ चलने लगीं। हर तरफ लाशें गिर रहीं थीं। तभी एक गोली मार्टिन जोसफ के सीने में आ धँसी। क्रांति और सीमा जान बचाकर भागने में

कामयाब रहे, हालाँकि कुछ और नक्सली जरूर मारे गए। दरोगा मार्टिन जोसफ ने वहीं सड़क पर दम तोड़ दिया।

सवेरे मार्टिन का शव उसके घर वालों के सुपुर्द कर दिया गया, जिसकी ख़बर शहर के लगभग हर अखबार में छपी। सुबह का अख़बार क्रांति दादा तक भी पहुँचा। वो अख़बार पढ़ने की लिए उतावला हुआ जा रहा था। वो ये जानना चाहता था कि उसने कितने बड़े काम को अंजाम दिया है और इस घटना के बाद उसका कद कैडर में और भी ऊँचा हो जाएगा। उसने अख़बार पढ़ना शुरू किया तो उसमें दरोगा मार्टिन के बूढ़े बाप का एक इंटरव्यू छपा था। ये बूढ़ा बाप वही पादरी था, जिसने लखिमा के बच्चे को पाला था और मार्टिन वही बच्चा था, जो बड़ा होकर दरोगा बन गया था, जिसकी कुछ दिन पहले ही क़स्बे में तैनाती हुई थी। पादरी ने अपने इंटरव्यू में बताया, ‘‘ये बच्चा उसे हल्दिया गाँव से मिला था और इसकी असली माँ का नाम लखिमा था, जो हल्दिया गाँव के काली महतो की बीवी थी। लखिमा ने दम तोड़ने से पहले बताया था, राम सिंह ने पेट पर लात मारने से पहले कहा था, ‘बियाएगी तो नक्सली ही जनेगी।’ और दम तोड़ दिया था... और उस दिन मैंने तय किया था, ये नक्सली नहीं बनेगा।’’

क्रांति दादा ये पढ़कर सिसकियाँ ले-लेकर रोने लगा। सिसकियाँ सुनकर मैं उठ गया और जिज्ञासावस पूछा, ‘‘क्या हुआ क्रांति दादा?’’

‘‘कोई बुरी ख़बर है दादा?’’ सीमा ने भी पूछा।

‘‘लखिमा ने नक्सली नहीं जना सीमा’’ इतना कहकर क्रांति दादा अपनी जगह से उठे और ख़ुद को गोली मार ली। दूर-दूर तक एक ही आवाज़ गूंजती रही... ठाँय... ठाँय... ठाँय।

इस वाकिये के बाद अनिरूद्ध सोचने लगा, इससे क्या हासिल हो रहा है? हम अपने ही जिस्म पर घाव बनाते चले जा रहे हैं... आखिर ये ख़ून ख़राबा कब तक चलता रहेगा...?

कुछ इन्हीं सवालों के साथ अनिरुद्ध दिल्ली लौट आया, जबकि सीमा अब नयी दस्ता प्रमुख है।